講談社文庫

夢介千両みやげ

完全版(下)

山手樹一郎

講談社

下巻　目次

上巻　目次

夢介千両みやげ（上）

夢介千両みやげ（下）

第十三話　ナベ焼きうどん屋

火の玉

「あねごさん、ちょいと出かけてめえります」

寒い夕方がくると、夢介《ゆめすけ》はきょうもわざとおどけたように、ピョコンとお銀《ぎん》におじぎをした。これで四日めで、しかも帰りは毎晩きっと九つ（十二時）過ぎになるのだから、いくらこのごろはすっかりやきもちを慎んでいるお銀でも、これは気にしないわけにいかない。

「夢さん、帰りはまた九つ過ぎなんですか」

お銀の目がキラリと針のように光った。

「そうなるべと思いますだ。けんど、なるべく気をつけて、早く帰ってめえります」

夢介はなんとなくお銀の顔を見ないようにしている。それがいよいよかんにさわるお銀なのだ。

「男らしくこっちをお向きなさいってば」

「へえ。あねごさん、その長ギセルは下におくことにすべ」

「なんですって――」

「気のたっているときは、時のはずみってことがあるだ。おらのキセル貸してやるべ」

「夢さん――」

と、うらめしげに顔をながめ、

「あんたは、あんたはそんなあたしだと思っているんですか」

いくらなんでも亭主をキセルでうつなんて、そんなだいそれたことはしやあしない。まだそんな気の荒い女に見えるから、心から打ち解けられないで、ほかにおとなしい女でもいるとつい通ってみたくなるんだろうと、持っていた長ギセルを放しながら、ため息が出てしまった。

「あれえ、お銀、急にしぼんでしまって、どうしただね」

「いいから、もう行ってくださいってば。お金は持っているんですか」

このあいだ小田原《おだわら》のがんこじいやに、勘当してくれとたんかを切っているから、もう露月町《ろうげつちょう》の伊勢屋《いせや》のお金はあてにできない。これからはできるだけ生活を切り詰めて、小商いでもしなくてはと考えていたやさき、男の道楽が始まったのだ。毎日夕方から出かけて、九つ過ぎに帰ってくるとすれば、吉原通いのほかはない。それでも帰ってくることは毎晩帰ってきてくれるんだし、相手が商売女で、地娘でないのがまだましだとも、お銀は急に思いなおしたのである。

「なあに、おらの道楽は金はかからねえだよ」

「いいえ、遊びなんてそんなもんじゃない。男なんだから、あんまりけちけちしたまねはしないでくださいねえ」

「おら別にけちけちはしねえだ、なるべくドッサリつけてやるようにしているだ。それでねえと、かわいがられねえもんな」

おいらんなんかにそんなにかわいがられたいのかしら、と思うとお銀はやっぱり悲しい。

「じゃ、あんまりかわいがられないから、あんた毎晩帰ってくるんですか」

「ところが、おかしなもんで、これでなかなかそうでもねえだよ」

「そんなら、たまには泊まってきたくなりそうなもんじゃありませんか」

「とんでもねえこってす。そんなまねしたらいっぺんにカゼひいてしまうし、いくらがんじょうでもそうはからだがつづかねえだ」

「いやらしい、もうたくさん。いいから、さっさとお出かけなさいよ」

潔癖なお銀は青いまゆをひそめて、一度置いた長ギセルが、なんとなくくやしくなる。

「そんなら、行ってめえります」

夢介は大きなからだをいそいそさせながら、平気でノッソリと立ち上がるのだ。

「夢さん、あんたあたしをひとりでおいて出かけるのが、そんなにうれしいの」

胸ぐらをとってひきすえてやりたいのをがまんして、とうとうお銀は涙声になってしまった。

「すまねえな、お銀。こんな道楽はそう長いことではねえ。寂しかろうけんど、もうしばらくの間だからしんぼうするだ」

夢介はちょいときのどくそうな顔をして、それだけやさしい心があるなら、一晩ぐらい、じゃ、今夜は家にいてやるべ、といってくれてもばちはあたらないのに、やっぱりさっさと玄関を出て行ってしまった。

「もういやだ、あたしは――」

そのガッシリした肩幅がぐりの外へ消えたとたん、お銀はがまんにがまんをしていた世話女房心が爆発して、からだじゅうがやきもちの火の玉になってしまったのである。

ばあやが娘のところへ行っているので、自分が出かければ家は留守になる。どろぼうがはいるかもしれない。かまうもんか、なんでも持っていくがいい。それより、あたしにとっては命よりたいせつな男を寝とられようとしているんだものと、お銀は、いきなりタンスへ飛びつくようにして、紫ちりめんのお高祖《こそ》頭巾《ずきん》を取り出して口にくわえ、黒ちりめんの羽織りをひっかけ、引き出しをしめて、玄関へ走りながらずきんをかぶる。ゲタを突っかけてぐりから表へ飛び出すまで、ほんのアッという間の早わざで、しかも耳につくような物音はあまりたてない。往来へ出たときは、もうどこかいき筋の女が用たしに出たという格好で、軽く両そでを胸のあたりで合わせながら、しなしなと歩いているのだから、さすがはおらんだお銀である。

出刃包丁

——いったい、あたしはどうするつもりなんだろう。五六間先をノソリノソリ歩いていく夢介のあとを追いながら、もうたそがれ近い茅町《かやちょう》通りへ出て、お銀はなんだか胸が重くなってきた。あの人をこんなに夢中にさせるのは、どんな女か見てやりたい。いや、ほんとうをいえば、あの人がデレリと鼻毛をのばしていい気になっているところへ、火の玉のように踏んごんでいって、おもいきりなにもかもひっかきまわしてやりたい衝動《しょうどう》に駆られてカッと飛び出してきたのだが、寒い風に吹かれていくらか気がしずまってくると、まさかそんな気ちがいじみたまねもできないのだ。

——いっそ、まだ夢さんが気がつかないのをさいわい、ここから黙って引っ返そうかしら。

が、それもたまらなく寂しいし、いちばんいいのは、夢さん今夜だけあたしといっしょに帰ってください、と頼んでここからいっしょに引っ返してもらうことだが、いじがあるからそんなこともいやだ。だいいち、あの人がうんと穏やかにうなずいてくれればいいけど、おらやっぱりかわいがってもらいに行くべ、なんてもし言われたとしたら、それこそこのにぎやかな暮れの町のまん中で、どうしても胸ぐらをとらなければおさまらないようなことになりそうだ。

——こんなことなら、こなければよかった。

後悔しながら、いつの間にか諏訪町《すわちょう》へ出て、日は全く暮れてしまった。そうだ、ここまできたんだから、せめて観音さまへおまいりして帰ろうと、これも未練があるから口実で、まさかこんなぶっそうなやきもちが背中にくっついているとは夢にもしらないのだろう、ノソリノソリとなにを考えながら歩いているのか、うしろひとつふりかえってみようとしない夢介を追って、とうとう雷門《かみなりもん》の前へ出てきた。

——おや。

吉原へ通うはずなら、観音さまの境内を抜けるか、花川戸《はなかわど》へかかるはずだのに、夢介はブラリと広小路のほうへ曲がった。

——あの人、どこへ行く気なんだろう。

そしてギョッと思いあたったのである。誓願寺《せいがんじ》裏の長屋にナベ焼きうどん屋の六兵衛じいさんがいる。孫娘のお米はちょいとかわいいポッタリとした十六娘だし、吉原ではなくて、そのお米のところへ通うのではないかしら。そういえば、六兵衛じいさんはかぎょうに出かけて、帰りは九つ過ぎときまっている。その間じゅう家にはお米ひとりしかいないことになるし、おらの道楽は金なんかかからねえだよとあの人はいっていたが、じいさんの留守にお米とちちくりあっているぶんには、金なんかそうかかるはずはない。しかも、六兵衛じいさんにかくれて、あいびきしているとすれば、どうしても泊まるわけにはいかない、と考えてくると、なにもかもピッタリ符合するではないか。

くやしい。と、お銀は思わず夢介のうしろ姿をにらみつけてしまった。ひとにはいまだにいびきばかり聞かせているくせに、あんな小娘とすぐ打ち解けるなんて、夢さんもあんまりだ。いや、商売女ならまだがまんのしようもあるけれど、あんな小娘に男を寝とられたんではもう勘弁できない。いったいどっちから手を出したんだろう。いやだ、どっちからだってかまうもんか、殺してやる。そうだ、ふたりでいい気になってまくらならべているところへ踏んごんでいってふたりとも殺してやる。

目を血走らせて歩いていたお銀が、ふっと立ち止まった。東本願寺へ突き当たって右へ折れた夢介がまもなく荒物屋の横丁の路地へノソリと消えていったからである。その路地の奥が、たしかに六兵衛じいさんの家である。

――憎らしい、いまに見ているがいい。

じっと暗い路地をにらんでいたお銀は、ツカツカと荒物屋の店の前へ行って立った。

「今晩は――」

「いらっしゃいまし。なにをさしあげましょう」

奥から三十五、六のおしゃべり好きらしい女房がすぐ立ってきた。

「あの、合鴨《あいがも》をもらって困っているんですけれど、お宅に出刃はありませんかしら」

とっさにこんなうそが出る。

「上物はありませんけど、こんなでは」

刃渡り五寸ほどの駄物《だもの》ではあるが、これだって、のどを一突きにすれば、ふたりぐらいじゅうぶん殺せそうだ。

「そうそうたしかにこの裏の長屋でしたね、ナベ焼きうどんの六兵衛じいさんの家は――」

とお銀はなれたものである。

「そうですよ。お知り合いなんですか」

「ええ、ちょいと。おじいさんはもう今夜は商いに出てしまったでしょうね」

「いいえ、それがねえ、三、四日前からカゼをひきこんだとかで、寝ているそうですよ」

はてな、それでは少し話が違う。

「じゃナベ焼きうどんは休んでいるんですか」

「それがねえ、世の中には親切な人がいるもんですね。あのじいさんなかなか強情っぱりですから、こんなカゼぐらいで商売は休んでいられねえって、熱があるのに孫娘のお米ちゃんを困らせていたんです。そこへ、なんでもこのあいだお米ちゃんが悪いやつに売られそこなったのを助けてくれた人なんだそうですがね、その人が見舞いにきて、それならおれがじいさんの病気のなおるまでうどん屋をしてやろうって、別にしんせきでもなんでもないんですよ、あなた。しかも小田原のほうのお金持ちのむすこで、お金で助けるならなんでもないんですけれど、それは六兵衛じいさんが承知しないんです。少し変わったおじいさんですからね、金がほしいんじゃねえ、おれのようなのんだくれのうどんでも、それを待っていてくれるお客さんに休んじゃすまねえとごねるもんですから、その人が屋台をかついで出てくれることになったんです。お金持ちのむすこが変わっているといえば少し変わっているのかもしれませんけど、ただじゃできないって、近所でもみんな感心しているんです」

全く感心しているようにしゃべりたてるおかみさんの話を聞いて、ああそうか、とはじめてのみこめたが、まだ油断はできない。

「じゃ、きっと、その人お米ちゃんのお婿《むこ》さんにでもなりたいんじゃありませんか。お米ちゃんは器量よしだって話だから」

「とんでもない。そりゃ近所でもそんなうわさがないでもありませんでしたがね。その人には、うちにとても美人で、しっかりしたおかみさんがあって、そのおかみさんは心のやさしいひとだけれど、その人はそれに輪をかけたおかみさん思いなんだって。これはお米ちゃんが自分でいったんだから、まちがいありません」

ごめんなさい、夢さん。その心のやさしいはずのおかみさんが、ものごとをよくたしかめもしないで、こんな出刃包丁を買う気になっている。あたしはなんというあさはかな恐ろしい女なんだろうと、お銀はいきなり投げ出すように手の出刃をそこへおいた。

「おや、この出刃ではおまにあいませんかな。なんならもうひとまわり大きいのもありますけれど――」

「いいえ、もう出刃はよしましょう。あたしには合鴨は裂けそうもない。こわいから、早くしまってくださいまし」

ずきんの中でまゆをひそめて、急に身ぶるいが出るお銀だったが、さすがにそれではまるでひやかしに寄ったことになると気がついて、

「あの、そのかわり、その軽石を三つばかりくださいまし」

と、目についた軽石の箱を指さした。

「軽石を三つですか」

女房が妙な顔をする。出刃が急に軽石に変わって、しかも三つというのだから、こ

れはおどろいたに違いない。

「あたしは冷え性なもんだから、これを焼いておいて、抱いて寝ることにしているんです」

涼しい顔をしたのはいいが、

「おや、そうですかねえ。それじゃなるべく大ぶりのほうがいいんでしょう」

と、大きな軽石を三つ買わされてしまった。

——でも、命がけの出刃包丁が軽石三つにかわったんだもの、こんなうれしいことはない。と、お銀は身も心も軽く、いそいで荒物屋の店先を逃げ出し、思わず軽石の袋包みを抱きしめながら、四、五軒先の暗い軒下へ立ち止まった。

なんだか恥ずかしいから、怪しまれやしなかったかしらと、荒物屋のほうをふり返ってみると、その横丁から今、ナベ焼きうどんの赤いあんどんがフラリと往来へ出てきたところだ。

「アッ、夢さんだ」

お銀はドキリとして、目をみはってしまった。

とも知らず、夢介は、この寒空に羽織りをぬいでじんじんばしょり、紺のももひきにわらじがけ、手ぬぐいのほおかむり、すっかりナベ焼きうどん屋になり切って、ノソリノソリとお銀の前を通り抜け、広小路のほうへ歩いていく。

「いやだあ、夢さんは――」

ものずきにもほどがあると思い、いや、もしもこうでもしなければほんとうに暮していけない身分になったら、どんなにみじめだろうと、今は勘当の身のそんなことまで思いあわされ、いじらしいようなおかしいような、お銀は涙がこぼれてきてしようがなくなった。

それにしても、なんという勘違いをしてしまったのだろう。こういう寒い道楽では、一晩じゅう歩いていてはカゼをひくだろうし、どんながんじょうなからだでもそうはつづかないはずである。でも、女道楽でなくてよかった、とお銀は夢介のうしろ姿を拝みたいような気持ちで、軽石を抱きながらつけていく。

うどん屋

――なんだか変だと思ったら、あの人まだ一度も、ナベ焼きうどんって呼んでいないんだ。

お正月ももう五、六日という暮れの押し迫った広小路だから、このへんはまだ用ありげな人たちがみんな寒そうにセカセカと歩いている。その往来のまん中を、夢介は黙ってノソノソと歩いているだけだ。これではいつまでたっても商売になりそうもない。

――しようのない人、あたしがかわりに、どなってやろうかしら。

そこは人情だから、かぎょうとなれば、なんとかして一杯でもよけいにうどんを売らせてやりたい、と気がもんでいるうちに、夢介は雷門のそばの柳の木のあたりへ屋台をおろした。とたんにバタバタと駆けだしてきた者がある。

「今夜も寒くなるぜ、あんちゃん」

あんどんのぼんやりした灯の中へ、とぼけた顔を出したのは、ちんぴら三太《さんた》である。

「やあ、あにきさんか。すぐこしらえますだ」

夢介はニッコリして、しちりんの下をバタバタとあおぎだす。火の粉だけが一人まえにパチパチと飛び散る。うどんの玉を取り出して細長い揚げざるに入れ、たぎった湯に手かげんでひたしてどんぶりへあけ、しるをかけて、

「へえ、お待ち遠さま」

と、三太に渡す。あんまり器用な手つきではなく、それだけに当人はいっしょうけ

んめいで、見ているお銀はてつだってやりたくて、思わず手がムズムズする。

「あんちゃん、すっかりなれちまったなあ。これならちょいといけるぜ」

三太は熱いうどんを吹いてスルスルとすりこみながら、そんな小生意気なことをいう。

「ありがとうごぜえます」

大きなおじぎをした夢介は、こんどはそばを出してもうもうと湯気がたつカマへバラバラとまく。それをどんぶりへあけてしるをかけ、

「へえ、おかわり」

と、また三太に渡す。

「うん、こいつはちょうどゆでぐあいだ。だいいち、六兵衛じいさんのしるがうまいからね」

スルスルとうまそうにすすっているうちに、商売というものはふしぎなものだ。ひとりがうまそうに食っていると、ちょうど時分どきであり、そのにおいに誘われるように、ふたり三人と客が立ちはじめた。そうなると夢介はいよいよいっしょうけんめいで、それがまたお銀にはいよいよモソモソしているように見えて、

「じれったいねえ、ほんとうに」

おもわずじだんだを踏みながら、何度飛び出していきかけたかしれない。

が、気がついてびっくりしたのは、三太がいつの間にか洗いのほうへまわり、あいたどんぶりを洗ったり、しちりんの下をあおいだり、客から代をもらったり、その間には、

「ナベ焼きうどん――」

と、近所をふれまわって注文を取ってくる。うどんができ上がると、こまめに盆の上へのせて出前に出る。

「あんちゃん、そばが二つに、うどんが一つ。山盛りにして、しるをたくさんでたのむよ」

と、うれしそうに下働きをつとめているのだ。

「ありがとう、三ちゃん」

お銀はジーンと胸が熱くなってしまって、こんど家へきたら、なにをごちそうしてやろうかしら、と寒いのも忘れて立ちつくしていた。

「ああわかったわ、夢さん」

そして、やっと思い出したのである。このあいだ夢介はしみじみと、それは小田原のがんこじいやをお銀が玄関から追いかえした夜、まくらについてから寝物語に、

「お銀、おらまちがっていたかもしれねえな」

と、いいだした。

「なにがまちがっていたの、夢さん」

と夫婦約束をしたのがまちがいだった、そういわれるのではないかと、すぐそこへ気のまわるお銀だから、血相をかえずにはいられない。

「おら別に、金で人を助けていい気持ちになっているわけではねえだが、六兵衛じいさんにも、自分で働いたことがねえから、むだな金ばかり使うといわれてきただ。聞けばじいやも、親の金でなにが人助けだ、といっていたってな。たしかにそうかもしれねえ。金ってものをそんなにありがてえものだとは思わねえけんど、やっぱり自分で働いてみなけりゃ、ほんとうの金の値うちはわからねえもんかもしれねえだ」

「そうかもしれませんねえ」

ホッとして、なあんだ、そんなことかと、その時は気にもとめずにいたが、こんどのうどん屋は、きっとそれなのだ。働いて得る金の値うちを知り、金で助けるのばかりが人助けではないと気がついたのと、その二つを身をもってためすつもりでかわった仕事に違いない。

目がしらが熱くなるにつけても、うっかり出刃包丁を買おうとまでした自分が、お銀は恥ずかしくてたまらなくなる。

「観音さま、どうかお慈悲で、あたしをおとなしい良いおかみさんにしてくださいまし」

思わず両手を合わせるお銀だ。

ただ食い折助

屋台の前では、あとからあとからと立った客がようやくすんで、こんなかぎょうには潮どきというものがあるか、ちょい客足が絶えた。三太は出前のどんぶりを取りにいったとみえて姿を見せない。夢介はしゃがみこんで、なにかゴトゴト洗い物をしているようだ。

「うどん屋、早いとこそばを二つくんな」

フラリと通りかかった折助体《おりすけてい》の男がふたり、ヌッとあんどんの前に立ち止まった。

「へえ」

夢介がノッソリ立ち上がってしちりんに炭を足し、カマをかけてバタバタとあおぎだす。

「寒くってしようがねえ、酒はねえか」

「へえ、お酒はごはっとでごぜえます」

「なんだと――」

「大道でお酒を売るのは禁じられていますだ」

「チェッてめえはまだ藤四郎《とうしろう》だな」

「へえ」

「お関所にだって裏道のある世の中だ。ごはっとと表通りばかり通るバカがあるもんか。そういう時は、お酒はございませんけれど、お茶ならありますといって、酒を湯飲み茶わんに入れて出すもんだ。よくおぼえときねえ」

「ありがとうごぜえます」

その間に夢介はそばを二つこしらえて、

「お待ち遠さま」

と、ふたりの前へ出す。

折助ははしを取るなり、どんぶりのそばを大づかみに持ち上げ、スルスルとすすりこむ。

「うどん屋、少しぬるいぜ、こいつは」

「そりゃ気のつかねえことをしました」

「うんと熱くして、おかわりだ。こんなぬるいのは、江戸っ子の食うそばじゃねえ」

「だいいち、しるがうすい、あにき」

連れが負けずに、まずそうな顔をする。

「だしが悪いんだ。食えやしねえ」

そのくせふたりともスルスルとまたたく間にしるまでたいらげてしまった。

「かわりはまだか、うどん屋」

「もうすぐでごぜえます」

「そばなんてものは、こう間をおいて食わされたんじゃ、前のがはらん中でいいかげんふやけてしまうじゃねえか。藤四郎はしようがねえな」

「へえ、お待ち遠さまでごぜえます」

渡されたどんぶりをうけ取って、一口食って、

「まずいなあ、うどん屋。どうしておまえんところはもっと熱くできねえんだ」

と、しかめっつらをする。

「全くぬるいや。とんでもねえうどん屋へひっかかってしまったぜ」

口小言をいいながら、ふたりともしきりにはしでそばをもんで、さめるのを待って

いる。

「まだぬるうございましたかね」

夢介は決して逆らわない。

――どうしてああじれったい人なんだろう。ぬるいかぬるくないか、すぐに口の中へ入れてみろって、たんかを切ってやりゃいいのにさ。

見ているお銀はくやしくってたまらない。

「まずくって、どうにもがまんできねえ」

「もったいねえからむりに口ん中へ押しこんだものの、おらあ兄弟、胸がむかついてきたぜ」

「食わなけりゃよかったな」

ペッペッと折助はつばを吐いて、

「いくらだ、うどん屋」

と、あいたどんぶりを屋台の上へ投げだす。

「へえ、一杯十六文でござえますから、四つでおふたりさまで六十四文になりますだ」

「そうか。おれたちは本所《ほんじょ》の南部《なんぶ》様のへやの者だ。勘定はあとで取りにきてくんな」

「へえ」

「あばよ。行こうぜ、兄弟」

まことにあざやかな食い倒しぶりである。さっさと吾妻橋《あづまばし》のほうへ行きかけるのを、夢介はポカンとながめている。

――ちくしょう、いなか者だと思ってバカにしやがって。

お銀は承知できない。歯がみをしながら、そっと屋台のうしろを遠まわりにすり抜けて、ふたりのあとを追っていく。

「うまくいったな、兄弟」

「アハハハ、どぎもをぬかれてやがった、やろういなか者だな」

「おおかた水のみ百姓のせがれなんかで、一旗あげるつもりで江戸へ出てきたんだろう。バカなやろうよ、生き馬の目を抜く江戸で、田吾作になにができるものか」

「けど、あのそば、案外うまかったな」

「それでただときていらあ、こてえられねえや」

「あたりまえよ、変にごたくなんかこねやがったら、ただ食いだけじゃすまねえ。横つつらを張り飛ばして、屋台をひっくりけえしてやろうと思っていたんだ」

「ハハハ、おれたちにかかっちゃかなわねえや」

やがて吾妻橋の上である。

「もし、食い逃げのにいさん――」

お銀がピンと張りのある声をかけた。

「なんだと――」

ふりかえって見ると、スラリとしたお高祖頭巾の女が、川風に吹かれながら立っている。

「だれだ、おまえは――」

「今おまえさんにただ食いされた田吾作うどん屋の女房さ」

「ふうん、その女房がなんの用だえ」

いささかあきれながら、人をくった顔をする。

「さっきの勘定をお出し、といったところで、おまえさんたちはすっかんぴんなんだろう」

「だからどうだっていうんだ」

「ふたりとも、そろいもそろって、まずいつらだねえ。そばへなんか寄っておくれでない、くさいから」

「ぬかしやがったな、あま」

「口があるから、なんでもいえますのさ。うちの人のこしらえたそば、熱くてうまかったようだが、あれはおまえさんたちみたいな下人に食べさせるそばじゃないんだけれど、うちの人がナム大悲観世音さまのおおせつけで、わざとああいうふうをして、七日の間衆生済度のために安くふるまっているのさ。おまえさんたち、早く土下座をしてあやまってしまわないと、今夜のうちに血を吐いて死んでも知らないよ」

若い女のくせに、恐れげもなくこうシャッキリとのべたてられてみると、なんとなく薄気味悪くもあったのだろう。ふたりはちょいと顔を見あわせたが、そこはすぐ命知らずになれるやつらだし、しかもふたりだ。

「なにをぬかしやがる」

「かまわねえ、兄弟、観音さまのしりをまくってみようじゃねえか」

たちまち度胸をすえて、それに相手は女だから損はないと両方からつかみかかろうとする。

「くさいから、そばへお寄りでないってば」

ジリジリとあとへさがるお銀だ。逃げるようなら、こわがることはない。

「やっつけろ」

「それッ」

いきおいこんで飛びかかろうとするふたりの眉間《みけん》へ、

「ばち当たりめ」

パッ、パッ、とお銀の手から白いつぶてが二つつづけて飛んだ。実はさっきの軽石である。

「ワーッ」

「やられた」

軽石でも力いっぱい真眉間をねらわれてはたまらない。ふたりとも目がくらんで、ドスンとそこへ大きなしりもちをつく。

「オホホホ、くやしかったら、おまえたち、いつでも観音さまの御堂へ仕返しにおいで。こんどはほんとうに目をつぶしてあげるからね」

胸がスーッとしたお銀は、そのまま雷門のほうへ引きかえす。夢さんまだいてくれるかしらと、急にそれが心配になりながら——

こたつの中

どんよりと朝から曇った底冷えのする日、きょうはいつもより早く夕方がきた。もうそろそろ夢介が道楽に出かける時分である。

それをきのうまではてっきり吉原の遊女狂いだと思い込んで、お銀はがまんができないほどやきもちをやいてしまったが、道楽は道楽でも、カゼをひいて寝こんでいる誓願寺裏の六兵衛じいさんにかわって、ナベ焼きうどんの夜商いに出かけるのだとわかったので、きょうのお銀はすっかり落ち着いて、置きごたつへはいって針仕事を出している。が、女というものは、よっぽど苦労性にできているものとみえる。心配した女道楽ではなかったのだから、もう安心してもよさそうなものだのに、こんどは夢介がどうしてあたしに隠して、毎日さも申しわけなさそうに出ていくのだろうと、そんなことが気になりだすのだ。

——悪いことじゃあるまいし、寒い思いをして人助けに行くんだもの、なにもあたしに隠すことなんかなさそうなもんだけどねえ。

それを隠すには、きっと隠さなければならないだけの訳があるに違いない。夢さんは大尽のむすこで育ったんだから、ナベ焼きうどん屋なんてかぎょうが恥ずかしくて、あたしにいえないのかしら。それとも、自分が恥ずかしいのではなくて、あたしがいやがるとでも考えて用心しているのだろうか。いや、どっちも違うようだ。この世の中で亭主が女房にいいづらいことといえば、たいてい女に関係したことである。

――そうだ、どうしてもこのことの裏には女がひそんでいるに違いない。とすれば、お米ちゃんのほかにはないじゃないか。

それは、まるで自分が自分のやきもちを掘り起こしていくようなものだ。とまんざら気のつかないお銀ではないのだが、一度そこへ考えが行ってしまうと、とことんまでやいてしまわないと、どうにも胸がおさまらないお銀なのだからしようがない。つまり、六兵衛じいさんを助けると見せかけて、その実はお米ちゃんに野心のあるナベ焼きうどん屋だから、気がとがめて、あたしには内密にしておきたいんではないかしら、とどうやらやっとやきもちの火種を見つけて、お銀は差し向かいにこたつにあたっている夢介の大きな顔をジロリと見る。

その夢介はもうそろそろ出かけなくてはならない時刻だから、なんとなくモソモソしてみたり、あぐらに直したり、しきりにこっちの顔色をうかがいながら落ち着かないようである。

「夢さん、そんなにモソモソしちゃ、こたつが寒いじゃありませんか」

思わずいじの悪い目になる。

「そんならおら、すまねえけんど、またそろそろ出かけさせてもらいますべ」

夢介は申しわけなさそうにいいだす。まるできっかけをつけてやったようなものだ。

「なんですって、夢さん」

「おら出かけさせてもらうだから、あねごさん、ひとりでゆっくりこたつにあたるがいいだ」

「あんた、ままっ子育ちなの」

「どうしてだね」

「それじゃまるで追い出すみたいじゃありませんか。どうしてあんた、男のくせに、そうひねくれたがるんでしょうね」

お銀はとっさにうまい理屈をこねだす。

「おら、別にひねくれるわけではねえが、もうそろそろ出かける時分がきているだ」

「そろそろ出かける時分だなんて、だれがそんなことにきめたんですよう」

「なあに、そろそろであねごさんに気に入らなければ、いそいで出かけてもいいだ」

「夢さん、あんたそんなに、あたしのそばにいるのがいやなんですか」

サッと顔色のかわるお銀だ。

「困ったなあ――あねごさん、おら少し抱いてやるべか」

「そんなおせじ使ったって、だれがのるもんですか。きょうはちゃんと聞かせてもらいます。あんた毎晩、いったいどこへ出かけるんです」

それをはっきりと当人の口から白状させなくては、どうにも胸がおさまらない。

「おらの道楽は、ちっとも金のかからねえ道楽だから、そんなに心配しなくてもいいだ」

そりゃやかせぎに行くんだもの、金のかかるどころか、金のもうかる道楽だとはわかっている。

「だから、だからどこへ行くんですよう」

「熱くて寒いとこへ行くだ」

「なんですって――」

「おらの道楽は、熱くて寒い、変な道楽だ」

夢介はのんびりとわらっている。

火のそばの商売だから熱い、それを大道でやるのだから寒い。それならいいけれど、お米に熱くなってしてやっているかぎょうだから熱い、そうとれないこともないじゃないか。

「夢さん、女に熱くなって寒い道を通いつづける、それだって熱くて寒い道楽ですね」

「そうか。なるほど考えようはあるもんだな」

感心したように目を丸くして、

「おら、まるでおせんべいみたいな男にできているだね」

と、また変なことをいいだす。

「どうしてさ」

「年じゅうやかれてばかりいるだ」

「しらない。なんといったって、きょうは行く先をいわなければ出しませんからね」

「困ったなあ。おら決してうわきはしねえだから、もうしばらく大目に見てやってくだせえまし。たのむだ、あねごさん」

「あんたはそんなに熱くて寒いところが好きなんですかえ」

「別に好きってわけでもねえが、おらのようにぼんやりしている人間には、いい学問になるだ」

ハッとした。そういう気持ちでなければ、いくら人助けでも、あんなまねはできない。お米を引き合いに出すなんて、それはこたつの中でのんびりと遊んでいる女のかってないたずら心だ。もともと根もないことをやきもちの火種にしてカンカンになっていたお銀なのだから、気がついてみると全くおとなげない。

「いいわ、うわきをしないなら出してあげますから、かってにさっさとお出かけなさいよ」

わざとツンとすねたような顔をして見せる。

「すまねえこってごぜえます。おら、あねごさんのような弁天さまに思われて、年じゅうせんべいのようにやかれどおしの果報者だもの、とてもうわきなんてする気になれねえだ」

「いやだったら、そんな歯の浮くようなおせじ。あたしはそんな、おせんべいみたいになまやさしいコンガリとは違うんですからね。ちゃんと性根にすえておいてくださいよ」

「へえ、わかっていますでごぜえます。そんなら、ごめんくだせえまし」

夢介はこたつを出て、大きなおじぎを一つした。このまま行かれてしまうのは、なんだか寂しい。つづいて立ち上がりながら、

「夢さん、忘れちまったの」

と、お銀が不平そうに顔をにらんだ。

「あれえ、おらなにを忘れたろ」

「いやだあ。だからあんたのは口ばかしだっていうんです」

うらめしそうな、というより、トロンとからみついてくるような目の色を見て、

「ああ、おらあねごさんを抱いてやるべといったようだけど、それかね」

と、夢介はすぐ思い出したようだ。

「しらない。そんな大きな声を出して」

さすがに恥ずかしいから、ポッとさくら色になって、われにもなく背を向けるのを、夢介の大きな左手が追うようにわきの下から胸へまわって、右手がおしりへかかったかとおもう間に、例の底なし力だから、もう軽々と赤ん坊でも抱くようにお銀のからだを抱きあげていた。

「おらのやきもちやきのお銀――」

とたんに火のような熱情が男の胸にたぎってきたらしく、息が詰まるほど抱きしめられて、

「髪が、髪がこわれるから」

あえぐようにいうお銀のくちびるは、男の激しいくちびるにおおいふさがれてしまった。うれしい、とお銀は全身がしびれるように甘く、うっとりと息苦しい。そのまま夢介はお銀を玄関まで抱いていって、

「そんなら、あねごさん、留守をたのみますだ」

と、そっとそこへおろした。

「かぜをひかないでくださいよ、夢さん」

「おら熱いやきもちふところへ入れているからだいじょうぶでごぜえます」

「またそんな憎らしい――ひっかいてやるから」

どうしてもおとなしいおかみさんになりきれないお銀である。

春駒太夫《はるこまだゆう》
――どうしようかしら。

夢介を送り出したお銀は、ちょいと考えこんでしまった。男の行く先も、そして火のような愛情を持っていてくれるうれしい心も、今ははっきりわかっているのだから、それは少しも心配はないが、こうしてひとりになってみると、なんだかひどく寂しいような、たよりないような、ちっとも落ち着いた気持ちになれない。

――どこへでも、だんなさんのあとを追いかけていきたがるおかみさんなんてあるかしら。そう思って、自分ではおかみさんらしく落ち着こうとするのだけれど、魂のほうがフワフワとからだから抜けていきたがるんだから、しようがない。それに年の瀬が押し迫って夜の町はぶっそうだし、あの人はああいうお人よしな性分だから、どこでまたゆうべのような食い逃げ折助にぶつかるかわかったものではない。いや、ただの食い逃げなら、なんのかぎょうにもよくありがちな傷のうちと、がまんしてすませないこともないが、もし追いはぎかつじぎり強盗にでもねらわれたらどうなるだろう。バカ堅いあの人のことだから、六兵衛じいさんの商売道具をこわされてはたいへんだと、そのほうにばかり気を取られてまごまごしてるうちに、大ケガをしないともかぎらないではないか。

——そうだ、やっぱりあたしがついて見ていてやらなくては、心配で、とてもひとりでほっておけない人なのだ。

やっとそうはらがきまると、お銀は急に魂を取りもどした人間のようにいきいきとよみがえって、テキパキと火の始末をしだす。帯をキリッと締めなおして、羽織りをひっかけお高祖頭巾をかぶり、すっかり身じたくができると、念入りに戸締まりをしていそいそと家を出た。

お銀は夢介の歩く道順をよく知っているので、きょうは別にいそぐ必要はなかった。風はないが雪もよいの日で、寒いことはひどく寒い。が、人助けのためにかぎょうに出る夢介の、そのまた陰にまわって、だれにも知れないように男の手助けをするのだと思うと、心はあたたかくたのしい。それに、こんな寒い晩こそ、きっとあの人のうどんはよく売れるだろうと、もうそんなことまで気になるのだから、女というものは全く連れ添う亭主しだいのものである。

蔵前《くらまえ》通りから駒形《こまがた》を通り、並木町《なみきちよう》へ出るころ、冬の日はとっぷりと暮れてきた。並木町の突き当たりが雷門で、そこが夢介のうどん屋の振り出しになるのだから、今夜はわざと誓願寺裏まで足を運ぶまでもなく、遠くから観音さまへ手を合わせて拝んで、そのへんをブラブラしながら夢介を待っていることにした。

「同じ手口のやつが、これで三人めだとよ」

まだ人足《ひとあし》も絶えない広小路で、前を行く仕事帰りらしいふたり連れの職人の話し声が、ふとお銀の耳をとらえた。同じ手口ということばが、身におぼえがあるだけに、なんとなくゾッと神経にこたえたのである。

「ふうん、変な話だなあ。まっ昼間、人どおりのある往来で人殺しをやって、だれがやったんだかわからねえなんて、そんな器用なまねができるもんかな」

「だからよう、たしか三年ばかし前になるが、ひところカマイタチの仙助ってやろうが、江戸じゅうを荒しまわったことがあるんだ。そのやろうのは、やっぱりまっ昼間、すれちがいざま胸を一突きにして、紙入れを抜いてさっさと行ってしまう。あとに人が倒れているんで、どうしたんだろう、たいへんだ、人殺しだと、大騒ぎになる時分には、もうそのやろうはどこへ行ったか、いったいどんな男だったか、だれもわからなかったっていうんだ。すごいのなんのって、一時江戸の町は金を持って歩けねえって、ふるえ上がったもんだが、たぶんそのカマイタチがまた帰ってきたんだろうって話よ」

「じゃ、そのカマイタチってのは、まだつかまらずにいたのか」

「そりゃ、おまえ、つかまりっこあるもんか、だれも顔を見たやつがねえんだからな。こんどのもそれと同じ手口で、ひとりは下谷の黒門町《くろもんちょう》ひとりは浅草の天王橋《てんのうばし》のそば、きょうのは、ついそこの車坂《くるまざか》、三人ともみんな掛け取り帰りの大だなの番頭さんだとよ」

「おれにはどうもまだのみこめねえなあ。人が殺されるのに、だれもそのやろうの顔を見たものがねえなんて――」

職人は花川戸のほうへ曲がっていくので、お銀はそこから引っ返した。カマイタチが江戸へ帰ってきていることは、たしかにこの目で見ているお銀だし、それがまた凶悪な仕事を始めたかと思うと、身ぶるいをせずにはいられない。

――もし、こんな話をお米ちゃんが聞いたら、あの娘は自分のおとっつぁんだと思いこんでいるようだし、どんなことになるんだろう。

いや、お米どころか自分も、自分につながる夢さんも、カマイタチからは深い恨みをうけている。いつどこで、どんなふうに恨みのアイクチを胸へ突き刺されないとはかぎらないのだ。

――やっぱり出てきてよかった。あの人なんかに殺されてたまるもんか。

そうも考えて、こんどはムラムラと敵愾心《てきがいしん》に燃えてくるお銀である。

気もそぞろに雷門の前まで引っ返すと、ちょうど夢介がゆうべの柳の下あたりで店をはじめたばかりで、今ちんぴらオオカミの三太が、小生意気な格好をしながら、大いばりで、お初をスルスルとすすりこんでいるところであった。

――夢さん、ご苦労さま。

この寒空にじんじんばしょり、慣れない手つきでバタバタとしちりんの下をあおいでいるいとしい男の姿を見ると、お銀はついジーンと胸が熱くなって、頭を下げずにはいられない。

月並みに当たり矢を描いた屋台あんどんのうすぼんやりした灯の前を、寒そうな人足が絶えず流れていくが、ふとその光の中へ目のさめるような若い女の顔が浮き上がった。ふさふさとした島田まげ、フックラと大きな目鼻だち、鈴を張ったようないじの強い目。

――アッ、春駒太夫。

この春一度夢介が両国の小屋の楽屋をたずねて、同朋町《どうぼうちょう》の梅川へ誘われ、お奉行《ぶぎょう》ごっこをして、あの人がこの春駒太夫に縛られ、うれしがってごはんを三杯も四杯も養ってもらっていたということだった。そのころはやきもちのやきたい盛りだったものだから、さんざん胸ぐらをとったあげく、二、三日たって東両国の小屋へそっと春駒太夫の手品を見に行ったことがある。くやしまぎれだから、その時は、手品も踊りもへたくそだ、ただ若くて少し顔がいいものだから、甘い男たちがあんなに騒ぐんだ、とむりにけちをつけて帰ったが、あれ以来いまだに江戸の人気が落ちず、この秋からは奥山《おくやま》でずっと興行をつづけているくらいだから、むろん決してそんなへたくそな芸ではない。

その春駒太夫が女でしひとりしたがえて、ツンとすましながら一度はあんどんの前を行き過ぎようとしたが、ふとほおかむりの夢介のほうを見て、おやという面持ちで立ち止まった。そして、ツカツカと屋台のそばへ寄るなり、

「にいさんじゃないかしら――」

カッと燃えるような目が、はっしと夢介の顔を見つめたのである。

「あれえ、お駒ちゃんでねえか」

びっくりしたように顔をあげて、なんというなつかしそうな夢介の声だったろう。アッとお銀は棒立ちになりながら、そのお駒ちゃんと叫んだ夢介の声はただならず耳に焼きつけ、あえぐように息をのんでしまった。

「どうしたのよう、にいさん」

ジロリと様子を見てとったお駒の顔が、一瞬世にも悲しげな色をたたえる。

「おら三、四日前から、こんな商売始めただ。太夫さん。熱いそばを一杯食べてみねえかね」

なんてまぬけな人なんだろう。人気かぎょうの若い娘芸人に、こんな大道で二八そばを食べろなんて、断わられて恥をかくにきまってるじゃないか、とお銀が見ているうちに、

「食べるわ、こしらえてください」

あきれたことには、お駒は二つ返事なのだ。

人一倍気ぐらいの高い女だというのに、これは明らかに好意以上のものを男に寄せる女の心中立てとわかるから、お銀の胸がいよいよおだやかでない。ところが、心おだやかならざる者が、ほかにもひとりいたらしい。

「そんなら、おら腕によりかけてうまいそばをこしらえてやるべ」

夢介がいかにもうれしそうに、いそいそとしたくにかかろうとしたとき、

「太夫、およしよ。なにもそんなまずい屋台のそばなんか食わなくたって、そばが食いたけりゃ更科《さらしな》へでも藪《やぶ》へでもお供しようじゃないか」

おそらく春駒太夫のしりを追いまわしている道楽むすこなのだろう。女でしと肩を並べていた大だなの若だんなとも見える。まゆをひそめながら白い手でお駒の肩をたたいた。

「おらのそばまずくねえです。なんならおめえさまもためしに一杯食ってみてくだせえまし」

バタバタとしちりんをあおぎながらすすめる。

「おことわりするねえ。いくらうまくたって、大道のものは、まるでほこりを食うようなものだからね」

「おら、なるべくほこりは入れねえように気をつけていますだ」

やあ春駒太夫だ、お駒ちゃんがそばを食うんだとよと、人気者だからふたり立ち、三人集まっていたやじうまが、ゲラゲラと笑いだす。

「いくら気をつけたって、ほこりは目に見えないからね。だいいちそばなんてものは

江戸まえのものさ。だんべえことばののびたそばなんか食えたもんじゃありません」

「おらのそばは口をきかねえから、いなかもんか江戸まえか、食ってみなけりゃわからねえでごぜえます」

「せっかくだけれど、まあわたしはよそう。しるの中へ油虫やネズミのふんなんかはいっていたひにゃ、とても助かったもんじゃないからね」

若だんなのいやがらせはいよいよ露骨になってきたようだ。

若だんな

「花ちゃん、おまえおそばはいやかえ」

ツンとそっぽを向いていたお駒が、若だんなを無視して女でしのほうをふりかえった。

「いただきます」

いただかなければあとがこわい、と女でしは太夫の顔色を読んでいた。

「太夫、ほんとうにいただく気かえ。人気芸人があんまり上品なまねとはいえないよ」

「どうせあたしは下品な小屋掛け芸人だもの、恥ずかしかったら若だんな、かまわず先へ行ってくださいまし」

お駒はピシャリといってのけた。

「にいさん、二つこしらえてくださいね」

どうしたらこうも声が変えられるものか、とあきれるほどやわらかい声だ。

「いいとも、今すぐこしらえてやるべ」

夢介はたぎったカマへそばをまき入れた。

「まるで大道のほこりを食うようなものだがねえ。馬も通るし、犬は小便をするし」

若だんなまだ毒舌をやめない。これも相当なしろものだ。

「当たり矢、おれにも一つ作ってくんな」

やじうまの中から声をかけたやつがある。

「ありがとうごぜえます。おら、なるべくほこりは入れねえようにしますだ」

「なあに、かまわねえ。ほこりをダシにしてもいいから、おれにも一つ熱いのをくんな」

「へえ、ただいま——」

「こっちへもたのむよ。もしもし、そのほこりのおっかない若だんな、そばを食わねえんなら、ちょいと場所をあけてもらいたいねえ」

「そうだ、そうだ。あっちへ行って小便でもしてもらおうじゃねえか」

その実、春駒太夫のそばで、肩をならべてそばが食ってみたいものずきが多いんだから、若だんなはとうとう押し出されてしまった。

「さあ、太夫さん、できたぞ」

「ありがと――すみませんけど、こっちへくださいな」

さすがに女だから屋台で立ち食いもできかねたのだろう、春駒太夫はツとうしろの柳のかげへ行ってしゃがんだ。女でしがそれにならう。

「熱いから、舌焼かねえようにするだ」

どんぶりを運んでいった夢介がわらいながらいうと、お駒はなにかいいたげな目をしたが、人前だからいいひかえたふぜいである。

人気というものは妙なものだ。そこに春駒太夫が女でしとしゃがんでそばを食っているというだけで、その晩はそばやうどんが飛ぶように売れていく。夢介もてつだいの三太も、いちじはてんてこまいの形だ。

「三ちゃん、ちょいと――」

その三太を、やっとそばを食べおえたお駒が柳の下から手招きしながら呼んだ。

「へえい――太夫さんはおいらを知ってるのかい」

三太は飛んできて目を丸くする。

「知ってるわ。あたしこの春、両国であんたに負けたことあるんだもの」

その時三太にすられた紙入れが縁になって、夢介がはじめて楽屋をたずねてくれたのだから、お駒には忘れられない三太である。

「あれえ、つまんねえことおぼえてる人だな」

少しも悪意のないお駒の目の色を見て、三太は頭をかいてみせる。

「にいさんね、ここから毎晩どっちへまわるの」

「まっすぐ浅草橋へ出て、黒門町へ出るよ」

「寒いのにたいへんね。はい、これお代。――忙しそうだから、にいさんにはあいさつしないで行きますからね」

あいたどんぶりといっしょに小粒を一つ盆の上へのせて、春駒太夫は柳の下を離れた。

「毎度ありがとうござい――」

そのうしろ姿へとぼけたおじぎをしてみせる三太だ。忙しい夢介は少しも気がつかない。が、お銀は決して見のがさなかった。とはいっても、その時のお銀の関心は、むしろお駒の連れの若だんなにあったのである。お駒に対して、やきもちがやけないこともなかったけれど、それよりあの人のそばに、ほこりだの、油虫だの、ネズミのふんのと、客が取り巻いている前で、さんざん毒づかれたのがくやしい。

――ちくしょう、こうと知ったら、きょうも軽石を買ってくるんだったのに。

胸がムカムカしてしようがない。

そのうちに若だんなはやじうまに押し出されてしまったので、ようし、先へ帰るようだったらあとをつけて、女には甘そうなやつだからどこかへ誘いこんで、そこで思いきり赤恥をかかせてやろう、と見ていると、その男はよっぽど春駒太夫に未練があるとみえて、屋台のまわりは離れたがブラブラとそのへんを歩きまわりながら、ひとりで帰ろうとする様子はない。

――はてな。

ふと気がついたその男の態度が、だれも見ていないと思ってうっかり出たのだろうが、どうもふにおちない。ふところ手をしたからだつきにも、どこかくずれた鋭いものがあるし、ときどきあたりを見まわす目が、なにか警戒するような、とても大だなの若だんななどがやる格好ではないのである。

――ああ、こいつは食わせものだ。

前身が前身であるだけに、お銀にはすぐピンときた。なるほど、だからあんな毒舌が人前で平気でつけるわけだ。

その怪しげな若だんなが、春駒太夫が柳の下を離れると、急に若だんならしくなって、フラリとそばへ寄っていったのである。

「太夫、おそばはうまかったかえ」

ちょいと聞くと、全く二本棒とも思える甘ったるいねこなで声だ。

「おや、まだお待ちになっていたんですか」

女でしがそんな口をきくくらいだから、日ごろからバカになりきっているのだろう。

「待っているとも、わたしは百夜《ももよ》も通う深草《ふかくさ》の少将さ。百日の間はきっと太夫を家まで送ってみせます。そうしたら、いくらかわたしの心ってものが、わかってもらえるだろうからね」

ぬけぬけとそんな歯の浮くようなことを並べながら、お駒が相手にしないものだから、女でしと肩をならべて歩きだす若だんなだ。

お銀はその奇怪さにつられて、つい三人の跡をつけている。一つには、夢介のまわる道順はわかっている安心があるからでもある。

「でも、若だんなは、どうして、あんなにうどん屋さんの悪口をいったんでしょうね」

「あのうどん屋は、なにか太夫のしんせき筋にあたる家のせがれででもあるのかえ」

「バカらしい、別にそんなんじゃないけれど」

「太夫ものずきだねえ。どうしてあんなきたならしいそばが食べたいんだろうね。いなか者は無神経だから、てばななんかかんだ手で平気で商いをするものさ。だいいち、大道のものは不潔だから、もし太夫が病気にでもなると困ると思って、わたしはそれを心配するんだ」

なんの遺恨《いこん》があるのか、また始まったようである。からころとゲタを鳴らしながら、黙って歩いてたお駒が、ふとふりかえった。

「花ちゃん、若だんなとひと足先に行っていておくれよ。あたしはあとからすぐ行くから」

「ほんとうかえ、太夫」

まるで飛び上がらんばかりの若だんなだ。

「若だんな、行きましょうよ」

「ほんとうかねえ、花ちゃん」

「太夫さんはそんなうたぐり深いのきらいなんだってさ」

「やれやれ、これでやっと長い間の思いがかなった。太夫、それじゃ、ひと足先へ行っているから、だますと恨むよ。いいかえ」

もう駒形へかかろうとするあたりで、このへんまでくるとさすがに人足も薄く、そろそろ大戸をおろした店が多いから、町筋は暗い。

悲しい恋

忙しいことも忙しかったが、夢介はふたあけに思わぬ商いをして、やっとあとかたづけもすんだので、

「さあ、あにきさん、行くべ」

と、荷をかつぎあげた。

「なあべ焼きうどん――」

呼び声は三太の役である。

「あんちゃん、太夫のおかげで、今夜は早じまいができそうだな」

「うん、だいぶ荷が軽くなった」

「けど、あの若だんなってやつは、全くいやなやろうだったね。おいらよっぽど頭から水をぶっかけてやろうかと思ったぜ」

「商人は腹をたてちゃいけねえだよ」

「だって、油虫だの、ネズミのふんだのはあくどいや。あれじゃ、うまいそばもまずくなるからなあ。あんちくしょう、こんどつらを出しやがったら、おいらやみ討ちを食わしてやる」

「そんな乱暴しちゃいけねえだ」

並木町へかかって、三太が思い出したように、なあべ焼きうどん、と呼ぶ。これもすっかり板について、寒空によくひびく声だ。

「あんちゃん――」

「なんだね」

「あねごさんの前じゃいえねえけど、お駒ちゃんな、よっぽどあんちゃんにはほの字だぜ」

肩をすくめて、クスリと笑う。

「そんなこというもんでねえだ」

「おいらに隠すのかねえ、水くせえな。おいらちゃんと証拠ってやつを握ってるんだぜ」

はなはだおだやかでないことをいう。

「あれえ、どんな証拠だね」

「この春あんちゃんは同朋町の梅川の帰りに、太夫をおんぶしてやったでござんす。おいら見ていたでござんす——なあべ焼きうどん」

夢介はあっけにとられて、ちょいと返事ができない。たしかにそれに違いないのである。その時春駒太夫は、あんたにおかみさんがなければ、あたし——とことばはたったそれだけだったが、肩にしがみついてさめざめと泣きだした。浅草橋から猿屋《さるや》町《ちょう》まで、相当長い道だったが、いつまでも背中で子どものように泣きじゃくって、にいさん、もうここでおろして、といったのは天王町のかどだった。

「ここからひとりで帰れっかね」

「帰れるわ。にいさん、当分顔を見せてくれちゃいやだ——さようなら」

背中をすべりおりると、背中へそういっただけで、お駒は一散に駆けだしてしまった。星がおぼろにうるんでいる春のやみ夜であった。

「けど、あんちゃん、心配しなくていいぜ。おいら今夜のことはあねごさんに黙っていてやるよ」

なんと思ったのか、三太がなぐさめるように、そんなませたことをいいだす。

「そうだな。あねごさんすぐおらの胸ぐらをとるもんな」

「今夜のなんかそんなですむもんか。もしあねごさんが見ていたら、きっと屋台をひっくりかえすだろうと――思うぜ。なあべ焼きうどん」

まさか、そこまで非常識なまねもしなかろうが、こんなかぎょうをするといえば、顔色をかえて止めるだろうし、たって納得させても、それならあたしもいっしょについて歩くと、強情を張りかねないお銀だ。しかし、お銀のような気の荒い女には、とてもこんな商売はしんぼうしきれない。すぐに客とけんかを始めるだろうし、やきもちもやきたくなるだろう。だから、三太にもこれだけは堅く口止めしてあるので、それというのも、毎晩床をならべて寝ながら、いつまでもほんとうのお嫁にしてやらないでいるせいだ。考えてみれば罪な話である。

――年でも明けたら、どうしても一度小田原へつれて帰って、ほんとうのお嫁にしてやるべ。

小田原からは嘉平《かへい》じいやが出てきたところをみると、だれから知れたか、くにもとでもお銀との仲が評判になって、親類がうるさいのだろう。まさか、あの話のわかったおやじさまが様子を見てこいなどというはずはないから、じいやが自分で気をもんで出てきたのに違いない。くにへ帰ってわけを話せば、なにもかもかたづいてしまうことだ。

「そういや、あんちゃん、カマイタチの話を聞いたかえ」

三太が思い出したように、急に声をひそめた。

「カマイタチがどうかしたかね」

ギクリとする夢介だ。

「きょう車坂でまっ昼間、どこかの番頭がやられたんだとよ、なんでもこの四、五日のうちに、黒門町でひとり、天王橋のところでひとり、三人同じ手口なんで、この芸当はカマイタチでなくちゃできない、きっとカマイタチがあらわれたんだろうって、たいへんな評判なんだ」

「ほんとうかね、それは――」

「おいら見たわけじゃねえから、ほんとうかって聞かれても困らあ」

なるほどそうに違いないが、それがほんとうだと、いや、うわさだけでも困ったことだ。

「お米ちゃんには聞かせたくねえうわさだね」

「おいらも、それを心配しているんだ」

実は、六兵衛じいさんに代わって、なれないナベ焼きうどん屋をやっているのも、もし、カマイタチの仙助がほんとうにお米の父親なら、お米が考えているとおりあるいは顔を見にくるかもしれない。たとえば、それがむだに終わっても、あれほどお米は思いこんでいるのだから、一度やらせてみなければ気がすむまい。そう考えたからのことだった。

が、その仙助がまたそんな凶悪な仕事を始めたとすれば、娘のことなど少しも考えていないからか、あるいは全然親子ではないのか。どっちにしても、再会の望みは絶えたことになる。

それはしかたがないとして、お米がどんなひどい打撃をうけるか、それがかわいそうである。

――もうしようがねえだ。よく納得のいくように話して聞かせて、これもいっしょに小田原へ引き取ることにすべ。

なんとなくかついでいる荷が重い夢介だ。

「なあべ焼きうどん――」

三太がやけに大きな声を出す。

「にいさん――」

そこの暗い路地口から走り寄って、つと肩をならべた女がある。春駒太夫である。

「やあ、お駒ちゃんか」

「歩きながら話しましょう」

「ひとりかね」

「ええ」

気をきかせたつもりだろう、三太がいきなり駆けだして、なあべ焼きうどん、と呼んだ。

「にいさん、どうしてこんな商売始めたの」

おこっているような声だ。ああ、それが心配になって、わざわざひとりでこんなところに待っていたんだな、と気がついたので、

「なあに、これおいらの道楽だ」

と、夢介はできるだけ明るく答えた。

「ほんとう――」

信じられないような顔である。

「おらうそはいわねえだ」

「それならいいんだけれど――」

まだ納得した声ではない。

「おかみさん、お変わりないんでしょうね」

「おかげで、変わりねえです」

「よく、あのおかみさんがこんな道楽、黙って見ているんですね」

「お銀にはないしょにしているんだ。こんなこと知れたら、どえらいことになるべ」

「あら、ないしょなの――」

と目をみはって、

「そうでしょうねえ、それでなくちゃ変だもの」

どうやら、少しのみこめてきたらしい。

「でも、お道楽でよかった、あたしさっき、ずいぶん心配しちゃったわ」

寒げに両そでを合わせて、なんとなくうなだれながら、ピッタリと肩をよせている。

「久しぶりだったね、お駒ちゃん。いつも評判きいて、おらよろこんでいるだ」

「ありがとう」

「春の時分から見ると、少しやせたんでねえかな。それだけおとなになったんかな」

「苦労が多いからだわ」

「そうかなあ。苦労のねえ人間なんてなかろうけんど。おらにできることなら、その苦労の半分ぐらい、いつでもしょってやるべ」

「――――」

「おら道楽でこんな屋台さえかついで歩くだから、お駒ちゃんの苦労ぐらいしょったってなんでもねえだ」

「いやだ、そんなこといっちゃ」

いきなり男の腕をわしづかみにつかんで、そっと放して、くちびるをかみながらそっぽを向いてしまうお駒だ。あれえ、よけいなことをいってしまった、と夢介もすぐ気がつく。

「なあべ焼きうどん――」

暗い町筋を三太の声が根気よく流していく。

「あたし、あたし、三ちゃんがうらやましい」

そっぽを向いたまま、いそいで涙をぬぐったようである。諏訪町へかかって、いつもならこのへんからポツポツ客のある時分だ。

「ねえ、にいさん――」

「なんだね」

「お道楽もいいけど、あんまりもの好きなまねして、おかみさんに心配させちゃ罪だわよ」

「うむ」

「あたしでさえ、さっきは、もしなんだったら、相談にのってと、心配したくらいなんだもの、おかみさんの身になったら、どんな気持ちがするか、少し考えてあげなくちゃ」

「なあに、こんな道楽は、たぶんあと二、三日でやめることになるべ」

「でもお道楽でよかった。この寒空にと思うと、あたし泣きたくなっちまったんだもの」

しみじみといって、お駒の手がまたしても男の腕につかまりたくなる。

「うどん屋ア」

あんどんの前へ、ヌッと職人体のほおかむりの男が立ち止まった。

「へえ」

「熱くして一杯くんな」

「毎度ありがとうごぜえます」

夢介は道ばたへ荷をおろした。

「寒いなあ」

と、客はいって、まだ立ち去りかねるように夢介のそばへぼんやり立っている春駒太夫の水ぎわだった器量をジロジロながめている。

太夫そば

――まあ憎らしい。

春駒太夫がひとりになって待っていて、まるで自分の男のように、夢介と肩をならべたとたん、お銀はカッと全身の血が頭へのぼってしまった。どうもさっきから、思わせぶりな顔ばかりすると、気になっていたのである。人前もなくトロンとした目つきをして、にいさん、にいさんと甘ったるい声でいやらしい、あの目はたしかに男好きなうわき女のする目つきだった。きっと夢さんをたらしこもうと、わざわざひとりになって、あんなところに待っていたに違いない。

いったい、あの娘は夢さんのどこがいいんだろう。あんないなかっぺで、牛みたいにモソモソしていて、ちっともいい男なんかじゃないじゃないか。そりゃ、あたしは別で、あたしにはそのモソモソしたがんじょうな顔がかえって男らしく見えて、たまらなく好きなんだけれど、あの娘のはそうじゃあるまい、きっといなかの財産が目あてなんだ。

——おあいにくさま。それだったら、いいかげんにあきらめたほうがいいよ。あの人はもうさばさばと勘当されちまったんですからね。

あれ、あの娘はずうずうしい、夢さんの腕なんかつかんで。おや、涙をふいたね。そんなそら涙なんかにだまされるもんか。どんなくどき方をしているんだろう。話しが聞き取れないのがくやしい。なんだってまた夢さんは、あんな雌ギツネに腕をつかまれてよろこんでいるんだろう、突き飛ばしてやればいいのにさ。

——いっそ飛び出していって、めちゃくちゃにひっかきまわしてやろうかしら。

お銀はがまんができなくなって、そっと往来を見まわした。いくらなんでも女だから、人目のあるところではやっぱり気がひけるのだ。

まだ宵《よい》をすぎたばかりで、さすがに季節だから、寒い晩だのに町筋には人足が絶えない。

「はてな——」

その町筋の向こう側を、手ぬぐいでぬすっとかぶりにした男が、ブラブラと歩いている。遠目のきくお銀には、その男の顔がどうもうどん屋のほうを向いているように思える。

——アッ、さっきのくわせものの若だんなだ。

そういえば、ちゃんと羽織りをきているようだし。そうか、春駒太夫のことが気になって、うまく女でしをだまして、こっそりあとをつけているんだな。とすれば、あんなふうなただの仲には見えない女の姿を見せつけられて、きっとあの男もヤキモキしているに違いない。

そこは人情で、これは油断ができないと、お銀の目はその怪しい男のほうへ奪われていく。

屋台が止まった。客がひとり立ったからである。それをしおにお駒は別れていくかと思ったら、どういたしまして、まだデレリと夢介のそばを離れずに突っ立っている。

妙なものだ、その若い女の顔につられたか、たちまち四、五人の客が集まってきた。

——まあ。なんてずうずうしい女なんだろう。いつの間にか夢介にてつだって、できたどんぶりを盆にうけ、客に配って、なにかせじをいいながら、うれしそうに働きだしたのである。ちくしょう、それはあたしのすることじゃないか、よけいなまねをおしでない、とお銀は飛び出していってどなりつけてやりたい。だいいち、夢さんが悪いんだ。のろまなもんだから、客が四、五人たてこむともうモサモサして、あれではだれだって手を出したくなる。客は娘芸人が、ゾロリとした身なりでてつだいだしたので、うれしがって冗談をいいながら、二杯も三杯もおかわりを注文しているようだ。

「まあ、にいさんはよっぽどおそば好きなんですね、食べ方でわかりますわ」

なんていわれると、男なんてバカだから、

「おれはそばさえありゃ、飯なんかいらないねえ。おまえんとこのは案外食えらあ。かわりをこさえてくんな」

なんてことになるんだろう。バカだねえ、みんな競争のようにそばの早食いをやっている。

「あら、熱いでしょう。よくそんなに早く食べられますねえ」

「べらんめえ、そばをかんで食うなあいなか者よ。かわりをくんな」

おそらく、そんなところに違いない。夢介はてんてこまいをしているし、三太はてつだいのお株を取られて、ニヤニヤ笑いながらおもしろそうに突っ立っている。

――おや、若だんなの格好。

と、その実お銀もやいたり見張ったり、なかなか忙しい。怪しいぬすっとかぶりの若だんなは、向こう側の家の軒下の天水おけのかげへ、腕組みをしてしゃがみこんで、どろぼうネコがさかなでもねらっているように、じいっとお駒のほうをにらんでいるのだ。

無理もない。これもやけてやけてしようがないんだろう。

だんだんいい気になったお駒は、代を受け取っておじぎをしたり、あいたどんぶりを洗ってふいてしまったり、まるでおかみさんのように働きだしたのだ。その合い間合い間になにか夢介に話しかけるときの甘ったるい顔つき、それは全く男にほれきった表情で、舞台顔よりも数段といきいきした下町娘のあだっぽさがにおいこぼれている。

やがて客が去ったので、夢介は再び荷をかつぎあげた。

「なあべ焼きうどん」

三太が呼びながら駆けだす。

お駒は前よりずっと打ち解けた様子をうしろ姿に見せて、夢介と肩をならべた。

もし、怪しい若だんながつけていさえしなければ、こんどこそ飛んでいって、いきなりふたりの間へはいってやりたいお銀だが、今はそれをがまんしておくよりしようがない。

──そのかわり、今夜家へ帰ったら、もうあたししょうちしないから。

黒船町《くろふねちょう》を抜けて蔵前通りへ出ると、このへんはズラリと大だなが大戸をおろしているから、町筋はまっくらだ。ふけてきた夜の寒さが、大川に近いだけにいっそう身にしみる。

さんざん気をもませたお駒だが、天王町のかどまでくると、ふと立ち止まった。

「──さようなら、にいさん」

「帰るかね。暗いから気をつけな」

「ありがと──。三ちゃん、さようなら」

「さよならでござんす」

三太が遠くから答える。

「じゃ、お休み。カゼひくでねえぞ」

「にいさんも気をつけてね」

案外あっさり別れて、屋台あんどんがユラユラと行きすぎる。しばらく見送っていたお駒が、急に寒そうに両そでを合わせながら、カラコロと猿屋町のほうへ歩きだした。

お銀の目はじいっと怪しい若だんなから放れない。その若だんなは、あたりを見まわして、ハラリとぬすっとかぶりの手ぬぐいを解いた。手早く四つ折ってふところにしまって、衣紋をなおすと、たちまち全身からびんしょうそうな殺気を消して、スタスタお駒のあとを追う。

「太夫——太夫」

「あら、若だんな——」

「若だんなじゃござんせん。ひどいな太夫は」

スッと肩をならべていった。お駒のうしろ姿がみるみるそこいじ悪くなって、決して若だんなの肩をからだへふれさせない。

「全く太夫はひどうげすよ。人を大増《だいます》へ追っ払っておいて、ナベ焼きうどんのおてつだいとはね。あのうどん屋さんは、その実はすし屋の惟盛《これもり》さまっていうようなおかたなんでげすか」

「そんなんじゃありません」

「なるほど。そんなんじゃありませんけれども、ただの仲じゃござんせんね。太夫がお手ずからどんぶりを洗ってやるんでげすからな。わたしはいまに、もうお月さまも寝やしゃんしたぞえ、なんてやりだすんじゃないかと、はらはらさせられちまった」

「おあいにくさま、あの人には、ちゃんとりっぱなおかみさんがついてるんです。あたしはただ、にいさんのように尊敬してるだけだわ」

「なあるほど。尊敬ですかな。つまり、尊敬うどんでげすな。尊敬陳者酷寒《そんけいのぶればこくかん》のみぎり、ナベ焼きうどんはからだがあたたまり女の冷え性をふせぎ——ああ、太夫は冷え性なんで、それで尊敬うどんが好きなんでげすな」

「さよなら、若だんな。家で湯たんぽが待ってますから、もうお休みなさい」

春駒太夫はたたきつけるようにいって、いきなり会所の暗い横丁へ駆けこんでいってしまった。一瞬ポカンと立ち止まった若だんなは、

「さよなら、お休みなさい、湯たんぽでげすかな。へい、よくわかりましたでげす。いまに湯たんぽなんかじゃまっけだわ、っていうようにしてみせらあ」

ニヤリと笑いながら、池田《いけだ》内匠頭《たくみのかみ》の屋敷にそって、ブラブラ松浦《まつら》様のほうへ歩きだす。

「ちくしょう、そうだ——」

その足がふいに早くなったので、どうしようかしら、と迷っていたお銀は、なにかドキリとして、つい誘われるようにあとを追いだす。

茅町《かやちょう》の第六天社の横へ屋台をおろして、ここは柳橋《やなぎばし》という色まちが近いから、いつもよく商いのある場所で、七、八つほど売れると、今夜はそばもうどんも残り少なくなってきた。

「あにきさん、このぶんだと、今夜は下谷のほうへまわらねえでも、まっすぐ帰れそうだぞ」

夢介は残りを調べながら三太に話しかけた。いつもより商いになったと思うと、やっぱりうれしいし、帰って六兵衛じいさんに重いさいふを渡して、ご苦労だったね、だんな、と年寄りのよろこぶ顔を見られるのがまたたのしい。

「ばかに景気がよかったな、あんちゃん。やっぱり、春駒太夫のおかげだぜ」

三太もうれしそうである。

「うむ。こんだ来たら、太夫にただでそばを食わしてやるべ」

「来るともよ。あしたの晩もきっとくらあ。おいら、かけをしてもいいぜ。太夫はどうしてあんちゃんにほの字でござあいとくらあ」

「そんならおつゆを山盛りにしてやるべかな」

「そのおつゆだけど、さっきそばを五杯食ったやつがいただろう、あんちゃん。あのやろう、おもしろかったぜ。太夫が、にいさんはおそば好きのようですね、ってニッコリわらったんだ。そうしたら調子づきやがって、太夫は千里眼もやるのかえ、とかなんとか、景気よく五杯もおかわりしやがった。あのやろう、きっと今ごろ家に帰ってガブガブ水をのんでるぜ」

「あにきさん、お客さんの悪口はよすべ」

　商売みょうりを忘れない夢介だ。

「さいでござんす。けど、女は得だなあ。ちょいと声をかけただけで、そばが二杯も三杯もよけい売れるんだ。いっそ手品なんかやめて、太夫もナベ焼きうどん屋になったほうがもうかるんじゃねえかなあ」

「こんどすすめてやるべかな」

「あんちゃんといっしょなら、うれしいわって、きっというぜ。ああ、いけねえや、罪でござんすからね。だいいち、あんちゃん、それこそあねごさんに絞め殺されちまうかもしれねえや。世の中は思うようになりやせん」

　三太が首をすくめてクスリとわらう。

「さあ、そろそろ帰るべかな」

夢介が荷をかたづけかけたとき、向こうのほうから三、四人ごろつきらしい人相のよくないのが出てきて、当たり矢のあんどんを見つけると、いそいでこっちへやってきた。

「おい、そばを四つ、早いとこたのむぜ」

「毎度ありがとうござえます」

夢介はいそいでしちりんの下をあおぎだす。

「寒いな、うどん屋」

ひとりがふところ手をしながらいった。

「へえ、お寒いこってござえます」

「おれのせいじゃねえや」

フフンと鼻の先でわらって、どうもあんまりいい客ではなさそうだ。

「よさねえか、留《とめ》」

中でもあにき分らしい真眉間《まみけん》に刀傷のあるやつが、さすがにジロリとにらんでいた。

「へえ、お待ち遠さまでござえました」

こんなのはよく難癖をつけたがるから、気をつけてそばを四つこしらえて出した。

「かわりをこしらえといてくれな」

手に手にどんぶりを取って、立ったりしゃがんだり、スルスルとそばを食いだしたが、いちばん先に食い終わった刀傷のあにいが、ヒョイとどんぶりをあんどんの灯の前へ出して見て、

「おい、うどん屋」

ギロリとすごい目を向けた。

「へえ」

「こりゃなんだ。ここに浮いてるなあ、なんてもんだよ」

どんぶりをスッと突きつけるのである。見ると、小さなミミズが一匹浮いているのだ。そんなものがどんぶりの中へはいるはずはないし、たとえはいっていたにしても、ミミズが器用にあとに残ることは考えられないから、むろん刀傷があとからわざと入れたものに違いない。

「こりゃどうもすみませんでごぜえました」

ただ食いだな、とすぐに読めたから、夢介はていねいに頭を下げる。

「なにを――」

「まことにすまねえこってごぜえます」

どうした、なんだ、なんだ、と口々にいってあとの三人がよってきて、

「あれえ、あにき、ミミズじゃねえか。ひでえもんを食わしやがったな」

と、すっとんきょうな声を出すやつ。

「こいつはいけねえや、胸くそが悪くなってきやがった」

ペッペッとおおげさにつばを吐き出すやつ。

ちょうどそのころ――お銀は怪しい若だんなが松浦様の大べやに立つ賭場へはいりこむのを見て、なあんだ、とがっかりして、あんな賭場へはいりこむようじゃいよいよ堅気の若だんなななんかじゃない、と思いながら、もときた道を引っ返した。夢介は下谷のほうへまわるとわかっているので、小走りに追いかけると、第六天社のあたりに赤いあんどんが見える。

――ああ、あそこにいる。

反対側を軒下づたいに近づいてみてギョッとした。どうやら四人のごろつきどもに囲まれてなにか因縁をつけられているところらしい。

なにげなくあたりを見まわすと、あっちにもこっちにも数人の人立ちがして、みんな遠くからそっちをうかがっているようだ。

おや、と思った。いましかに松浦様の大べやへはいっていったはずの怪しい若だんなが、例のぬすっとかぶりをして、向こう軒下へフラリと立っているではないか。しかも、じいっとごろつきどもの様子をながめている。

――ちくしょう、あいつの仕事じゃないかしら。

そこは敏感なお銀だから、またしてもカッとからだじゅうが熱くなってしまった。

「うどん屋、てまえんとこじゃ、こんなミミズをダシに使うのか」

わめきたてる声がガンガンひびいてくる。

「そんなことはごぜえません。なんかのまちげえでございますだ。勘弁してくだせえまし」

夢介はていねいにおじぎこそしているが、おじ恐れているようなふうは少しも見えぬ。その落ち着いた顔つきを見て、やっぱりあたしの夢さんだわ、とお銀はたのもしくうれしい――それだけに相手はこしゃくにさわるのだろう。

「このやろう、こんなものを人に食わせやがって、ただの勘弁ですむか、もし腹でも下したらどうするんだ」

「重々申しわけねえこってごぜえますだ、ミミズは医者がカゼの薬に使うくらいだから、決して腹など下る心配はごぜえません」

どこかでクスクス笑う声がする。

「なんだと、こん畜生。いくらカゼの薬だって、そばのダシに使われてたまるもんか。さあどうしてくれるんだ」

「どうでごぜえましょう、親方さん、口なおしにもう一つそばを食べてもらって、代はいりませんだ。それで勘弁してくだせえまし」

「ふざけるねえ。ミミズのはいったそばなんかいやなこった。どうしてくれるんだ、うどん屋」

「おらたちは弱い夜商いをしていますだ。そんな無理はいわねえでくだせえまし」

「なんだと――」

「親方さん、そのミミズはまだ赤いようでごぜえますね」

そばといっしょにゆでたミミズなら、もっと白くなっているはずだ、あんまりあくどすぎるので、あとからおまえさんが入れたんだろうと、おだやかにすっぱぬくような口ぶりだ。

あら、夢さんが珍しくけんかを買う気かしらと、お銀が目を見はっているうちに、

「ぬかしやがったな、太てえやろうだ、これでも食いやがれ」

はたして刀傷が乱暴にも、いきなり持っていたどんぶりを夢介目がけて力いっぱい

たたきつけた。

「やるのか、あにき——それ、やっちまえ」

あとの三人もどんぶりを投げつけたので、かわすことは苦もなくかわしたが、うしろへすっ飛んだどんぶりがガシャガシャと、寒夜に鋭く砕け散る。その音に殺気だった刀傷が、

「このやろう——」

と、夢介の胸ぐらをとって、ポカポカとなぐりながら、ひきずり倒そうとした。ポカポカなぐられはしたが、底なし力だから、夢介は胸ぐらへ掛かった刀傷の左手をつかんで、貧乏ゆるぎもしない。

「あいてッ——」

急になぐったやつが悲鳴をあげた、と見て、

「たたんじまえ」

と、あとの三人がアイクチを抜いて、横からふたり、うしろからひとり——

——ちくしょう、なにをするんだ。

お銀はもうがまんができない。じだんだをふみながら、夢中で石をさがそうとしたが、びっくりして棒立ちになってしまった。

どこからか、フラリとあらわれた風よけずきんの男が、いまにも夢介の背中へおどりかかろうとしたやつのえり髪をグイとつかんで、

「アッ」

と、ふりかえる弱腰を、力任せにけりつけた。たわいなくよろけていって、そいつがドスンとつんのめる間に、ひとりがそれと気がついて、ダッとアイクチを突っかける。ヒョイとかわしておいて、こいつもひとけりだった。

夢介はと見ると、手をつかまれてのけぞるようにもがいているやつをたてにしながら、残るひとりのアイクチをゆうゆうとふせいでいるので、もうだいじょうぶと見たのだろう、ずきんの男はフラリ第六天社のかげへ姿を消していく。

たしかに見たことのあるからだ格好だが、と目をみはりながら、ハッと思い出した。

「アッ、カマイタチ」

お銀はぼうぜんと立ちつくしてしまう。

けんかわかれ

きょうも夕方になると、夢介はお銀の顔色をうかがいながら、落ち着かなくなってきた。そんなにナベ焼きうどんの夜商いに出るのがうれしいのかしら、と思い、また自分にはないしょにしているだけに、お銀はつい情けなくなる。

「夢さん、春駒太夫って娘がいましたっけねえ」

お銀はわざと置きごたつの上へ茶道具を運んで、ゆっくりと茶を入れながら、思い出したというような顔をしてきりだした。

「ああ、娘手品の春駒太夫かね」

ゆうべ会って、さんざんいちゃついていたくせに、ケロリとした顔の夢介である。

「奇麗な娘でしたけれど、今どこにかかっているかしら」

「浅草の奥山に出ているって話だ。あねごさん見に行くのかね」

「連れてってくれる、夢さん」

「いいとも、いつでも連れてってやるべ」

これではけんかにならない。

「でも、よすわ。あんたがお駒ちゃんに見ほれて、よだれなんか流すといやになっちまうもの」

「そんなことはねえだ。おせじではねえけんど、春駒太夫よりあねごさんのほうが、もっとべっぴんさんだもんな」

うっとりとながめられて、まんざらうそではない男の気持ちはわかっているだけに、

「だれがほんとうにするもんですか、そんなうれしがらせ」

お銀はつんとすましてみせながら、ひとりでにほおがさくら色になる。

「いや、うれしがらせではねえだ。おらまた、あねごさんを抱いてやるべかな」

「そんなうまいことをいって、そろそろまた熱くて寒いお道楽へ出かけたいんでしょう」

「やっぱり、あねごさんは江戸っ子だから察しがいいだ」

「しらない、どうしてあんたそう人が悪くなったんでしょうね」

その実、今夜も春駒太夫に会うのがたのしみで、こんなにうきうきしているのではないかしらと、お銀はつい気がまわしたくなる。

「あれえ、おらそんなに人が悪くなったかね」

「いいから、たんとあたしをバカになさいよ、憎らしい」

「さあ、わかんねえ。おらいつあねごさんをバカにしたろうな」

「じゃ、うかがいますけれど、ほんとうはあんた、このごろ、どこへお道楽に行くん

です」

「心配しなくてもいいだ。どうせおらのことだから、あんまり気のきいた道楽はできねえです。もう少したったら、なにもかも白状すべ」

「そらごらんなさいな。あんたは、あたしをバカにしているから、ほんとうのことがいえないいんでしょう。夫婦の仲なんて、そんな水くさいもんじゃない。お嫁にするだの好きだのって、あんたのは口先ばかりなんです。ほんとうはあたしなんかよりお駒ちゃんのほうが好きなのに違いないんです。そうなんでしょう、夢さん」

言っているうちに、われながら妙に気がたかぶってきて、ゆうべの道行きをちゃんと見ているから、思わず口に出てしまった。

「あれえ、あねごさんおらのあとをつけたんではねえのかね」

夢介がびっくりしたように目をみはる。

「どうしようとあたしのかってじゃありませんか。死ぬほどほれている男が、どこでどんなまねをしているか、知らずにほっておけるほどあたしは後生楽な女にはなれないんです」

こうなればお銀もあとへはひけない。

「なんだ、そうだったのか。そんなら、あねごさん、カゼひくといけねえだから、今夜は着物たくさん着てあったかくしてくるがいいだ」

少しもこだわろうとしない夢介だ。

「おあいにくさま。今夜はもうたくさんです。お駒ちゃんとデレデレするところなんか、だれがわざわざ見たいもんですか」

「つまらないとこばかり見ているだね」

「なんですって、夢さん」

「おらうどん屋だから、まさか若い女には商いしねえともいえねえもんな」

「商いはかまわないけど、なにも商いのてつだいまでしてもらわなくたっていいでしょう。いやらしいったらありゃしない」

「あれも商いのあいきょうだもんな、ひとさまの親切は無にしねえがいいだ。あねごさんのようにプンプンおこってばかりいちゃ、とてもあきゅうどのおかみさんにはなれそうもねえな」

「だから、お駒ちゃんをおかみさんにしてやればいいじゃありませんか、若いし、奇《き》麗《れい》だし、そのほうがあんただってうれしいんでしょう」

きょうのお銀はすっかりへそが曲がってしまって、半分泣き声になりながら、どうしてもたてをつかずにはいられない。

「あねごさん、きょうはよっぽどムシのいどころが悪いようだね」

　夢介は当惑したように苦笑している。

「あんたこそ、ナベ焼きうどん屋だなんて、どうしてそんな物好きなまねをしなくちゃいられないいんですよう」

「これがおらの道楽さ。だから、おら、あねごさんに隠しておこうと思っただ」

「そんなお道楽、あたしもういやだ。お願いだから、きょうかぎりやめてください」

「わがままいってはいけねえ。おらおやじさまの許しを得て、江戸へ道楽をしにきたことは、あねごさんもよく知っているはずでねえか」

「じゃ、こんなに、こんなにあたしがたのんでも、やっぱり出かけるんですか」

　いじで口に出てしまったが、さすがにお銀の顔からサッと血の気がひく。

「そう思いつめるもんでねえ。抱いてやるべえかな。お銀」

「いやだったら、そんなこと。男なら、はっきりと返事をしてください」

「しようのないだだっ子お嫁だな。そんなら今夜帰ってきて男の返事をしてやるべ。それまでひとりでゆっくり、観音さまに自分の心持ちを聞いておくがいいだ」

　おだやかに苦笑しながら、それが男の返事でもあるように、夢介はモソリと立ち上がる。

「夢さん――」

お銀はいつにない夢介のきっぱりとした態度に、ハッと腰を浮かせたが、あやまるのはいやだし、これ以上自分には男を引きとめる力がないとわかると、急にくちびるをかみしめて石のように堅くなってしまった。静かに格子をあけて出ていく男の強さが、たまらなく憎らしい。

けんか相手を失った家の中は、急にガランとして、深い夕暮れが身にしみる。

――とうとう捨てられてしまった。

そう思うと、せつなさがドッと胸へ押しよせてきて、お銀は世の中がまっくらになったような気持ちである。あんな小屋掛け芸人の春駒太夫になんか夢中になって、夫婦約束までしたあたしを捨てるなんて、あんまりだ。

かわいそうな、お銀。お銀は小娘のように泣けてくる。今夜はきっと晴れて春駒太夫といっしょに往来を流しながら、お駒ちゃん、おらお銀と別れてきただ、あの人はいうだろう。ほんとう、夢さん、とあのはねっかえりのお駒のことだから、往来も家の中も見さかいなく、ベタベタと男の腕にぶらさがっていく。

「おら、うそはいわねえだ、お銀もいいけど、ひどくやきもちやきで、強情で、気が荒くて、すぐ卵の目つぶしだの焼き玉だのとぶっそうなもんを振りまわしたがるから、おらこわいだ」

「いいわ、夢さん。あたしがこれからやさしいおかみさんになってあげる、いっしょになってくれるでしょう」

「そうだな。お駒ちゃんはうどん屋のてつだいしてくれるし、親切だし、おら好きだな」

「うれしい。ねえ、あたしの家へ、ちょいと寄っていってくださいよ。これからあたの家になるんですもの、いいでしょう」

「そんなら、寄らせてもらうべかな」

のんきだから、あの人はいい気になって、春駒太夫の家へ行くに違いない。お駒は手品師だから、あの人をうまくまるめこんで、もう二度と家から出さないのではないだろうか。

——こうしちゃいられない。

お銀は目を血走らせて、思わず立ち上がった。いまさらあの人をお駒などに寝取られるくらいなら、いっそ自分の手で殺してしまったほうがましである。

そして、ふと気がついた。自分で殺さないまでも、お駒には怪しい若だんながつきまとっている。ゆうべ四人のならず者に夢さんを袋だたきにさせようとたくらんだのも、あの若だんなが金でたのんだことに違いないのだ。それを知らずに、うっかりいい気になってお駒の家へ誘いこまれようもんなら、こんどこそあの執念深い悪党若だんなに命をねらわれるだろう。

――だから、だからあたしがついていてやらなくては、なんにもひとりではできないくせに。

お銀はもう手早く帯を締めなおしていた。そういえば、ゆうべ夢さんを助けて黙って姿を消した風よけずきんの男は、たしかカマイタチだった。カマイタチはこのごろまた続けざまに人殺しを始めているというし、それならいちばん先にとりたいのは夢さんの命のはずだのに、これはいったいどういうわけなのだろう。

あれを思いこれを考えると、今夜はどうしてもなにか悪いことがおこりそうな気がして、憎らしいけれどお銀はやっぱり、ひとりではほっておけない。そのかわり、もし今夜も春駒太夫が出てきていちゃつくようだったら、もう承知できない。ふたりともその場で殺してやるからいいとお銀は決心をかためながら、ガタピシと戸に当たりちらすように締まりをして、いつものお高祖頭巾をかぶるなり家を飛び出した。

外はきょうも寒々とした年の瀬のたそがれである。

今夜も雷門の前でかぎょうのふたあけをした夢介は、お銀のことはもう忘れるともなく忘れていた。あのやきもちは持って生まれた性分なのだから、そう簡単にはなおらない、まあ小田原へでも帰って、ほんとうの夫婦にでもなれば、少しずつ落ち着いてきて、根は利口な女だし苦労もしているのだから、おらにはもったいないようないいおかみさんになるだろうと、その点はちっとも心配していない夢介である。

けれど、あとをつけられているとは気がつかなかった。それも考えてみれば、お銀なら当然やりそうなことで、死ぬほどほれた男が毎晩出かけるとすれば、どこでなにをしているか一度は見とどけておきたくなるだろう。それだけ情が深いのだと、夢介は決して悪い気持ちではない。きょうはつい口げんかになったまま出てきてしまったが、今ごろはさぞ後悔して、ひとりでションボリとしていることだろう。かわいそうに、帰ったら今夜はゆっくり抱いて、寝るまで子もり歌をうたって歩いてやるべ。

「あんちゃん、ゆうべはどんぶりを四つばかし損しちまったな」

吉例のお初のそばをすすりこみながら、ちんぴらオオカミの三太が思い出したようにいう。

「あれもかぎょうの傷でな、まあ屋台をひっくりかえされなかっただけみつけもんだった」

「こっちとら利の細い商売だのに、ひどいことをしやがる。あれじゃいくらお駒ちゃんにもうけさせてもらったって、ふいとこだもんな」

「だから、商人は腹をたてちゃなんねえだ。今夜は気をつけることにすべ」

「いくらこっちが気をつけたって、相手が悪いんだからしようがねえや。あんなやつらは、うんとひどい目にあわしてやるほうがいいや」

三太はどうにも不服そうである。

「三ちゃん、今晩は。なにをおこってんの」

張りのある声がして、あんどんの灯の中へ春駒太夫が少し恥ずかしそうな、あざやかなえがおを見せて立ち止まった。

「やあ、福の神がきた」

三太がうれしそうにどんぶりをおいて、

「おいら、きっと今夜も来てくれるだろうと思っていたんだ。今晩は、太夫さん」

と正直に丁寧なおじぎをする。がいけない。

「福の神か、なるほど太夫は福の神でげすな」

ヌッとうしろから顔を出したのは、厄病神《やくびょうがみ》のような例の若だんなである。

「さようなら、若だんな。若だんなは屋台のおそばなんかおきらいなんでしょう」

お駒が露骨に冷たい顔をする。

「おきらいでげすな、わたしはどういうものかネズミのふんがはいっていそうな気がして、大道物はむしが好きやせん。こういう不潔なものを、どうしてお上で許しておくんだろうと、不思議でたまらないねえ」

「厄病神のあんちゃん、さいならでござんすとさ。天から水が降ってこねえうちに、さっさとお通んなすって」

三太が憎らしげににらみつける。

「子どもは黙っておいで」

厄病神はあっさりとかたづけて、

「うどん屋、そばを熱くして、なるべくネズミのふんのはいっていないところを、早く二つこしらえてもらいたいね」

と、なにくわぬ顔つきだ。今夜は女でしはいないのに、二つとはおかしい。

「へえっ、一つはどなたが召し上がりますんで」

「知れたこと。客は太夫とわたしだろう、わたしが召し上がりますよ」

「ああ、おつきあいでごぜえますか」

「そうでげすよ。ほれた太夫が好きで召し上がるものなら、死んだ気でわたしも食ってみようという心中だてさ」

ケロリとしていってのけるのだから、これはたしかに相当以上の若だんなだ。

さすがに福の神は争われない。やあ春駒太夫だ。太夫がそばの曲食いをして見せるんだ、と客がふたり立ち三人立ちしてきたので、お駒はニッコリ笑って会釈《えしやく》をしながら、屋台のうしろへしゃがんでしまった。若だんなもそのしりを追って厄病神のように離れようとしない。

「太夫さん、そこで食うのか」

二つこしらえたそばを盆にのせながら、夢介がきく。

「おじゃまでもここでいただくわ、にいさん」

娘芸人が大道の人のいっぱい見ている前でそばを食う。あんまり見せたくない図だけれど、そうすれば夢介の屋台へ客がつくと思うから、これこそ春駒太夫がひそかに慕う男への悲しい心中だてなのである。

「こりゃいけやせん。まずいしるだねえ」

どんぶりをうけ取った厄病神は、一口そばへはしをつけて、顔をしかめながら、おくめんもなくやりだした。お駒はそっぽを向いて、聞かないふりをしている。

「こいつは大よわりだ。太夫もものずきでげすな、どうしてこんなまずいそばがお好きなんでげしょうな」

厄病神はさもまずそうに、はしでどんぶりの中のそばをかきまわしている。

「うどん屋、おまえんとこのそばは、おせじじゃねえがうめえな」

妙なもので、ひとりがいじになってやりかえしてくれる。

「ありがとうごぜえます。皆さんそういってくれますので、かぎょうに張り合いがごぜえます」

「そうだろうとも。おれは江戸に育って、日に一度はそばを食わねえと腹のむしがおさまらねえ男だが、おまえのところはたしかに食えらあ。太夫はどう思うね」

屋台越しにその男が声をかけてきた。

「あたしも、おいしいと思います」

めったに客とは口をききたがらないお駒だが、ついニッコリせずには、いられない。

「そうだろうとも。さすがは太夫も江戸っ子だ――うどん屋、かわりを一つたのむぜ」

「ああまずい。どうがまんをしても、このそばだけはのどへ通りゃせん。早く犬でもきてくれるといいんだがな。それとも、こんなまずいそばは犬も食わないかな」

厄病神の若だんなはどんぶりをかきまぜながら、まだ悪態をやめない。

「かわいそうに、あの若い男はキ印らしいね」

もうだれも相手にする客はなく、夢介も忙がしいから、そんなものにかまっている暇はなかった。お駒は食べ終わったどんぶりを自分で洗いはじめて、それをいいしおに、いつのまにかまたゆうべのように夢介のてつだいを始めた。

福の神のごりやくはてきめんである。ゾロリとした娘芸人のそで口からもれる緋の長ジュバン、白々としたなまめかしい腕に目をひかれて、あとからあとからと客がたてこみ、

「さあ、あんまりおそくならねえうちに、こんどはおらたちが福の神さまを送っていくべ」

と、やっと夢介が屋台をかつぎあげたのは、やがて宵すぎで、荷もすっかり軽くなっていた。

「福の神だなんて、いやだあ、にいさんは」

いそいそと肩を寄せてくるお駒である。

「そうでげすとも。福の神ってのは、おたふくってことでげすからね、これは太夫がおこるのもあたりまえでげす」

根《こん》よく待っていた厄病神が、そのたのしい道行きに、つと肩をならべてくるから助からない。

「あら、若だんな、まだいたんですか」

お駒はまん中へはさまれて、若だんなの肩へふれるのはいやだから、いよいよ夢介のほうへ身をよせる。

「まだいたかはひどうげすな。百夜の間太夫《まだゆう》を家まで送ると、わたしはちゃんと太夫に約束しておいたはずだ。少しぐらいわたしのせつない心意気を察してくれたっていいでげしょう」

なあべ焼きうどん、とすぐあとから三太が大きな声でどなっておいて、とっとと前へ駆けだしていった。

「にいさん、あたしこんど奥山がラクになったら、上方へ立つかもしれないわ」

ため息をつきながら、厄病神は無視することにして、お駒はそっと夢介の腕へつかまる。

「そりゃたいへんだ。いつのことでげす、太夫」

厄病神は夢介に口をきかせようとしない。

「にいさんのうどんのおてつだいができるのも、あす一日かもしれない」

「なんかこみいった事情があるんかね」

「金ならわたしがいくらでも積む、春駒太夫のいない江戸の正月なんてない。わたしは絶対に反対でげす」

うるさくてしようがない。

「おらのうどん屋もあす一日でおしまいになりそうだが、お駒ちゃんさえよかったら、おら相談にのってやるべ。遠慮しねえがいいだ」

「よけいなおせっかいでげす。太夫にはわたしといううしろだてがちゃんとついているんだ」

「きらい、若だんなは――」

とうとうお駒はたまりかねて、バタバタとうしろへ逃げ出し反対側から夢介の肩へ並んだ。

「きらいでげすかな。これは情けない。なあに、わたしにも足はあるんだから」

いきなり若だんなが前へ駆け抜けて反対側へ追いかける、と見て、お駒はうしろからまたしてももとのところへ逃げだした。

あいくち

根気よくときどきそんな鬼ごっこをしながら、ろくにまとまった話もできず、いつか蔵前通りを抜けて天王橋へかかってしまった。お駒はもうさっきから口はきかない。そのかわり、しっかり夢介のあいた腕へつかまって、そこから悲しい思慕の情がほのぼのと伝わってくる。おそらく、上方へ行くというのは、若だんなのしつような横恋慕がこわいのではなく、その悲しい思慕の情をあきらめたいのではないだろうか、夢介にはどうもそんなふうに思える。

が、これだけはどうしてやりようもないので、橋を渡ってしまえばさようならをするんだからと、なすに任せてこれも口をきかない夢介だ。

「うどん屋――」

天王橋を渡りきると、ふいに呼び止められた。今夜は珍しく雷門以来はじめての客なので、

「へえ、ありがとうごぜえます」

夢介がいそいで荷をおろすと、

「客じゃねえ。おまえに少し文句があるんだ」

あんどんの前へヌッと立ったのは、しま物の対に長わきざし、どこかの親分とも見えるゲジゲジまゆのでっぷり太った大男である。声といっしょに物かげから、子分らしいやつが五、六人出てきたが、その中にゆうべのミミズのならず者がまじっているのを目ざとく見かけて、夢介はああそうかとすぐに気がついた。

「親分さん、どんなご用でごぜえましょうか」

「おれは福井町《ふくいちょう》の鎌五郎《かまごろう》って者だが、おまえはゆうべ家の若い者にミミズのはいったそばを売ってくれたんだってな」

「とんでもねえことでごぜえます」

「とんでもねえのはおまえのほうだ。このそばにゃミミズがはいっているといったら、カゼの薬になりますとせせら笑って、四人をたたきつけてくれたそうだ。ありがとうよ、礼をいうぜ」

鎌五郎が半分脅迫しているようないやみなおじぎをする。

「違いますだ、親分さん」

夢介は当惑したような顔つきだ。

「どう違うんだね」

「ゆうべのミミズはどこからはいったか知らねえけど、おらよくあやまりました。口なおしにミミズのはいらねえのをこしらえるから、それを食って勘弁してくだせえまし、お代はいりませんて、たのみましたです」

「それから――」

「ならねえ、とその人はおこって、どんぶりをおらにたたきつけたです。そしたら、ミミズのはいってねえあとの三人のお身内衆まで、こんなきたねえものは食えねえと、みんなでおらにどんぶりを投げつけたです」

「それから――」

「そのうえ、みんなでおらをなぐろうとしたで、おらあぶねえから、ただよけただけでごぜえます。決して手向かいしたんではねえです。どうか勘弁してくだせえまし」

「つまり、おまえは家の若いやつらのほうが悪い、とこういいてえんだな」

「いいえ、おらどっちがよくてどっちが悪いとはいいたくねえです」

「ふざけるねえ。どっちも悪くねえものがけんかになるか。だいいち、てめえは、いったいだれの渡《わた》りをつけてこの大道で商売をしているんだ。それからまず聞こうじゃねえか」

「別にどなたにも渡りなどというものはつけねえですが、そういうことがあるんでごぜえましょうか」

　夢介は意外そうな顔をする。

「このやろう、そんなことがあるかとはなんだ。この天王橋から浅草橋までの間は福井町の鎌五郎のなわ張り内ときめてあるんだ。渡りもつけねえで荒したうえ、おれの身内に乱暴まで働くとは、いい度胸だ。今度はおれがあいさつしてやるから、すぐしたくをしろ」

　おどし半分だろうが、鎌五郎はかさにかかって長わきざしのつかに手をかけたのである。

「まあ待ってくだせえまし、その渡りというのは、どうすればつくもんでごぜえましょう」

「ふうん。するとてめえ、おれに渡りがつけてえというのか」

「へえ」

「よし、それじゃ今夜の売り上げをさいふごと出して、ゆうべはとんだ失礼をいたしました、どうかご勘弁くださいとそこへ土下座しろ」

　これこそ全く無理難題というやつだ、とは思ったが、こういう無法者を取り締まるために奉行所というものがある。夜とはいえ、もうあっちにもこっちにも人立ちがしているのだから、どっちが無理かは一同の目が見ているはずだ。ここで暴力を使えば、またあすも暴力にたよらなければならないと、夢介は考えなおして、

「わかりましたでごぜえます。そんなら売り上げをさいふごとさしあげて、土下座しますべ。どうか勘弁してくだせえまし」

と、ふところから今夜の売り上げの重いさいふを出しておとなしくそこへ両ひざを突いた。

「いやだあ、にいさんそんなこと――」

見ていた春駒太夫が突然金切り声をあげて飛びついてこようとするのを、

「待った、太夫、女の出る幕じゃない」

厄病神の若だんなが肩をつかんでとめる。

「放して――放して」

泣き声をあげてもがくほうをジロリとしり目にかけて鎌五郎が、

「ふん、おまえ、案外色男だな、受け取りがわりに、これでもくらえ」

さいふを取ったうえ、いきなりゲタばきの右足がタッと夢介の肩先をけ倒してきた。別に相手がこわくて土下座をしたわけではないから、そこは油断なくはっと身を

かわしたとたん、

「バカッ、失礼なまねをおしでない」

暗い軒下からはねっかえるような張りのある声といっしょに、ヒラリと、おどり出たお高祖頭巾《こそずきん》の女が、夜目にもあざやかにサッと右手を振った。流星のように飛んだ白いものが、鎌五郎の真眉間《まみけん》にはっしとあたって砕ける。

「ワアッ」

目を押えてしりもちをつく鎌五郎だ。

「やあ、お銀、なにするだ」

びっくりして夢介がとめようとしたがまにあわない。

「女、やりやがったな」

「畜生、たたんじまえ」

相手を女と見くびって、つかみかかろうとした二、三人が、いずれもつづけざまに卵の目つぶしをくらって、ひざを突いてしまう。

「さあ、お次はだれだえ、弱いあきんどをいじめて、追いはぎみたいなまねをするやつは、当分めくらにしてやるから遠慮なし出ておいでよ。こないのかえ、こなければこっちから行くからね」

「お銀、バカなまねをするでねえ」

夢介はやっと背後からお銀を抱きとめた。

「放して。あたしはもうがまんできない」

ゆうべから憎い憎いと思っていたやつらだから、お銀は一度カッとなると、これくらいではまだ胸がおさまらない。

「あんちゃん、たいへんんだ――」

ギョッとしてそっちを見た夢介もお銀も、くずれるように地へ倒れ落ちていく春駒太夫と、そこからパッと鳥が飛び立つように駆け去る黒い影を見とめた。たしかに厄病神の若だんなだ、とびっくりしているうちに、

「カマイタチ、御用だ」

行く手の横合いから、矢のように組みついた者がある。が、どうかわしたか、黒い影はヒラリと飛び抜けて、そのまま横丁へ姿を消していく。

よろめいたとり手も、たちまち立ちなおってあとを追いながら、そっちのほうから、ピリピリと呼び子の笛を吹きたてるのが無気味に聞こえてきた。ほんのアッという間のできごとだ。

「夢さん――」

どっちからともなく、夢介とお銀は春駒太夫の倒れているほうへ駆けだす。

「お駒ちゃん、しっかりするだ」

夢介がうつぶせになっているお駒の肩へ手をかけて、そっと抱きおこした。

「す、すみません、にいさん」

右のわき腹をしっかり押えた指の間から血が吹き出して、まっさおな顔だが、お駒は案外しっかりしているようだ。

「にいさんの、おかみさんでしたね。申しわけありません」

「いいえ、あたしが、あたしが悪かった。いやなやつだと思って、あんなに気をつけていたのに、ついならず者のほうへ気をとられちまって。夢さん、これで早く傷口を縛ってあげて」

すばやくスルスルと帯を解いているお銀だ。

「しっかりするだぞ、お駒ちゃん。すぐに医者へつれていくでな」

夢介が励ましながら、男の力でそれをしっかりと傷口へ巻きつけてやる。

「ちくしょう——厄病神のちくしょうめ」

三太がくやしそうにののしりながら、

「お駒ちゃん、死んじゃいやだぜ。だいじょうぶだな。ね、だいじょうぶだろう、お駒ちゃん」

急に思い出したように顔をのぞきこんで泣き声になる。その憎い厄病神を追いまわしているのだろう、猿屋町のほうからしきりに呼び子が鳴りかわしている。思わぬ騒動に、ならず者たちはいつの間にかみんな姿を消して、遠まきにした人立《ひとだ》ちがひとかたまりずつこっちをながめながら、なにか寒々とささやきあっていた。

第十四話　子を拝む

暗い路地

手おいのお駒太夫を夢介が背負い、お銀がつきそって、猿屋町の家へ運びこむと、思いもかけぬ変事に、女でしたちも男衆も、一度に顔色をかえて総立ちになった。高葉屋《たかばや》一座は春駒太夫ひとりの人気で持っているようなものなのだから無理はない。すぐに医者を呼びに走る者、一座のだれかれに急を告げに駆けだす者、だれも高声をたてる者はないが家じゅうごったがえすような大騒動である。

「夢さん――」

わらじがけだから玄関で遠慮している夢介のところへ、奥までお駒についてはいったお銀がまもなく引きかえしてきてそっと呼んだ。

「どんなあんばいだね、お銀」

「あのとおり気丈《きじょう》だから、まだしっかりしてますけど、お医者さんがなんていいますかねえ」

まゆをひそめ、どこかうす寒げなお銀である。

「そうだな。おれたちがここにいたって、なんの足しにもなるめえが、お医者さまに容態だけは聞いて帰ることにすべな、お銀」

夢介は相談するような口ぶりだ。日ごろがそうだから、自然と場所がら、お銀のやきもちを警戒する気になるのだろう。

「あんたはぜひそうしてあげてくださいまし。あたし、家が留守だし、少し気になることもあるので、ひと足先に帰らせてもらいます」

「なにが気になるのだね」

「いや、そんな顔をしちゃ。まさかいくらあたしだって、今夜はだいじょうぶなんですってば」

お銀はあかるくわらってみせて、

「ほんとうはね、今夜はお米《よね》ちゃんもあとをつけていたようなんです」

と、耳もとへ口をよせた。

「お米ちゃんが——？」

これは夢介もちょっと意外である。が、六兵衛じいさんのカゼはもうほとんどなおっているし、実の父親がそっと会いにきてくれるかもしれないという娘心から、ナベ焼きうどん屋をやりたいといいだしたのはお米なのだ。夢介もあすの晩あたり、気晴らしに一度つれて歩いてやろうかとさえ考えていたくらいだから、娘のいちずさで、これはありそうなことである。

「あねごさん、お米ちゃんと口をきいたんかね」

「いいえ。じゃまをしちゃかわいそうだと思って、そっとしておいたんです。それがこんなことになっちまって、あたし心配だから、行ってみて、もしまだうろついているようだったら、よく訳を話して、家まで送りとどけてやろうと思うんです」

「そうか、そんならたのみます。おらもお医者さまで容態がわかったら、すぐに荷をかついで帰るから、なんなら六兵衛じいさんの家で待っているがいいだ」

「じゃ、あたしお駒ちゃんにはあいさつをしないで行きますから、あとをたのみます」

お銀はいそいでゲタを突っかけようとして踏みはずしたらしく、夢介のほうへよろめいた。

「あぶねえぞ、お銀」

とっさに夢介が胸で抱きとめてくれる。

「すみません」

「足はどうもしなかったかね」

「だいじょうぶです。夢さん、寒いからカゼをひかないようにしてくださいね」

「うん。おらより、あねごさんこそ途中気をつけて行くがいい。きっと、六兵衛じいさんの家で待っているんだぞ」

「ええ」

お銀はなにげなくたくましい男の胸をのがれ、家の者に気づかれないようにそっと外へ出た。そのまっ暗い路地を小走りに、曲がりかどまできてふりかえり、

「夢さん、さようなら」

とつぶやいたとたん、がまんにがまんをしていた涙がドッとあふれてしまった。お米を家へ送ってやりたいといったのはほんとうだが、自分は二度と愛の巣には帰れない、こんどこそほんとうに別れるときがきたと、さっきから悲しい覚悟をきめていたお銀なのだ。

鎌五郎一味のならず者たちに目つぶしを食わしたときまでは、まだ夢中だった。い

や、そんな目つぶしを用意する気になったときから、もう心が狂いだしていたのである。あの焼き玉を使って水神の森の下屋敷を焼いて以来、これっきりでこんどこそ荒っぽいことはもうしません、生まれかわったようにおとなしい女になって、きっといいおかみさんになります、と堅く自分の胸で誓っていたのに、ゆうべならず者たちの憎い乱暴を見かけ、それがどうやらお駒につきまとっている怪しい若だんなのさしがねとわかったときから、いつの間にかその誓いをケロリと忘れて、荒っぽいおらんだお銀の本性にかえっていた。そんなこともあるだろうと心配したから、夢さんはナベ焼きうどんの道楽をあたしに教えたくなかったに違いない。

——あたしの血は生まれつき狂っているのかもしれない。

そう気がついてゾッとしたのは、春駒太夫を抱き起こして、にいさんのおかみさんですね、といわれたときだった。あたしさえ目つぶしなんか使わなければ、お駒もこんな目にあわされないですんだのではないだろうか。悪党若だんなは、あたしのあばれだしたのを見て、鎌五郎とはグルなのだから、これは自分の身があぶないと思い、どうせ手にはいらない女ならと、急に殺意を起こしたのだろう。

——とんだことをしてしまった。

と、申しわけないし、またしてもこんな乱暴を働いてしまって、やさしい女になろうと誓いながら、これまで三度もその誓いを破っている、さぞあの人は心で当惑しているだろうと思うと、お銀は恥ずかしくて夢介の顔が見られない。いや、自分で自分の女らしくない血にあいそがつきて、もう生きているのが恐ろしいような気さえしてきたのだ。そして、半分は夢中で女でしたちにてつだい、お駒を奥の座敷へ寝かしてやると、お駒は青い顔をしながら、うつろな目でなんとなくあたりを見まわすのだった。

「どうしたの、お駒ちゃん」

「いいえ、いいんです」

かたく目をつむったのを見て、ハッとした。お駒は夢介の顔を求めているらしい。

——そうだ、いっそこの娘に夢さんをゆずって、あたしは死んでしまおう。

その時お銀の心ははっきりときまったのだ。

「夢さんも、お駒ちゃんも、しあわせに暮らしてください」

暗い道をひと足ずつ、ふたりのいる家から遠ざかりながら、お銀は悲しく口の中で祈っていた。今はもうなんにも考えたくない。きょうまでこんな悪い女を、春の海のような心でいたわり励ましてくれた男の大きな愛情が、ただうれしい。どうしてもやさしいおかみさんになれそうもない自分なら、このうえ迷惑をかけてあいそをつかされる日がくるより、いまのうちにあたたかい夢さんのおもかげを抱いて死んでしまったほうが、よっぽどましである。

——でも、あの人子どもみたいなんだから、あたしが死んじまったら、そんなこともケロリと忘れて、お駒ちゃんを抱いて子もり歌をうたって遊ぶんじゃないかしら。ありありとそんな姿が目にうかんできて、いやだあ、それだけはと、胸が熱くなりかけ、これがあたしのやきもちなんだ、死ぬまでやきもちをやくなんて、どうしてこうあたしは業《ごう》が深いんだろう、とお銀はしみじみ悲しくなる。

「あい、あま——」

つむじ風のように横丁の路地から飛び出して、ふいにからだごとぶつかってきたやつがある。すさまじい殺気に、思わずひやりとしたときには、そこはおらんだお銀のびんしょうさで本能的に身をかわしていたが、全く油断しきっていたときだから、つい足もとが乱れ、われにもなくバッタリそこへよろめき倒れていた。

「ちくしょう——」

身がまえた男の手に、無気味なアイクチがキラリと光っている。アッ、悪党若だんなだ。すぐにおどりかかってこないのは、お銀がとっさに卵の目つぶしをつかんでいるからで、

――おいでよ、めくらにしてやるから。

鬼女になりかけたお銀は、ハッと気がついた。これを投げては夢さんにしかられる。死んでも二度としかられるのはいやだ。思ったとたん、全身の気合いが抜けてしまった。

悪党だから、それを見のがすはずはない。凶暴な目をギラギラさせながら、一気に突っかかろうとする出ばな、

「人殺しッ――強盗だあ」

路地口から鋭く叫んだ者があった。それは恐怖の絶叫ではなく、相手の気勢をくじく威嚇《いかく》の一喝《いっかつ》だ。効果はてきめんで、アッと悪党若だんなはそっちへ気を取られる。そのすきにヒラリと飛び起きたお銀は、一散に天王橋のほうへ駆けだしていた。いまの路地口のすけだちは、たしかに風よけのずきんのゆうべとおなじカマイタチの仙助《せんすけ》だった、とまぶたに残しながら――。

さっきのとり手たちがまだ忍んでいたのだろう、たちまち呼び子の笛が寒天にひびき、

「カマイタチ、御用だ」

と、いう声が乱れた足音といっしょに、ものものしく七曲がりのほうへ走り去って

いく。

へそまがり

表通りへ出ると、あんどんの灯が消えているが、夢介の荷がさっきのまま天王橋のそばにおいてある。その陰に立ってヒソヒソと話している二つの黒い影、ひとりは三太で、ひとりはお米と見たから、お銀は走りよって、

「三ちゃん、ご苦労さま――お米ちゃんもきていたのね」

と、あかるく声をかけた。

「ああ、おかみさんあねごか」

めったに感情をすなおにあらわしたがらない三太は、ニヤリとそんな憎まれ口をきいたが、

「今晩は」

お米はこんなところにいるのを恥じるように、いそいでおじぎをする。

「太夫はだいじょうぶかね、おかみさん」

「しっかりしているし、傷は急所をよけているようだから、たぶんだいじょうぶだと

思うの」

「ちくしょう、いやなやろうだとおいら初めから思っていたんだが、まさかあのやろうがこのごろ江戸を荒しているカマイタチとは思わなかった。さすがにおかみは目が高いや。今もお米ちゃんに話していたんだけど、さっきここをとり手といっしょに通ったやつの中に、たしかに雷門《かみなりもん》であんちゃんのそばを食ったやつがまじってたんだぜ。おかっぴきにちげえねえや。こいつ臭いってんで、ひもがついていたのを、若だんなのやろう気がつかねえで、お駒ちゃんに鼻毛をのばしてやがったんだ。甘いやろうだよ」

なんでも知っているというのが、ちょいと得意そうな三太である。

「お駒ちゃんもとんだ者に見こまれちまったもんねえ」

ちんぴらがへそを曲げないように、お銀は真顔で相づちをうつ。

「全くいやなやろうよう。太夫はあんちゃんと話がしてえんだ。それを、あのやろう、やきもちやきやがって。あれえ、いけねえや、おいらなんの話をしようと思っていたんだっけな」

気がついて、急に三太がそらっとぼける。

「歩きながら、ゆっくり思い出すんですね。お米ちゃん、うちの人がね、カゼをひくといけないから、あたしにあんたを家まで送っていけっていうんだけど、いっしょに帰らない？」

お銀がそれとなくきりだす。

「へえ、あんちゃん、今夜お米ちゃんがついてきたこと、知ってんのかい」

さすがに意外だったらしい。

「そうらしいわ」

「驚いたなあ。おいらでさえ、ここで声をかけられるまで気がつかなかったのに。だからあんちゃんはすみにおけねえっていうんだ」

「三ちゃんも送ってくれるわね」

「だって、荷があるじゃねえか」

「いいのよ。それはうちの人が、お駒ちゃんの容態をお医者さんに聞いたらすぐ、あとからかついでくることになっているんだから」

お銀はお米をうながすようにして、肩をならべながら歩きだした。

「すみません」

おとなしくうなだれて、いかにも寂しげなお米だ。それをどこかその辺の暗い物かげから、風よけずきんの仙助がじっと見送っているような気はしたが、お銀は決してふりかえってみるようなまねはしなかった。

「つまり、おいらはやっこさんてわけだな」

お銀を中にして、三太が右へ並ぶ。

「女ばかりじゃぶっそうなんだもの、だから三ちゃんをたのむのよ」

「おだてっこなしでござんす。おかみさんあねごの目つぶしにはかなわねえでござんす」

「それをいいっこなし。顔から火が出るから」

そのために死のうとまで覚悟しなければならない悲しいお銀だった。

「さいでござんすかね。おいら胸がスッとしたけれどなあ。どうしていけねえんだろうなあ」

「女はあんなことをするもんじゃない。あたしさえあんなよけいなまねをしなければ、お駒ちゃんだって刺されずにすんだかもしれないんです。どうしてあたしはこう気が荒いのか、きっと死ななけりゃなおらないのね」

「へえ、あねごさん、それで今夜、あんちゃんにしかられたのかい」

三太が思わず顔をのぞきこんだほど、それは沈んだお銀の声だった。

「まだしかられはしないけれども、しかられるのがあたりまえでしょうよ」

「そんなことがあるもんか。あの時あねごさんが飛び出さなけりゃ、あんちゃんは鎌五郎のやつに、ゲタでけとばされていたじゃねえか。だいいち、どうしてあんちゃんはあのろまなんだろうな。おいら、バカくさくて見ちゃいられねえや。なにも鎌五郎なんかのいうことを真にうけて土下座までしなくたっていいじゃねえか。強いやつにはこじきみたいにペコペコして、おかみさんにばかりいばってしかりつけたって、男の自慢にゃならねえと思うな」

「三ちゃん、にいさんの悪口をいっちゃいや——」

お米がおこったようにピシリとたしなめた。

「へえ、さいでござんすかねえ」

一瞬ポカンとしたようだが、へそ曲がりだから三太は急にいじになったらしい。

「おいら悪口をいったんじゃござんせん。のろまだからのろまだと、ほんとうのことをいいましたんで、へえ——今夜の売り上げをみんなよこせ、と鎌五郎におどかされて、そんならさしあげますでござえますと、大きなずうたいをしてこじきみたいに土下座をして」

「いやだったら、三ちゃん」

「さいでござんすかねえ、お米ちゃんはよっぽど田吾《たご》あんちゃんが好きなんだなあ。

ああ、そいで今夜あんちゃんのあとを追っかけてきたんだな。よくわかったでござんす。おっかないでござんす、あばよでござんす」

あくたれ三太は両手の人さし指で角をこしらえて見せながら、横丁へ駆けこんでしまった。

傷つきやすい十六娘は、ふっとたもとを顔へ持っていく。

「お米ちゃん。気にしないほうがいいわ」

お銀はその肩へ手をおいて、かばうようにして歩きつづけた。

「三ちゃんは悪い子じゃない。親なしっ子ってものは、みんなああなんです。人にふみつけにされまい、バカにされまいと、鼻っぱしばかり強くなって、そのくせ、ひとりになると陰で泣いている。あたしもそうだった」

お米がしゃくりあげるのを聞いて、お銀の目にも涙があふれてきた。

「おとっつぁんもおっかさんも、兄弟も知らない女の子が、世の中からいじめられて育てばどうなるか、いいわけじゃないけど、あたしは肩書きつきの女にまでなっちまった。三ちゃんのもそれなんです。あたしや三ちゃんにくらべれば、お米ちゃんにはまだいいおじいちゃんというものがついている、どんなにしあわせかもしれやしない――あたしがなにをいいたいのか、わかる、お米ちゃん？」

お米は、はっきりとうなずいてみせた。

「おじいちゃんに心配をかけちゃいけないわ。親なしっ子はお米ちゃんひとりじゃないんだもの。どうにもならないことは、神さまにお任せしておかなくちゃねえ」

「ご心配ばかりかけて、すみません」

「いいのよ、そんなこと。三ちゃんだってもう後悔しているでしょうよ。おじいちゃんとお米ちゃんだけがやさしくしてくれるのを、よく承知しているんだもの。こんど会ったらなんにもいわずにわらった顔を見せてやってね」

「そうします。あたしだって、三ちゃんの親切はよくわかっているんですもの」

「ふしあわせ者はふしあわせ者同士、仲よくして、力になりあって、ふしあわせなんて忘れましょうよ。及ばずながら、ああしてうちの人だってついているんだもの。のろまだけれど、親切なことはこのうえもなく親切な人なんです」

「あたし、あたし、神さまみたいだと、いつも手を合わせています。ほんとうです」

お米がいっしょうけんめいにいう。

「そうね、ずいぶんのんびりしすぎている神さまだけど」

大きないびきをかく神さま、お銀を抱いてやるべと、抱いて子もり歌をうたってくれるのが好きな神さま、ときどき、おっぱいをいじってよろこんでいる神さま、思い出すとなつかしくて胸がジーンと痛くなる。そして、その神さまがせっかくお嫁にしてやるべといってくれるのに、とうとういいお嫁になれずにしまった。

「おかみさん、ねえさんといわしてもらってもいいかしら」

「さあ、あたしはお米ちゃんのねえさんになれるようないい女かしら」

「あたしだって、あたしだって、だれの子だかわかりはしません」

お銀はハッとした。

「それをいっちゃいけない。あたしが悪かった。よろこんでお米ちゃんのねえさんになりますとも。いいねえさんになって、ほんとうのきょうだいより仲よくしましょうね」

「ねえさん――」

ふしあわせな子は人なつこく、ひしと胸へすがりついてしゃくりあげるのを、

「お米ちゃん」

いじらしくその肩を抱きしめてやりながら、このよろこびもつかの間に消える自分の命かと、お銀もつい泣かずにはいられなかった。

すぐそこの金竜山《きんりゅうざん》の鐘が四つ（十時）を打ちだしている。

お銀はいま、世にもしょんぼりと吾妻橋の上に立っている。目は、寒々と星かげをうつしている足もとの隅田川を見おろし、耳はふけわたる夜のささやきに澄んでいた。

「お駒ちゃんのことも気になるし、今夜はおじいちゃんに会わずに帰りますからね」

お米を送って別れたお銀の足は、死に場所を求めて、いつかこの橋の上へきていたのだった。

「夢さん、あたし死にます」

もう涙は出なかった。悪い女だから死ぬ、そんなすなおな気持ちになれたのも、この世であの人に会って、あの人のあたたかい愛情でねじけた心をあたためられ、女の幸福というものをしみじみと知ったからだ。あたしがいては、あの人のためにならないのである。あたしはあの人のために、だれよりも、なによりも好きで好きでたまらない夢さんのしあわせのために死ぬんだもの、うれしいとさえ思う。

「そんなあたしを、親に勘当されてまでかわいがってくれて、死んだってご恩は忘れません」

「なにをいうだ、お銀、おらこそあねごさんにほれているだ。だから、いいお嫁になるだ」

そういいたげな顔が、はっきりとうかぶ。

「あたし、いいお嫁になりたいんだけど、業が深いからだめなんです」

「そんなことあるもんか。これはあねごさんばかりが悪いんではねえ、世間も悪いんだ。せっかくあねごさんがいいお嫁になろうと思っているのに、みんなでじゃまをするんだもんな」

「それがあたしこわいんです。もし小田原へ帰っても、この荒い気性がなおらなかったら、それこそあんたにあいそつかされてしまうもの」

「つまらない取り越し苦労はするもんでねえだ。抱いてやるべかな、あねごさん」

きっとそういってくれるだろうと思うと、うれしくてすぐにも飛んで帰りたくなるお銀だ。

「いいえ、やっぱりあたし死にます。お駒ちゃんが、あんなことになったのも、あたしのせいだし、あたしは目をつぶって、あんたに抱いてもらっているうれしい気持ちになりながら、川の中へ飛びこみます」

った。

「なにを、ひとり言いっているんだね」

ふいに、思いがけないほんとうの人間の声がしたので、お銀はびっくりしてふり返った。

「死に神と甘ったれちゃいけねえ」

ニヤリとわらったのは、いつの間に忍びよっていたのか、風よけずきんのカマイタチの仙助だった。お銀はあきれて急には口もきけない。

「死にてえのはおかみさんだけじゃねえ。おれなんかのほうがよっぽど死んでみてえな」

それをヌッと立って、ふところ手をしたままいうのだ。

「死ぬんなら、別のところへ行ってくださいまし。心中とまちがえられると迷惑ですからね」

お銀はようやく正気づいてきた。

「心配しなさんな。おれは死にやしねえ」

「いいえ、別に人さまのことなんか心配しやしません」

「フフフ、相変わらず気が強いな」

あ、そうだっけ、これがわたしの悪いところだと、お銀は思わず赤くなってしまった。

「この気の強いのがわたしの業なんです。だから死んじまうんです」

「業は死んだって消えねえよ。おれなんかも死んじまったほうがよっぽど楽だと思うんだが、その業が子どもにかかっちゃかわいそうだ。自分の業は、できるだけこの世でつぐなっておいてやろうと思ってな」

その気持ちはすぐピンとくるお銀だ。

「おかげで、あたしにも子どもがないから」

「おまえのほうではそう思っても、はたではおまえをおふくろか姉のようにたよりにしている子がいたらどうするんだ。つらくても、おまえがこの世で業をつぐなってやらねえと、そのためにがっかりして、三太もお米も、おまえの業をつがねえともかぎらねえな」

「そうかしら」

「鬼のおれが人に意見もおかしいが、まんざら悪縁というやつがない仲でもねえから、まあ、問わず語りだ。おれは二度と江戸の地は踏まねえ。坊主にでもなって、おれを極楽へやってくれなんて、そんなむしのいいことは考えやしねえが、せめて子どもだけは地獄へやりたくない、それだけのつぐないは、きっとやるつもりだ。金をと思ったが、それもやめた。別に不浄な金じゃねえが、おれなんかの金は、子どもになんの役にもたたねえ。子どものことは人の情にすがって、おれのような人間は親でねえほうがいちばん子どものしあわせなんだ。おれは今夜、うれしい子どもの姿を拝んで歩いたから、もう思い残すことはねえ。世の中には生きた神さまもいると、その姿もちゃんとこの目で見たから、それも安心だ。ただ、おれが江戸から姿を消せばいいんだ」

仙助はスッと一歩さがった。

「おかみさん、死に神にさそわれちゃいけねえ。死ぬ命があったら、いくら生き神さまに甘ったれてもいいから、そのかわり、ふしあわせな子どもたちにも甘ったれさせてやってくんな」

いいながら仙助はまた一歩さがった。

「たのみます、おかみさん」

ふっと両手を合わせて拝んで、クルリと背を見せ、そのまま足早に橋をわたっていく。

「バカにおしでない、ひとまで神さまあつかいになんかして――」

お銀はやみに消え去る仙助のうしろ姿をぼうぜんと見おくりながら、口では強がってみたが、たあいもなく涙が流れてきて、われながらどうしていいかわからなくなってしまった。

せつない心

そのころ。夢介は医者の療治を終わった春駒太夫のまくらもとへ、モソリとかしこまっていた。傷は悪党若だんなが心臓を一突きにきたのを、けはいでとっさにかわしたからさいわい急所はよけたが、左のわきの下を四針も縫ったほどで、それは決して軽い傷ではなかった。

「まだ寒い時分でよかった。夏はとかく傷口がうみたがるが、まあ、これで熱さえ出なければ、もう心配はない」

そういって帰った医者のことばに、うちじゅうの者はホッと愁眉《しゅうび》をひらいたが、療治の間じゅう夢介の手にしがみついて、気丈にもうめき声一つたてずにがまんしとおしたお駒は、さすがにグッタリと疲れが出たらしく、ウトウトしかけてはむりに目をあけて夢介の顔を見た。

「眠れないかね、お駒ちゃん」

「眠くないんだもの、あたし」

帰られたくない、その気持ちはよくわかっているが、おら帰らねえから、グッスリひと眠りするがいいだ、とはいえない夢介だし帰っちゃいやだ、とも無理はいえないお駒である。

「にいさん、あしたの晩も商いに出るの？」

「うん、まだ二、三日は出なけりゃなんねえだろうから、ここ通ったら、あしたはうまいうどんをとどけてやるべかな」

「あいつ、ネズミのふんがはいっているだなんて、憎らしいやつってありゃしない」

「大難が小難ですんだだから、もうそんなことは忘れるがいいだ」

「だって、憎らしいですもの」

なにかいわなければ気のすまないように話しかけていたお駒の目に、ふっと涙がうかんだ。

「にいさん、傷がなおったら、あたし、やっぱり上方に行くわ」

せつない恋、それを痛いほど胸へ感じながら、

「それは傷がなおってから考えることにして、少し眠るがいいだ。あんまり口をきいちゃ傷によくねえもんな」

と、なだめるようにいい聞かせて、夢介は手ぬぐいでそっと涙をふいてやる。

「あたし、ちょっとも眠くないんですってば」

しかし、その強情はそう長くつづかなかった。やっとおしゃべりがやまったなと思ったら、いつの間にか長いまつげを合わせて、軽い寝息をたてていたのである。出血がひどかったせいか、急にやつれが目だつ青い顔だった。

ふとふすまの外へ立って顔見知りの楽屋番のおやじが手まねきする。静かに立っていくと、

「ナベ焼きうどんのお大尽、玄関で三太とかいうぼっちゃんが、小田原のあんちゃんに顔を貸してくんなって、待ってるよ」

と、相変わらずこのおやじは人をくっている。

「ありがとうごぜえます」

礼をいいながら見ると、心配して大ぜい集まっている一座の者の中に、いつもお駒の供をしている女でしのお菊《きく》がいる。

「お菊ちゃん、まことにすまねえが、お盆を一つお借りしてえだ」

夢介はそうたのんで、モソリとすわった。

「こんなのでようござんすか、にいさん」

お菊が持ってきてくれた盆の上へ、夢介はふところから二十五両包みを二つ出してのせ、

「出先のこって裸で失礼でごぜえますが、ほんのお見舞いのしるしでごぜえます。太夫さんが目がさめたら、取り次いでおいてくだせえまし」

と、丁寧にお菊の前へ出す。

「あら、どうしよう、おじいさん」

思いがけない大金なので、お菊は当惑したように、まだそこにいるおやじの顔を見上げた。

「へえ、さすがに腐ってもタイだな。じゃまになるもんじゃねえから、遠慮なくもらっときな」

どこに本音があるのか、妙なおやじである。

「そうしてくだせえまし。いずれまたあすお見舞いにめえりますだが、どうか太夫さんのことは、よろしくたのみますだ」

とんだ災難といってしまえばそれまでだが、その災難に全然責任はないといえないだけに、つくすだけのことはつくしてやりたい夢介だ。

「にいさん、ほんとうにあす来てくれますね」

玄関まで送ってきたお菊が、これはよく師匠の気持ちを知っているらしく、念を押していた。

「おら腐ってもタイのほうだから、うそはいわねえです」

夢介はわざと軽くうけて表へ出た。

外で口笛を吹きながら待っている三太が、口笛をやめながら肩を並べてきた。ムッツリとして、なんとなくふきげんのようである。

「どうかしたかね、あにきさん」

暗い路地をぬけてから、夢介は聞いてみた。三太は返事をしない。

「今夜は商いはやめて帰ることにすべな」

表通りへ出て、ここでさっきお駒が災難にあったのだとおもうと、それがほんのアッという間のできごとだっただけに、夢介の胸は重かった。人間の運命などというものはわからないものだ。あんなにたのしそうに、いそいそとうどん屋のてつだいをしていてくれたじょうぶなお駒が、今はケガ人になって青い顔して眠っている。やっぱりおらが悪かったのかもしれねえ。お銀がいうとおり、そんなもの好きはやめるこったと、初めにもっと強くことわっておけば、こんなことにはならなかったろう。おらがなまじ甘い顔をしていたばっかりに、かわいそうなことをしてしまった。

「あんちゃん、おまえさっき、おかみさんをしかったろう」

荷をかついで、大通りをもどりはじめると、三太が突然くってかかるように切り出した。

「お銀をかね」

「あたりきさ。太夫はあんちゃんのおかみさんじゃねえもんな」

三太のへそはひどく曲がっているようだ。

「おら、別にしかりはしねえがな」

「じゃ、これからしかろうと考えたのか」

「なにをしかるんだね」

「目つぶしのことじゃねえか」

あ、そうか、と夢介はやっと思い出した。

「おまえ、しかろうと思ってるんだろう」

「しかりはしねえが、おらのおかみさん、はねっかえりで困ったもんだ」

「困ることなんかあるもんか。あんちゃんがのろまでモソモソしているから、あねごさんがひとりでやきもきするんじゃねえか。つまり、情が深いってやつよ」

ときどきませた口をききたがる三太である。

「そうかもしれねえな。だから、のろまのおいらには、ちょうどいいおかみさんかもしれねえな」

「あれえ、これはテコヘンだぞ」

「なにがテコヘンだね」

「あんちゃんがしからねえとすると、あねごさんどうしてあんなにしょげてたんだろうな」

「ふうん。おらのおかみさん、しょげてたかね」

ドキリとする夢介だ。

「まさか、お駒ちゃんは大ケガをしてるんだからな、あんちゃんが親切に看病してやったって、そんなことやきもちをやくはずはねえや」

「そうだとも。お銀はなにかいったかね」

「アッわかった。たいへんだぞ、あんちゃん」

三太がすっとんきょうな声を出す。

「そんなにたいへんかね」

「こいつはたいへんだ。あたしがあんな乱暴なまねさえしなければ、お駒ちゃんもケガをしないですんだかもしれない、あたしは悪い女だってしょげていたんだ。あんちやん、あねごさんは死ぬ気かもしれないぞ」

「ふうん。そこへ気がつけば、ちっとばかし偉いおかみさんだな」

「落ち着いてちゃいけねえや。この前だって、一つ目のごぜんに目つぶし投げて、家出したことがあるじゃねえか。あの時、あんちゃん、金はいくらでも出すから、早く捜してきてくれって、おいらに泣きっつらしてたのんだくせに、もし身投げでもしちまったらどうするんだえ」

「そんなことはあんめえ。お銀は六兵衛じいさんのとこで、おらの帰るのを待ってるさ」

「そうかなあ。よし、おいらひとっ走り行ってみてくらあ。お米と口げんかしちまったから、ちょっとぐれ、い的は悪いけど、あねごの命にはかえられねえもんな」

「あれ、なんでお米ちゃんとけんかしただね」

「さいならでござんす。おいら行ってめえりますでござんす」

三太はもうつむじ風のように、駒形の路地へすっ飛んでいってしまった。

仲なおり

──そうか、お米坊とけんかをしたんで、あにきさん、あんなにきげんが悪かったんだな。

夢介はひとりでおかしくなりながら、並木町へかかる。それにしても、お銀がしょげていたというが、ひょっとまちがった了見をおこしてくれなければいいが、と気にかかる。

勝ち気だから、もし自分のために春駒太夫があんなことになったと考えつけば、死ぬ気にならないとはかぎらないのである。

あの荒っぽいのは困るが、持って生まれた気性だし、世の中が敵に見えたがる育ちなのだから、これは気長になおしていくよりしようがあるまい。それに、ナベ焼きうどんを始めるとき、なまじっか隠してたのも悪かった。心はもう夫婦なのだから、これこれだと打ち明けて相談してかかれば、このごろのお銀なら、きっとおとなしく家で留守をしていたことだろう。妙にかくしだてしたから、半分はやきもちもてつだって、毎晩あとがつけたくなったのだ。

──無理はない。おら、これからなんでも相談してやるからな。不了見はおこすでねえぞ。

そういえば、別れぎわになんとなく沈んでいたようなのが思い合わされて、やっぱ

り無事な顔をひと目見なければ安心のできない夢介だ。思わず足が早くなりかかると、

「夢介さん——」

うしろからスッと肩を並べて、それは今ではにおいでもすぐわかるお銀だった。

「あれえ、どうしただ、お銀」

びっくりして、しかし今の今まで心配していたところだから、無事な顔を見て、夢介は急にあかるくなったような気持ちである。

「三太あにきさんがよ、あねごさん沈んでいたというから、身投げでもされてはたいへんだと思ってな、えらく気をもんでいたところだ」

「勘弁してくれる、夢さん？」

お銀はひっそりと両そでをだきながら、うなだれた顔をあげようとしない。

「勘弁って、なんのこったね」

「あたし、あたし、どんなにぶたれても、たたかれても、二度と男みたいなまねはしません」

「それがいいだ。そこへ気がついてくれれば、おらにもいうことはねえだ」

「すみません」

クスンとお銀が一つはなをすする。

「なにも泣くことはねえだ。おら、荷さえかついでいなければ、ごほうびに一つ抱いて子もり歌をうたって歩いてやるだがね」

「あたしねえ、夢さん」

お銀は、いつものように冗談口にのってこようともしない。

「なんだね、改まって――」

「ほんとうは今、吾妻橋の上から身投げをしようとしたんです」

「あぶねえまねするんでねえ」

「まねじゃないんです。ほんとうに飛び込む気だったんです」

「おらに相談しないでかね」

「いやだなあ、あんたは――」

おもわずドスンとからだをぶつけてしまって、そのびくともしないたくましさに、お銀はやっぱり生きていてよかったよろこびをしみじみと感じさせられた。

「夫婦の仲に、隠しごとがあってはなんねえだ」

「だから、話そうとしてるんじゃありませんか。だれがあたしを助けてくれたと思う、夢さん」

「ふうん。あぶねえとこだったな。その留めてくれた親切な人のところへ、おら、あすさっそく礼に行くべ」

「いいえ、向こうでは礼心に、あたしをしかってそれから拝んでいきました」

「さあ、わかんねえ」

「カマイタチの仙助なんです」

これは夢介もちょっと意外だった。

「ふしあわせな子どもたちをたのむ。死んだって業は消えるもんじゃないから、その死んだつもりの命で三ちゃんやお米ちゃんの力になってくれ。せめて子どもたちは極楽へやってやりたいから、そのためにこれから坊さんになってつぐないをする。二度と江戸へは帰らないって」

「ふうん」

「お金をと思ったけど、そんなものは子どもになんの力もない。ただ人の情にすがるばかりだって、二度もあたしを拝んだんです」

「お米ちゃんが救ったんだな、お銀」

「ええ、今夜ひと晩じゅう、子どもの姿を拝んで歩いていたんだって」

こんどは夢介がはなをすすって、大きな握りこぶしで涙を横なぐりにした。

「お銀――」

　その手でお銀の手をしっかりと握って、

「いいお嫁になって、子どもたちの力になってやるだ」

「あい」

　もうなにもいうことはなかった。黙って手を取りあったまま歩いて、その心のあたたかさに、お銀がときどきはなをすすりあげる。ひっそりとしたふたりきりの暗い道だった。

　雷門を広小路のほうへ曲がったとたん、バタバタと向こうから駆けだしてきたふたりづれが、

「あれえ」

　と立ち止まった。お米と三太である。

「なあんだ。人に心配させて、身投げしたあねごさんが、あんちゃんに手をひかれてらあ」

「また、三ちゃんは――」

　お米にたしなめられて、

「おいら帰ろうっと。見ちゃいられねえでござんす――さいなら」

どうやらふたりは仲直りをしたらしい。おどけてすっ飛んでいく三太の声があかるかった。

第十五話　大トラになる

そば屋開店

梅びよりともいいたい一日、六兵衛じいさんは浅草誓願寺横丁のかどへ小田原というささやかながらこぎれいなそば屋を開店した。いうまでもなく、夢介とお銀が、お米のためと考えてほねをおったのである。

「そんなことをしてもらっちゃ、みょうりにつきる。金のかかることだし、せっかくだが、おれは一生ナベ焼きうどん屋でたくさんだ」

がんこな六兵衛じいさんは初めなかなか承知しなかったが、お銀もカマイタチの仙助のことがあるので、こんどは熱心に足を運び、

「おじいちゃん、そんなてまえがってがありますか。あたしたちはお米ちゃんを親身

の妹だと思えばこそ、先のことまで心配しているのに、どうしてもおじいちゃんがいやだと強情を張るんならしようがない、お米ちゃんもことしはもう十七だし、きょうからでも家へ引き取って、いつでもお嫁入りができるように、及ばずながら、あたしたちがめんどうを見さしてもらいますからね、そう思ってください」

と、最後に開きなおって一本きめつけたので、とうとうかぶとをぬいだのである。

そして、そう話がきまるとその日から、家をさがしたり、大工を入れて店構えをなおしたり、商売道具一式をそろえたり、このひと月あまりというもの、夢介もお銀もまるで自分たちがそば屋を始めでもするように、六兵衛じいさんといっしょに飛びまわったので、正月は夢の間にすぎてしまった。

「おかげと、いいお天気だな、あねごさん」

開店当日、食いもの屋は昼ごろからの商売だから、てつだいかたがた様子を見にお銀と肩をならべて家を出た夢介は、早春の青空を見あげながら、うれしそうに話しかけた。

「これで五へんめかしら、何度いったら気がすむの、夢さん」

たしなめるお銀も、きょうは赤だすきをかけてお米といっしょに働いてやるつもりだから、念入りに身じまいをして、自慢の大まるまげもみずみずしく、しごくあかるい顔だ。

「おらなんべんでもいうだ。お天気さえよければ、人がおおぜい出て歩くべ。出て歩けば腹がすくから、きっとそばが食いたくなるだ。全くきょうはありがてえそばびよりでごぜえます」

「でも、おそばばかり食べたい人もないだろうし、なんだかあたしは心配でしようがない」

せっかく開店はしても、もしガランと手をあけているようでは、おじいさんもお米ちゃんもさぞ張り合いがないだろうと、お銀はただそれが気になるのである。

「そんな心配はいらねえだ。正直にうまくて安いそばを食ってもらえば、そのうちにお客はだんだんついてくるとも」

夢介にしても、開店したその日から客足がつくとは考えられなかった。が、お天気だから、夢介がいったとおり、小田原屋の前へ出たふたりは、思わずあれえと目をみはった。店の前へ、きのうまではなかった酒ダルとしょうゆダルとが杉形《すぎなり》に積みあげられて景気をそえ、酒ダルの飾りのほうには『小田原さんへ、新門辰五郎《しんもんたつごろう》』という祝い札がついているし、しょうゆダルを積みあげたほうにはおなじく『小田原屋さんへ、相模屋政五郎《さがみやまさごろう》』と出ている。ずいぶんはでな飾り物のうえに、贈り主がひとりは土地の新門、ひとりは土州様お出入りの元締めで、ふたりとも当時江戸で俠名《きょうめい》をうたわれている大きな顔だから、こんな小さなそば屋へ、豪勢なもんだな、と人立ちがするほど目につく。

「どうしたんでしょうね、夢さん。きのう帰るまではそんな話もなかったのに」

お銀があきれて夢介のたもとをひいた。

「さあ、おらにも見当がつかねえだ」

小田原屋と書いた真新しい油障子をあけて店へはいると、もう客が七、八人たてこんで、中には座敷へ上がりこんで、ちょうしまでつけているのさえある。

「あ、ねえさん、おいでなさいまし」

赤い帯に赤だすき、結い綿のかかった島田まげもういういしく、ほおをさくら色に上気させていそがしく働いていたお米が、顔を見るなり、うれしげにはずんだ声を出した。

「おめでとう。お米ちゃん。きょうはもっと早くてつだいにくるんだったね」

思いがけない繁盛ぶりにお銀もうれしくなってしまったのだろう。たもとから用意してきた赤だすきを出してさっさと掛けはじめる。

「おや、おまえはこのあいだうち、雷門のとこへ出ていたうどん屋と違うか」

上がりがまちへあぐらを組んでそばを食っていたふたりづれの職人の一方が、お銀のあとからカマ場へはいろうとする夢介を見て、思い出したようにすっとんきょうな声をあげた。

「へえ、毎度ありがとうごぜえます」

夢介は如才なく大きなおじぎをする。

「きょうはおまえ、ばかに気どったなりをしているじゃねえか。ああ、わかった、客に化けて、ここんちのそばの秘伝を盗みにきたんだな」

江戸の職人は皐月《さつき》のコイの吹き流しで、ざっくばらんだからおもしろい。

「違いますだ、ここはおらのおじきの家でごぜえます」

「なんだ、親類か。じゃ、てつだいか」

「へえ、これからごひいきに願いますだ」

「うん。今も兄弟と話していたんだ。ここんちのそばはいけるってね。ひいきにしてやるぜ」

「ありがとうごぜえます。おじきは親の代からのそば屋ですから腕はたしかでごぜえます」

「二代そば屋だな。そいつは豪気だ。豪気っていや今のいい女はうどん屋のおかみさんかえ」

「へえ、お銀といいますだ」

「どこで拾ってきたんだ。おまえにゃもったいねえようなおかみさんだな」

「ありがとうごぜえます。みんながそういってくれますだ」

客の間からドッとにぎやかな笑い声があがった。カマ場へはいってくると、

「いやだあ、このひとは、なにも女房の名まえまで教えなくたっていいじゃありませんか」

とお銀ににらまれてしまった。

「おじいちゃん、おめでとうごぜえます」

「やあ、にいさんか、二代そば屋は豪気なもんだろう。ざっとこんなもんさ」

カマ前にがんばっている六兵衛が、威勢のいいたんかを切りながら、そっぽを向いて、いそいでうれし涙を横なぐりにしている。

「表へりっぱな飾り物がきているだね」

「ああ、そのことさ。おやじにもなにがなんだかさっぱりわけがわからねえ。けさ早く新門の若い者だっていう若い衆が五、六人で押しかけてきて、いずれのちほどかしらがうかがいますが、きょうはおめでとうございます。お店開きに新門からのほんの

心ばかりの祝い物でございます、といってね、店の前へあんな飾り物をして、さっさと帰ってしまった。どう考えても、おれは新門のかしらにも、相模屋の元締めにも、あんなことをしてもらうわけがねえ。実はおまえさんでもきたら、なにかわかるんじゃないかと思ってね、心待ちにしていたところさ」

「さあ、わかんねえ。おらにも心当りはなんにもねえだ」

「やあ、あんちゃんきたのか、少し出前をてつだってもらいてえね。こういそがしくちゃ、おいらひとりじゃ手がまわらねえ」

そこへ、これも朝からてつだいにきているちんぴら三太が風のように飛んできた。

「ご苦労さんだな、あにきさん」

「ご苦労さんだとも。こう大繁盛じゃ小僧はからだが持たねえや――やあ、あねごさん、きょうはばかにおめかしでべっぴんさんだなあ」

しかし、お銀はメッ、と目でしかっただけで、

「おじいちゃん、かけ三つおかわり」

と、注文を通しながら、できあがった盛りをぜんに取って、いそがしそうに店へ出ていく。

ちょうど時分どきへかかってきて、客は、入りかわり立ちかわり、カマがまにあわ

ないほどたてこみだしたので、六兵衛も夢介も、しばらく積みダルのせんぎどころではなくなってきた。三太は出前をかついで駆けだす。お銀とお米は絶えず、いらっしゃい、毎度ありがとうございます、を繰りかえしながら、店とカマ場の間を織るように往来する。夢介は帳場をあずかって、つり銭の出し入れにいそがしい。そんなさいちゅうに、

「繁盛でけっこうだね」

十徳《じっとく》姿のどっしりと落ち着いた老人が、店からカマ場へヒョイと顔を出した。見ると、去年の春駒形のドジョウ屋でいっしょになったことがある相政の隠居幸右衛門《こうえもん》老人である。

「こりゃご隠居さん、お久しぶりでごぜえます」

「やっぱりきていたね、夢介さん」

「それじゃ、ご隠居さん、前の飾り物はご隠居さんがお世話くだすったんでごぜえますね」

ハッと思いあたる夢介だ。

祝いの宴

「なあに、おれがしたというわけじゃねえが、これには少しわけがあってね」

「とにかく、まあご隠居さん、狭いところでごぜえますが、店はたてこんでいるので、こっちへお上がりになってくだせえまし」

「そうかえ。じゃ、上がって祝いそばを一つごちそうになるかな。こっちが六兵衛さんだね。いや、いそがしいさいちゅうだ、あいさつはあとにして、かまわねえからお客さんを待たせないように仕事をつづけておくれ」

六兵衛がいそいではち巻きを取ろうとするのを、如才なくとめて、隠居は気軽に六畳の帳場へあがってきた。

「いらっしゃいまし」

お銀が気をきかせて、座ぶとんを運んできた。

「このひとが夢介さんのおかみさんかえ」

「へえ、お銀といいますだ」

「ふつつかものでございますから、どうぞよろしくお願いいたします」

「いや、ちゃんと聞いているよ。おかみさんは貞女でなかなか勇ましいあねごだそうだね。少しやきもちやくって話だが、ほんとうかな」

なんでもよく知っているらしくわらっているので、お銀はこの隠居から晴れておかみさんあつかいにされるのが、うれしいような恥ずかしいような、小娘のように赤くなりながら、小さくならずにはいられなかった。

「いいえ、ご隠居さん、このごろはあんまり胸ぐらもとらねえし、おとなしくて、とてもいいおかみさんになりましただ」

夢介はあいかわらず手放しで正直である。

「アハハ、夢介さんはいいおかみさんを持ってしあわせさ。おかみさんもこんなりっぱな男をご亭主に持ってうれしいだろう。違うかね」

「違わねえです。ご隠居さん。おらのようないなか者には全くすぎた女房でごぜえます」

「いやだ、夢さんは――」

お銀はとうとう逃げ出してしまった。

「おいでなさいまし」

お米がかわって、ちょうしに焼きのりをそえたぜんを運んでくる。

「お米ちゃんだね」

「はい。このたびはいろいろお世話になりまして――」

いっしょうけんめいなところが、ひどくいじらしい。

「なあに、隠居はなんにもしたわけじゃないが、こんなにいいお店ができて、こうして店開きそうそうから繁盛するというのは、みんなお米ちゃんのおじいちゃん孝行のおかげさ。だれが見ていなくたって、おてんとうさまは見とおしだからね。ああそうか、お酌をしてくれるのかえ。ありがとうよ」

隠居はうれしそうに酌をしてもらって、

「この酒はきっとうまいだろう」

と、夢介が杯を取るのを待っている。

「それでは、おいらも相伴《しょうばん》させてもらいますべ」

「めでたいな、夢介さん」

「ありがとうございます。なら、小田原屋さんが末長く繁盛するようにと祝って」

老人と夢介が初杯をのみほすのを見て、

「みんな、みんなにいさんのおかげです」

と、お米はいそいでそで口を目にあてた。そこから見えるカマ前で、せっせと働いている六兵衛が、しきりにはなをすすっている。

「なんにしても、めでたいことだ。お米坊、お店がいそがしいようだから、こっちはかまわないでおくれ」

「はい、どうぞごゆっくりなすってくださいまし」

「ありがとうよ」

お米はおじぎをして店へ出ていく。

「しかし、久しぶりだったねえ、夢介さん」

「ほんとうに、ごぶさたして申しわけございません。一度あの時のお礼にと思っていながら、つい道楽のほうがいそがしいもんで――」

「そうのようだね。隠居はどこからとなく、おまえさんの道楽というのを耳にしてね、当節おもしろい道楽者だ、そのうちにはまた会えるだろうと、たのしみにしていたのさ」

そして、こんどの道楽は、新門辰五郎のほうから耳にはいったのだという。新門は春駒太夫が大ケガをしたと聞いて、奥山《おくやま》になじみの芸人だから、代理の者を再三見舞いにやった。その春駒太夫の口から夢介のナベ焼きうどん屋のことが知れ、ことのついでに、このそば屋ができるということもわかってきた。おそらく、これは三太がたびたび春駒太夫を見舞いに行っていたから、その口から知れたものなのだろう。

新門はかねて隠居から夢介の名は聞かされている。その夢介の侠気で地内に住む年寄りと孫娘が救われるのだ。どうだろう、とっつぁん、いわば自分たちの浅草へ孝行娘の徳でうれしいそば屋ができるんだから、景気をつけてやりたいと思うんだが、と新門から相談をかけられた。まことにめでたい話だ。それじゃというので、老人はもう隠居のことだから、せがれの相政の名でよろこんで一役買って出たのだという。

「そんなわけでな、きょうはあとから新門もちょいと顔を出すはずだから、夢介さんからひと言礼をいっておいてもらいたいね」

「ありがてえことでごぜえます。けれどご隠居さん、そんなになにもかもご隠居さんのお耳にはいっているところからみても、人ってものは悪いことはできねえもんでごぜえますね」

こんどのことなど、自分たちのほかにはだれ知るまいと思っていたのに、夢介は今さらのようにその感が深い。

「全くさ。おてんとうさまは見とおしだとは、うまいことをいったもんだ。その後おまえさんが深川でどんな道楽をしたか、一つ目の顔大名とどういういきさつがあったか、さてはおかみさんがどのくらいのやきもちをやくか、いつということなしに、どこから耳にはいってくるものな。もっとも、この年寄りがおまえさんの人がらにほれていて、よく人にうわさをしたがるせいもあるんだろうが、それにしても、世間というものは広いようで案外狭いもんさ。こんどのことじゃ、おまえさんよりも、おかみさんのほうがお米坊のためにひどくいっしょうけんめいだって聞いているが、ほんとうかね」

「へえ、そんなことまで知れているんでごぜえますかね」

事実そのとおりで、こんどのことだけはあたしに任せておいてくださいと、金のほうも、いっさいお銀のふところから出ているくらいだから、夢介はただ目を丸くするばかりだ。

「うれしい話さ。聖人さまのことばに、徳は孤ならずってことがあるそうだが、女はやっぱり連れそう亭主によるものかね——やあ、お銀あねごがきたぞ、あねごさん、隠居の杯を一つうけておくれ」

老人はじょうきげんで、新しいちょうしを持ってきたお銀に杯をさす。

「ありがとうございます」

それを神妙にすわってうけるお銀だ。

「いや、今もご亭主にうれしい話だっていっていたところだが、こんどのことは、おかみさんがほねをおってくれたんだってね。隠居からも礼をいわしてもらいます。ありがとうよ」

「まあ、あたしどうしたらいいでしょう」

老人に酌をされ、赤くなっているお銀は、これが一つまちがえば卵の目つぶしを投げる鉄火な女とはどうしても思えない。

「にいさん、なんですか今、若いお武家さんがみえて、にいさんにお目にかかりたい、九段といえばわかると、おっしゃるんですけれど」

お米が店から取り次いできた。

「九段――？」

「夢介うじ、わしだよ」

間ののれんからヒョイと顔をだしたのは、九段の斎藤新太郎《さいとうしんたろう》だった。

「こりゃまあ、若先生」

夢介が江戸へくるとき高輪《たかなわ》ではじめて会って、札《ふだ》の辻《つじ》で別れて以来二度めの対面である。

「ほう、相模屋のご隠居もまいっておられるな」

「若先生も、祝いそばを食べにきておくんなすったか」

「うんだ。八丁堀《はっちょうぼり》の市村《いちむら》から話を聞いたもんだから、そんなうれしいそばなら食いのがせないと存じてな」

「アハハハ、それじゃお客さまだ。どうぞまあ、ずっとお上がんなすって」

隠居がさっそく座ぶとんをなおす。

「お銀あねご、おめでとう。祝いそばもさることながら、きこうはとうとう日本一のいろ男をくどき落としたそうだな」

お銀はまたひとり敵がふえた形である。しかも新太郎は、おらんだお銀がそもそも夢介をねらった初めからのいきさつをよく知っているのだから、いちばん強敵である。

「若先生、あんまりズバズバものをおっしゃると、しょうちしませんから」

「そのとおりでごぜえます。お銀は若先生も知ってのとおり、気の弱い女でごぜえますから、あんまりいじめねえでくだせえまし」

夢介がわらいながらお銀をかばう。

「ほう、あねごはそんなに気が弱くなったかねえ。そういえば、きこうは、毎晩あねごを抱いて子もり歌をうたって寝かせつけるという話だが、ほんとうかね」

新太郎は定町回《じょうまちまわ》りの市村忠兵衛《ちゅうべえ》だんなから種が出ているらしいから、とても隠しきれない。

「毎晩ではごぜえません。おらの道楽がすぎて、お銀のきげんの悪いときだけでごぜえます」

「なるほど、その手ですっかりあねごの気を弱くしてしまったんだな」

「若先生、あなたさまはわざわざきょう、夫婦の仲へ水をさしにいらしたんですか」

お銀が赤くなりながらも、躍起になる。

「いや、そうではございません。あねごがどうしてこんなによきおかみさんになったか、後学のため秘伝をうかがいにまかり出たのでござって――むだ言はさておき、きょうは夢介うじご夫婦のきもいりで、この浅草に名物そば屋が一軒できた。お日がらもよろしく、新太郎心から各位におよろこび申し上げる。まことにおめでとう。特にこのたびあねごどのがほねをおられたと聞いて、あねごとは特別じっこんのそれがし、ついでながらこの席をかりて衷心《ちゅうしん》からあねごに感謝します。どうもありがとう」

冗談だと思っているうちに、いきなり正面をきって大きなおじぎをされ、それは決して冗談ではなく、暗におまえのような世をすねた女がよくここまで人間らしくなれたと、だれもかれも心からよろこんで見ていてくれるのだとは、お銀にもよくわかるから、

「いやですねえ、そんな——若先生は」

と、すっかりドギマギしてしまって、なんだか涙が出そうになるし、お銀はまたしても座にいたたまらなくなってしまった。

「ふうん、夢介さんはあねごを子もり歌で手なずけたのかねえ。これは初耳だ」

逃げ出すお銀のうしろから、明るい隠居のわらい声が追ってくる。

夢介酔う

新門辰五郎が小田原屋へ顔を見せたのはそれからまもなくで、時分どきをすぎた店は、やや客も間遠になったころであった。

その新門は意外にも、すっかり旅じたくの春駒太夫をつれてはいってきた。

「出かけようとしているところへ、こんど上方《かみがた》へ行く太夫があいさつにきたもんだから、こことは縁のない仲じゃない、いっしょに行かねえかって誘うと、あたしもこれからお祝いかたがたお別れにまわるつもりだっていうんでね」

ひととおりお互いのあいさつがすんでから、新門はそういってお駒を一同に引きあわせた。

「皆さん、きょうはおめでとうございます」

お駒は土間へ立ったまま小腰をかがめて、ていねいに上がりがまちへ両手を支えた。多少面《おも》やつれしたが、さいわい傷は順調になおって、もうすっかり元気になっているお駒だ。

「とんだ災難だったそうだが、まあ大難が小難ですんでよかったね」

隠居が一同にかわってあいさつをかえす。ありがとうございます、と受けてから、

「にいさん、おめでとうございます」

と、お駒は改めて夢介にえがおを向ける。

「もう旅をしてもいいんかね。お医者さんによく聞いてみたんかね」

傷がなおったので、近いうちに上方へ立つとは知っていたが、きょう旅立つとは全く不意うちだった。しかし、その不意うちのうちに悲しい心づかいがあるのだとは、だれよりも夢介がいちばんよく知っている。

「ええ、もうだいじょうぶなんです。それに、途中箱根《はこね》でしばらく湯治をして行こうと思っているもんですから」

「それがいいだ。決して無理をしちゃなんねえぞ」

「太夫がいなくなると、奥山の客も当分寂しくなるだろう」

隠居が年寄り役で、はなむけのことばをおくりながら、別れの杯をさす。そこへお銀が祝い物のそばをぜんにのせて運んできた。

「お駒ちゃん、立ち祝いにひとつあがっていってください」

「いただきます。ねえさんにはずいぶんお世話になってしまって、ご恩は一生忘れません」

「なんですねえ、改まって。江戸へ帰ってくれれば、またすぐ会えるんじゃありませんか。けど、水がわりだけは気をつけてくださいよ。大厄《たいやく》のあとのからだですからね」

「気をつけます。ねえさんもどうぞお達者で」

「あねごは心配ないな。口が達者なうちは拙者《せっしゃ》がきっと引き受ける」

「また若先生は――」

お銀ににらまれて、武骨な新太郎が無邪気に首をすくめたから、思わずなごやかなわらい声が流れる。

「それでは、表にかごが待たせてありますので、これで失礼させていただきます。どなたさまもごめんくださいまし」

春駒太夫はやがてにこやかに立ち上がって別れのあいさつをのべた。

「もう行くかな。そんなら、せめてかど口まで見送ってやるべ」

「ではひとつ、みんなのお手を拝借しようかね」

隠居のおんど取りで、一同にお米と六兵衛まで加わり、めでたくかどでを祝われた春駒太夫は、ありがとうございます、とそこは芸人だから泣き顔は見せず表へ出て、待たせておいたかごにのった。おなじ吉日ながら、一方に開店のよろこびがあれば、一方に別離の悲しみがある。これが世の中というものだろうか。

ドンとかごがあがったとき、近づいて行った夢介が、黙って紙入れを出して、それごとたれの間からお駒のひざの上へのせてやる。お駒がどんな顔をしたか、見送る者の心がほのぼのとあたたかくなる間に、かごはとっとと歩きだす。新門をはじめ、珍しい顔がそろっているから、往来の者はみんな立ち止まって見ていた。

春駒太夫のかごが見えなくなると、まず忙しい新門があいさつをして別れ、つづいて新太郎が去り、最後に隠居が、

「お米坊、いまに隠居がきっといいお婿さんを世話してやるからな」

と、お米をからかいながら、明るい顔をして帰っていった。

入れかわりに、深川のあばれ芸者浜次《はまじ》が、どこから聞いたか夢介の顔なじみの芸者ばかり五、六人ひっぱって、ドヤドヤと乗りこんできた。

「にいさん、おめでとう。きょうは観音さまをかこつけに、お祝いにきましたよ」

「あれえ、だれから聞いたね」

「悪事千里を走るっていいますからね。春駒太夫とのいきさつまで、もう深川へは筒抜けなんです。憎らしい。そうと早く知ったら、あたしたちも毎晩にいさんのナベ焼きうどんを食べに通うんだったのにって、じだんだを踏んでみたところであとの祭りでしょう。だから、きょうはそのかたき討ちに、どうしてもにいさんにもう一度あの時の雲助歌をうたわせてやろうって相談して、みんなで押しかけてきたんです」

店の座敷いっぱいに、花をまきちらしたようにすわりこんで、そば屋も料理屋も見さかいがないのだからたいへんだ。

「皆さん、おいでなさいまし。毎度ありがとうございます」

そこへお銀が気をきかせて、きょうは店の客なのだから、さっそくちょうしを運んで出る。

「あら、おかみさん、いつぞやはどうもおじゃまいたしました」

自分で家まで乗りこんでいって、にいさんをあたしに譲ってくれないかしらと、おくめんもなく掛けあえる浜次だから、少しも悪びれない。

「どういたしまして、どうぞゆっくりしていってくださいまし」

「おかみさん、ご心配でしょう。春駒太夫なんていう風変わりな娘が飛び出したりして」

「いいえ、そのことなら、うちの人は木仏金仏《きぶつかなぶつ》のほうですから、ちっとも心配ないんです」

お銀は落ち着いて笑っていられるのが、われながらおかみさんらしくてうれしかった。

「くやしいねえ。どうかして夢さんをやわらかくするくふうはないものかしら」

「酢《す》をのませるといいのさ。にいさんは大きいから五升ぐらいのませないときかないかしら」

「まさか、角兵衛獅子《かくべえじし》じゃあるまいし」

「じゃ、ナメクジはどうなの？」

「バカねえ、あれはヘビをとかす薬じゃないか」

たあいもなくキャッキャッと笑いこけて、はでではにぎやかでそうぞうしいところへ、フラリと芝《しば》の伊勢屋の総太郎《そうたろう》がはいってきた。

「やあ、これは、これは、おそろいでげすな」

「おやまあ、若だんな、おかめばかりですみませんねえ」

「いや、おかめもこのくらいそろえば、おみごとでげすな」

「いいましたね。若だんなはおかめのお嫁さんを貰ってから、すっかり堅くなっちまったんですってね」

「そのとおり――おかめは徳用でげすな、親切で、やさしくて、情が深くて、だいいち間男される心配がない」

祝いにきたのか、遊びにきたのか、飲むだけ飲んで、騒ぐだけ騒いで、この一団が引き揚げたのはもう夕方だった。そして、宵《よい》からのれんをおろして、六兵衛が長屋の連中を招いた席へも夢介はすわらせられたので、その夜おそく小田原屋を出たときには、珍しく足もとがフラフラするほど酔っている夢介だった。

「歩ける、夢さん、かごをたのみましょうか」

しっかりと腕をかかえこむようにして、お銀が心配する。

「だいじょうぶ。鉄《かね》のわきざしでごぜえますだ」

「フフフ、そんなフラフラする鉄のわきざしってあるかしら」

「ありがとうごぜえます。夢介はきょう、とてもうれしくて、フラフラと酔っぱらったでごぜえます。どうぞ勘弁してくだせえまし」

「だれもおこってやしないじゃありませんか」

「そうかね、ほんとうかね、あねごさん、おこっちゃいねえかね」

「どうしてさ、夢さん」

「どうしてって、おら酔っぱらいでごぜえますからね。きょうはうれしくて、こんなに酔っぱらったでごぜえます。どなたさまも、どうか勘弁してくだせえまし」

まことにたわいのない夢介だ。ふけてほとんど人通りのない並木町通りを、ほれた男のはじめての酔態を介抱《かいほう》しながら歩くお銀も、今夜は心ゆたかでたのしい。

「お銀、若だんなもえらくなっただね」

「どうしてです」

「店では女たちと、あんなバカになっていたけど、中途で帳場へきておじいちゃんにあいさつしたときには、ちゃんと両手をついて、祝儀を出して、このたびはおめでとうございますって、ていねえにおじぎをしていたぞ」

「あたりまえじゃありませんか。それというのも、お松《まつ》さんといういいおかみさんがついているからです。あの娘はあれで、なかなかしっかり者なんですからね」

「そうでごぜえます。しっかりしたおかみさんでごぜえます。おらもお銀あねごといいうしっかりしたおかみさんが、こうやってついていてくれるから安心でごぜえます」

「安心して、眠っちまっちゃだめですよ、夢さん。そう寄りかかってきちゃ、重くてしようがありゃしない」

「すまねえこってごぜえます。そうだ、お銀、おらこんど、おかみさんを少し抱いて歩いてやるべ」

なにを思い出したか、急に夢介がシャッキリと往来のまん中へ立ち止まったのである。

踊る天水おけ

「だめですよう。抱いて歩いてやるったって、そんなに酔っているんだもの、あぶないじゃありませんか」

だだっ子のように暗い往来のまん中へ立ちはだかって、フラフラしている夢介を見あげながら、お銀はなにをいいだすんだろうといいたげに目でわらった。

「遠慮はいらねえだよ。あねごさん」

夢介はお銀の肩をつかまえて放さない。

「いいから、お歩きなさいってば。いくら夜道だって、人が見たらおかしいもの」

「ちっともおかしくねえだ。おらがあねごさんを抱いて子もり歌をうたうの、もうみんな知ってるもんな。かまわねえから、うんとうらやましがらせてやるべ」

「ころぶとあぶないからさ」

「なあに、おら、だいじょうぶころばねえだ」

酔っている夢介はかまわず、両手でヒョイとお銀を抱きあげて、もうさっさと歩きだした。

「やだなあ」

しかし、お銀はあんまりいやでもなさそうな甘い声である。少しもあぶなげのない底抜け力だし、夜ふけの暗い道で人目に気がねはいらないし、たくましい胸へ抱かれてユラユラと揺られていく、まるで夢のようだ。

「楽かね、あねごさん」

「だれかこやしないかしら」

「だれがきたってかまわねえさ。おらのお嫁、きょうは一日じゅうよく働いてくたびれているから、そのほうびに楽をさせてやるだ。眠たければ眠ってもいいぞ、お銀」

歩きながらうれしそうに抱きしめて、急にほおずりする夢介だ。酒に感情が波立っているらしく、いつもよりすることがいささか荒っぽい。

「髪がこわれるから――」

「こわれてもいいだよ」

「胸が、胸が苦しくて」

しっかりと抱いている男の手がわきの下からまわって、なんとなく乳ぶさの上を押えつけている。苦しいとはうそで、その圧力がそのまま男の愛情であるかのように、お銀は幸福で胸がせつないほどはずんでくるのだ。

「おら今夜は酔っぱらいでごぜえますからね、どなたさまも勘弁してくだせえまし」

夢介はうきうきしながら、ふざけるようにグイと抱きすくめて、くちびるを押しつけてくる。

「ねえ、お駒ちゃん今ごろ、どこへ泊まっているかしら」

自分がしあわせだと思うにつけても、お銀はふっときょうの別れぎわの寂しそうだった春駒太夫の姿を思いうかべずにはいられない。

「太夫さんも傷がなおったし、お米坊のお婿さんもみんなが心配してくれるし、お銀あねごさんはいいお嫁になれそうだし、きょうはほんとうにおめでたい日でごぜえます」

口先だけじゃないかしら、とそっと男の顔色へ目を光らせかけて、いや、そんなことを疑いたくなるだけ、あたしはまだ罪が深いんだとお銀は気がつき、

「そうね、おめでたい日にはみんなでよろこんで、悲しい人には早くしあわせがくる

ように、それさえ忘れなければいいんだわ」

と、半分は自分にいいきかせながら、妙に泣きたくなってくる。

「お銀、子もり歌うたってやるべかな」

夢介はなにもかも忘れているようだ。そして、小声でたのしそうに箱根の雲助歌を口ずさみはじめる。

「めでためでたの、若松さまよ――」

黙ってひなびたかいどう歌を聞いているうちに、お銀はかつての日、魂のよりどころもなく、旅から旅をあばれ歩いていた自分の哀れな姿が思い出され、甘い涙にさそわれて、

「夢さん、捨てちゃいやだ」

とうとう男の胸へしがみついてしまった。

が、そのお銀が、ギョッと顔をあげた。

ヒタヒタと殺気を含んだような数人の足音が耳についたからである。

「あれえ、なんか用かね」

夢介が、お銀を抱いたまま、ノソリと立ち止まった。やがて天王橋の近くで、手ぬぐいをぬすっとかぶりにしたごろつきふうの男が五、六人、やみに黒々と往来をふさ

いで行く手へ立ちはだかったのだ。

「やい、天下の往来をなんだそのざまは」

先頭の長わきざしをさしているやつが、憎々しげにあごをしゃくってにらみつける。

「これ、おらのたいせつなお嫁でごぜえます。親方さん、やかねえで通してくだせえまし」

「ふざけるねえ。だれがやくもんか」

「あれえ、まちがったかな。おら今夜少し酔っぱらっていますで、勘弁してもらいますべ」

夢介は平気で、お銀をおろそうともしない。

「やい、その女をおろさねえか」

「なあに、おらまだくたびれねえです」

「いいから、おろせといったらおろせ」

「おろすとどうなるだね」

「その女にちっとばかし用があるんだ。黙ってこっちへ渡してもらおう」

「おことわりしますべ。おらのお嫁、気が弱いから荒いまねをすると目をまわしますだ」

「このやろう、おとなしく出りゃ、おれたちをなめる気だな」

長わきざしはすごむように、グイとひと足踏み出した。夢介は遠慮なくひと足さがって、

「とんでもねえこった。おら決して親方さんなんかなめたくねえだ」

と、ケロリとしてわらっている。

「やい、田吾作《たごさく》、へたに強情を張ると、命がねえぞ。おれたちは、だてやすいきょうでここに網を張っていたんじゃねえ。さあ、その女をすなおにこっちへわたすか、どうだ」

「お銀、ここでしばらくおとなしくしているだ」

なんとなく人家の軒下まで追いつめられてきた夢介は、そこの大きな天水おけの上へヒョイとお銀を腰かけさせておいて、それを背でかばうようにならず者たちのほうへ向きなおった。

「まちがったら勘弁してもらいますべ。おまえさまは福井町の鎌五郎《かまごろう》親方でごぜえますね」

「その鎌五郎ならどうしようっていうんだ」

さすがに人の家の前だから、声は低い。

「親方さん、このあいだはお銀が手荒いまねしてすみませんでごぜえました。あの時はちっとばかり気が立っていたもんで、その後はすっかりおとなしくなりましただ。どうぞ勘弁してやってくだせえまし」

夢介は両手をひざまでさげて、ていねいにおじぎをした。

「ならねえ。女のくせに目つぶしなんか使いやがって、あとで聞きゃ、その女はただのあまじゃねえんだってな。そうとわかって黙って引っこんでいちゃ男の顔が立たねえ。今夜はどうでもひっかついでいって、その奇麗なつらへ焼きを入れてやらなけりゃ承知できねえんだ。ケガをしたくなかったら、おとなしくどけ」

悪党のいじとでもいうのだろうか、こっちをおらんだお銀と承知のうえで、鎌五郎は妙な理屈をこねながら殺気だっている。

天水おけに腰かけさせられたお銀は、目の前に敵を見ると、ついおらんだお銀の本性が出る。ふうんだ、まぬけだねえ、さんざん目つぶしを食ったあとでいばったって、だれが驚いてやるもんか、ひっかついでいけたら、ひっかついでいってごらんよ。すばやく髪の銀かんざしを抜いてさかてに取りながら、アッこれがいけないんだ、あたしはもういいおかみさんになったんだから、と気がつき、あわててかんざしを髪へもどす。

「親方さん、そんなこといわねえで、今お銀にあやまらせるだから——なあ、お銀、早く親方さんにあやまってしまうがいいだ。あやまってくれるな」

「あやまります」

お銀はヒラリと天水おけから身軽に飛びおりてしまった。こんな荒っぽいまねをしないで、夢さんに抱いておろしてもらうんだった、と後悔したがまにあわない。

「親分さん、もうこれから生意気なまねは慎しみますから、どうぞ勘弁してくださいまし」

「ならねえ、前へ出ろ、あま」

かさにかかって詰めよる鎌五郎だ。

「おおこわい、——夢さん、助けてえ」

ついバカらしくなって、お銀はちゃかすように夢介の背中へかくれて見せた。

「ぬかしやがったな。おい、かまわねえから、あまをひっさらえ」

「がってんだ」

お先っ走りがふたりばかり、今夜は目つぶしを持っていないと見て安心したのだろう、おどりこんできて夢介をかきのけようとした。

「乱暴してはいけねえだ」

そのふたりの胸をドンと突き放したのが、酔っているからうっかり手に力がはいって、

「ワアッ」

というとふたりとも、まるではね飛ばされたようにうしろざまによろめき飛んで、味方の中へたあいもなくしりもちをついてしまった。

「やりやがったな、やろう」

残る三人がてんでにアイクチを抜いて、襲いかかろうとする。近づけてはケガをすると見たとたん、夢介の手が大きな天水おけの縁にかかって、一石もはいっているだろうと思われる水を、いきなりドッと三人の足もとにぶちまけた。

「ワッ、ちくしょう」

半身ぬれねずみになって横っ飛びに逃げるやつ、足をさらわれて頭から水をかぶるやつ。

「ウウッ」

カッとなった鎌五郎は狂気のように長わきざしを振りかぶった。

「あぶねえだ、親方」

踏んごもうとする足もとへ、こんどは力いっぱい天水おけをころがしてやる。

「ワアッ」

重い天水おけは容赦もなく鎌五郎をあおむけにひっくりかえして、その上をころげ抜け、起き上がろうとする子分たちをまた押して、ゴロゴロと広い往来のまん中へころがっていく。

「さあ、逃げるだ、お銀」

その間に夢介はお銀の手を取って、どんどん天王橋のほうへ駆けだしていた。全くアッというまの勝負だったのである。

朝の喜劇

翌朝、目をさました夢介は、まだからだじゅうに酒が残っているようで、ひどく頭が重かったが、なんだか夢の中でとんだいたずらをしたような気がして、ああ天水おけをころがしたぞ、とたちまち思い出した。いや、それだけじゃない。実は、それよりもっとたいへんないたずらをしていた。あれから家へ帰って、さんざんお銀をからかったり困らせたりして、ひとりでよろこんでいるうちに、とうとうほんとうのお嫁にしてしまったのである。

――さあ、困ったぞ。

むろん、好きで夫婦になる気でいたのだから、その点は別に後悔はしない。が、一度小田原へ帰って、ちゃんとおやじさまの許しを得てからと、かたく心にきめ、お銀にもそういいきかせてあるだけに、酒にうかされてしまったのが、男としてなんとも恥じ入る。

――おらゆうべはたしかに獣になっていた。

かえって心のどこかであばずれだときめてかかっていたお銀のほうが、いざとなると当惑したようにからだじゅうを堅くして、まるで生娘《きむすめ》のようだったのが、白々と目に残っている。

「お銀、おらのお嫁になるの、いやなんか」

抱きすくめられて、小さくなっているお銀が、胸の中であえぎながらかむりを振る。

「そんなら、おらのお嫁にしてやるべ。お嫁ってもんは、おとなしくいうことをきくんだぞ」

けだものは有頂天になってほえ狂いながら、どうしてもお嫁のまっ白な膚《はだ》をあらわに引きはがなければ承知できなかった。

――困ったなあ。

そんなことが次から次へと思い出されて、夢介はなんとも引っこみがつかない感じだ。いまさら頭からふとんをかぶってみたが追っつかない。廊下に耳なれた足音がして、来たぞと首をすくめているうちに、サラリと障子があいた。

「まあ、たいへんな寝相ねえ。まだ酔っているのかしら」

そっとまくらもとへすわって、頭からかぶっているふとんをなおしながら――

「あら、起きてるんじゃありませんか」

「――グウ、グウ」

「いやな人。目がさめたんなら、早くごはんにしてくれなくちゃいつまでもかたづかなくて」

お銀はもう念入りに朝化粧をして、しっとりと落ち着いている。

「おはようごぜえます。あねごさん」

奇麗にとり澄ましていると、やっぱりからかってみたくなる夢介だ。

「起きてくださいってば――」

「頭が重くって、起きられねえだ」

「あんなに酔っぱらうんですもの。ふつか酔いしたんでしょ」

まゆをひそめながら手を額へあててくれる。

「少しもんでみましょうか」

「おらゆうべ、どこかの天水おけころがしたっけね」

「ええ」

「ころがしっぱなしにして逃げてきたけど、悪いいたずらをしたもんだ。あとで行って、よくあやまってくべ」

「そうですね。あの時はしようがなかったけれど、やっぱりあやまってきたほうがいいわ」

「それから、嫁ごさんにも悪いいたずらしたようだっけな」

「いや、そんなこといっちゃ」

みるみるお銀の顔が赤くなって、いそいで男の目へふたをする。

「おら酔っぱらっていたで、勘弁してやってくだせえまし」

「じゃ、夢さんは夢さんはゆうべのこと――」

さすがにあとが口に出ず、真剣な息づかいだ。

「違うだよ、お銀。おら酔っぱらったから、冗談でお嫁にしたんでは決してねえだ。

好きだからお嫁にしたんだけど、ただ酔っぱらって、けだものみたいにお嫁にしてしまったのを、すまなかったと後悔──」

「いや、いや、もういわないで」

その口までふさいで、押えつけて、

「なにされたって、あたし、あたしはお嫁さんだもの──きっと、いいおかみさんになるから、捨てないで」

と、耳もとへ哀願しながら、ひしとほおをすりよせ、あれえ、なにがなまぬるいんだろうと思ったら、お銀がひっそりと泣いていたのだ。

「なあ、お銀、おらたち一度小田原へ帰るべ」

その背中をさすってやりながら、夢介が思いたったようにいった。

「どうして、夢さん」

お銀がハッとぬれた顔をあげる。

「おら、おやじさんに黙ってお嫁をもらっては申しわけねえし、あねごさんだって、天下晴れてのお嫁になったほうがうれしかろ」

「そりゃそのほうがうれしいけど、今帰ったら、お米ちゃんやお松つぁんが、がっかりしやしないかしら」

たしかにそれもあるが、それよりお銀は前身があるだけに、くにのおやじさまに会うのがこわいのだ。旧家だというし、いなかの人は物堅いから、そんな女はせがれの嫁にするわけにはいかねえ、としかられるようなことがあったら、どうしたらいいだろうと、今に始まったことじゃない、前からそれがやせるほど苦労の種になってしょうがなかったのだ。

「ねえ、どうしても帰らなけりゃいけないの」

「うむ。お床入りのほうが先になっちまったけど、やっぱり一度おやじさまに高砂《たかさご》やをうたってもらわなけりゃ、きまりがつかねえもんな」

「そうかしら、あたしは高砂やなんかより、あんたの雲助歌でたくさんなんだけど」

「そうもいかねえさ。おらたちばかり喜んでいねえで、おやじさまにも喜んでもらうべ」

「よろこんでくれるかしら、こんなお嫁」

「よろこんでくれるとも」

しごくあっさりそういわれると、本気なのかしらと、お銀はいっそう心配になる。

「ねえ、もし、もしそんな女、せがれのお嫁にできないっていわれたら、どうするの、夢さん」

「どうもしねえだよ。もし、もしおやじさんが不承知でも、承知するまで待つのさ。おらのお嫁はお銀よりほかにねえもんな。おら、ほんとうにお銀が好きなんだから、これだけはおやじさまにも勘弁してもらいますべ」

「ほんとう、夢さん」

「ほんとうだとも。そのかわりな、お銀、もし、もしおまえが悪いお嫁になると、おら苅萱《かるかや》さんみたいに、坊主になって、高野山《こうやさん》へのぼってしまわなけりゃなんねえ。いいか、おらが苅萱さんになっちまうと、いくらやきもちをやきたくても、もう手がとどかねえからな」

「いやだあ、そんなこといっちゃ」

「いやでもしようがねえさ。高野山は女人禁制だもんな」

「かまうもんか、あたしはどこへだってついていってやる」

お銀は情けなくなって、いきなり上から男の首っ玉へしがみついてしまった。

「あれえ、高野山は女人禁制だっていうのに」

「だれが、だれがそんなことをきめたんです」

「弘法大師《こうぼうだいし》という偉い坊さんがきめたのさ」

「そんな、そんな薄情な坊さん追い出してやる」

「そうはいかねえだ。そんなことすれば、ばちが当たって目がつぶれちまうだ」

「そんなことしたら、女の一念で食いついてやるからいい」

「痛いね、そりゃおらの耳だよ、あねごさん」

くやしがって、お銀は耳へかみついて放れない。いや、くやしいというより、もし夢さんがほんとうに坊さんになるようなことがあったら、どんなに悲しいだろうと、自分がこわくて、放れられないのだ。

「あやまるだ。もう決して石にしねえから、放してくだせえまし」

「坊さんになっちゃいやだから」

「たいていならねえです」

「いや、いや、あんたを坊さんにするくらいなら、あたし死んじまう」

「困ったなあ。あねごさんが死んだら、それこそおら悲しくて、どうしても坊さんになりたくなるもんな」

「どうしてあんた、そういじが悪いのよう。あたし泣くから」

そして、ほんとうに小娘のように泣きだすお銀を、しっかりと抱いてやっているうちに、またしても平気でけだものになってしまったのだから、夫婦の世界は別のようだと、夢介はわれながら不思議な気がしてきた。

吉か凶か

「とにかく、おらゆうべの家へ行って、天水おけをひっくりかえしっぱなしにしてきたおわびをしてくべ」

朝飯がすむとすぐ、そういって出かけた夢介を玄関まで送り出し、長火ばちの前へもどったお銀は、うれしいような、不安のような、女ってどうしてこう苦労性にできているだろうと、ため息をつかずにはいられなかった。

あんなに望んでいた男の真実を、こんなふうに簡単にからだへうけられようとは、全く夢のようである。それだけに、ほんとうをいえば、ゆうべはなんとなくこわかった。自分はどうされたって、好きな男のすることだからかまわないけれど、あとで酒のうえだったと後悔されたらどうしよう、それが心配で、さんざん自分をおもちゃにしたあげく、平気で高いびきをかきはじめた男の胸へ、いつまでもすがりついていたのを、あの人は少しも知らないだろう。

だから、ふいにあやまられたときは、ほんとうにドキリとしてしまった。男というものは、女を知ってしまうと急に情熱がさめて、そこで好ききらいの区別がはっきりつくものなのだ。

が、あの人はやっぱり、薄情な男ではなかった。

むしろ、お銀もまた、一度許しあった夫婦の間というものは、こんなにもたあいなく情熱に狂えるものかと、けさはじめて経験させられて、女だからひどく恥ずかしかった。いや、ひどくとはいいすぎで、しごく自然のことのように満ち足りた気持ちだったというほうがほんとうだ。そして、そのあとでケロリとして小田原へ帰る話がまじめにくりかえされたのである。

「お銀、あしたたつべかな」

「あした——？　この家はどうするの？」

「このままにして、大家さんにたのんでいくべ」

あの人も、ことによるとおやじさまは許してくれないかもしれぬと覚悟していて、もし許されなかったらここへ帰ってくる気だとは、聞かなくてもわかっているので、

「あたしはどっちでも、もうあんたしだいなんですから」

と、お銀は乱れた髪をなおしながら、すなおに答えていた。

事実、今となってはなにごとも男を信じてまかせきって、そのいうなりに生きていくよりどうしようもないお銀なのだが、そういう大きな男の愛情を、まだからだじゅ

うにまつわりついて消えないほのかなけさの体臭といっしょに、こうしてひとりでしみじみかみしめていると、それではあんまり申しわけないような女としての反省が、静かに胸へうずいてくるのだ。

――いとしい男が、親に勘当されるのを、あたしは黙って見ていられるだろうか。いや、黙って見ていていいのだろうか。

そんなこと、とてもできやしない、と思う。できないとすれば、自分から身をひくよりしようがないじゃないか。あたしさえがまんすれば、なにもかにもうまくおさまるんだもの。

――いいわ、夢さん、もしその時がきたら、あたしはそっと身をひいてあげる。あんたを親不孝者になんか決してしやしない。

それが女の真実だと思うと、お銀は涙をこぼしながら、あたしはきっとそうしてみせると、心に誓わずにはいられなかった。

でも、あの人、あたしが身をかくしたら坊さんになるなんて騒ぎだすんじゃないかしら。

それとも、たいていはならねえでなどとそらっとぼけて平気でほかからお嫁でももらったら、それこそあたしの立つ瀬がありゃしない。

「いやだなあ、どうしてあたしはこう気苦労が絶えないのだろう」

思わずしんきくさいため息が出たとき、ガラリと玄関の格子があいた。そのあけ方で、ああ三ちゃんだ、と思うまもなく、ちんぴら三太がガラッピシャと手当りしだいに戸障子をあけてしめて、もう風のように飛びこんできた。

「いけない子ねえ。人の家へくるときは、もっと静かにはいってくるものよ」

お銀がわらいながらにらみつける。

「じゃ、ぬすっとのように音を立てねえではいってきてもいいかえ」

相かわらず負けずぎらいの三太だ。

「そんなのもいけないけど――」

お銀はなんとなく赤くなる。そんなまねをされて、もし見つかっては恥ずかしいほんとうの夫婦に、ゆうべからなっているふたりなのだ。

「あれえ、あねごさん赤くなったぜ。安心してくんな。おいらのほうが顔負けしちゃ困るから、その時はせきばらいをするでござんす」

「なまおいいでない」

「あんちゃんはいねえな。どこかへ出かけたのかえ」

「ええ、ちょっと蔵前まで行ったんだから、もう帰ってくるわ」

「ふうむ。またあんちゃん、蔵前へ新色《しんいろ》でもこさえたのかな」

三太は小生意気な顔をして、そっぽを向く。

「だいじょうぶよ、うちの人は堅いんだから」

きょうからほんとうにうちの人といえるんだから、お銀はつい甘ったるい声になりたがる。

「どうだかわかるもんか。どうしてあんちゃん、ああ女にほれられるんだろうな」

「きっと親切だからでしょ」

「その親切が罪つくりなんだな。お駒ちゃん、きのう、かごん中で泣いていたっけ」

「お駒ちゃんが――」

たぶんそうだろうと思っていただけに、ギクリとするお銀だ。

「おいら日本橋まで送っていったんだけど、お駒ちゃんたいせつそうに、あんちゃんにもらった紙入れを抱いて、何度も、あたしの夢さんて、ほおずりしていたぜ」

「そうお――」

「あたしは夢さんが忘れられない、だとよ。今夜はこの紙入れを抱いて寝るんだ、とよ」

「そうお――」

「あんちゃんも、別れぎわに紙入れをやるくらいだから、まんざらじゃねえんだろうな」

「そうねえ」

「おいら、お駒ちゃんからあんちゃんに、たいへんなことづてをたのまれちまったんだ。とてもたいへんなことづてなんだけど、たのまれりゃしようがねえもんな。あんちゃん、早く帰ってこねえかな」

「もうすぐ帰ってくるから、待っていてやってくださいね」

お銀はお茶を入れて、お茶菓子を出して、落ち着き払っている。

「あねごさん、もうやきもちはやめたのかえ」

「やめたわ」

「やめなけりゃいいのになあ」

「どうして」

「たまには前のように、あんちゃんの胸ぐらをとって見せてくれなくちゃ、つまらねえや」

「悪い子ねえ、小田原へつれてかないから」

「あれえ、小田原へ帰るのか、あんちゃんは」

目をパチクリさせて、こん度は三太のほうがびっくりしたようだ。

「あした立つことになっているのよ」

「あした？　あねごさんも行っちまうのかえ」

「ええ。三ちゃんも連れていくって、うちの人はいっているのよ」

この子だけはまだ宿なしである。ぜひそうしてやりたいと思うお銀だ。この子も自分とおなじように、あの人がついていてやらなければ、また悪の道へもどってしまうだろう。

「おいらどうしようかな」

「お百姓はいやなの？」

「あねごさんも肥たごかつぐのかえ」

「かつぐわ。うちの人といっしょなら」

「チェッ、のろけてらあ。どうせ臭い仲でござんす。おいら帰ろうっと」

「だめよ、帰っちゃ。いまうちの人が帰ってくるじゃありませんか。お駒ちゃんのたいへんなことづてもあるんでしょ」

「もうつまらねえや。さいならでござんす」

プイと出て行こうとするのを、あわてて玄関まで追いかけていって、

た。

「お待ちなさいってば――」

その片いじな肩をつかまえたとき、くぐりがあいて、ヌッとしらが頭がはいってき
「アッ――」

お銀はその顔をひと目見て思わず息をのむ。小田原のじいや嘉平なのだ。

「三ちゃん、いい子だから奥で待ってて――」

「だれだえ、あのじじい」

「うちの人のいなかのじいやさんなの」

ただならぬお銀の顔色を見てとって、三太はスルリと茶の間へ消えていった。

「ごめんなせえよ」

その間に嘉平は格子をあけて、おこったようにモソリと玄関へはいってきた。前に一度けんか別れをしているだけに、お銀はこわい。いや、こわいというより、いなかからまたどんな用を持ってきたか、いずれいい話でないにきまっているのだから、不安に胸がふるえる。

「おいでなさいまし」

しかし、前と違って、きょうは身も心も夢介のおかみさんになりきっているのだか

ら、落ち着かなくちゃいけないと、とっさに覚悟をきめて、お銀はしとやかにそこへ両手をつかえた。

いやなはなし

「若だんなはいなさるかね」

玄関の土間に立った嘉平じいやは、むっつりとした顔つきだ。

「ちょいと出かけていますけれど、すぐ帰ってきますから、どうぞお上がりくださいまし」

きょうはどんなにいじ悪く出られても、おかみさんらしくふるまって、悪態などはつかないつもりだから、お銀はひどくあいそがいい。

「そうもしちゃいられねえだ」

嘉平はジロリとお銀の顔を見ながら、つぶやくようにいう。このあいだのお銀なら、そんならお暇のときにでもまたおいでなさいまし、とあっさりけんかごしになるところだろうが、

「でも、せっかくおいでになったのに」

と、落ち着いてあいさつをしてみると、われながらおかみさんらしくなったような気がしてきてたのもしい。

「それじゃここで、じゃまさせてもらうべ」

なんと思ったか、嘉平は玄関先へモソリと腰をおろしてしまった。お銀はいそいで座ぶとんを運び、かまわないでくれというのを聞き流して、お茶をいれていく。茶の間へ寝そべってほおづえを突いていた三太が、そういうお銀をおもしろそうに目でからかっていた。

「じいやさんは、あれからずっと江戸だったんですか」

どうせ憎まれている女だから、すなおな返事はしてくれないだろうとは思ったが、ひとりでほっておくわけにもいかないから、お銀はそこへすわって話しかけた。

「ずっとこっちにいて、おまえさまの様子を見ていただ」

これはまた意外な返事である。

「まあどうしよう。あたしなにか悪いことしたかしら」

さすがにドキリとして、なによりそれが気になるお銀だ。

「若だんなにも困ったもんだ」

「どうしてでしょう」

「夜泣きうどんのまねやったり、ゆうべはまたけんかして、天水おけころがしたり、あんまりもの好きすぎるでねえか」

するといい気になって往来を抱かれて歩いたのまで見られていたことになる。

「すみません、あたし――」

「いや、おまえさまをとがめているわけではねえ。けど、ああもの好きでは、あぶなくて江戸へおいておけねえだ。わしが見たのだけでも、もう三度もけんかしてるだ。自分からしたことではねえ、と言いわけするかもしれねえが、どっちからしても、しかけられても、けんかのあぶねえことに変わりはなかろ。つまりは、自分がもの好きだから、どうしても敵ができるだ。長く江戸において、まちがいがおこってからではまにあわねえから、わしきょうはなんでも小田原へつれて帰る気で、意見しにやってきただ」

一徹に思いつめているらしいのが、顔色でもよくわかる。

「あの人、もう勘当されているんじゃなかったのかしら」

「そうはいかねえだ。ひとりむすこだもんな」

だって、このあいだは勘当してやるっていったじゃありませんか、と今さらことばじりを取って見たところでしようのない話だし、お銀はとうとうくるところへきてしまったような不安に青ざめてしまった。できればあとの話は聞かずに、耳をふさいで逃げ出したい。

「ああいうもの好きな若だんなの嫁には、おまえさまのような変わった女がちょうど似合いかもしれねえ。ひととおり世間は渡ってきているようだし、いじが強いから、好きな男のためならどんなしんぼうもする気でいるだろう。正直にいうと、わし感心していることもあるだ」

まんざらおせじでもなさそうなので、あとがこわいと思っていると、はたして、

「けどな、いなか者はもの堅いで、そりゃ若だんなさまはひとりむすこのことだから、承知しねえこともなかろうが、ご親類がむずかしかろうと思うだ。へたすると、気の弱い女ならいじめ殺されねえともかぎらねえだ」

と、太いまゆをひそめて見せるのだ。

バカらしい、いくらご親類さまだって、そんないなかっぺなんかにあたしが負けるもんか、とお銀はおなかの中でせせらわらいたくなったのが、つい顔色に出たが、

「もっとも、おまえさまの気性では、ご親類を向こうにまわして目つぶしぶつけてまわるかもしれねえだな」

嘉平はそんな皮肉を口にして、ニヤリと苦笑いをうかべた。

「まさか、そんなバカなまねもしませんけれど、どんな無理をいわれたって、あたしさえしんぼうしていれば、いつか無理のほうが引っ込むんじゃないかしら」

「そりゃ、理屈をいえば、まあそんなもんだが、いなかでは嫁の里の家がらというのがひどくやかましくてな。少し身分が違っても、すぐ嫁いびりの種にしたがるだ。おまえさまには、そのいびられる種があんまりありすぎるで、おまえさまはしんぼうしても、ご親類からいびりつけられては、それを聞いている大だんなや若だんなのほうが、どうにもたまらなくなるべ。わしそれが心配でなんねえだ」

それをいわれると一言もないお銀だ。

「わし赤ん坊のときからおぶって育てたで、若だんなは自分の子のようにかわいいだ。てまえがってなようだが、その若だんなが、なんでおまえさまのような女が好きになったか、情けねえだ。いっそ、おまえさまが悪い女なら、どんな憎まれ者になっても生木裂いてみせるだが、今のおまえさまはいじらしくて、それもできねえ。どうしていいか、わし全く途方にくれているです」

しんみりとした顔つきになって、悪くとれば、人をおだてて、別れてくれというなぞをかけているとしか思えない。

「じいやさん、あたし死んだって、あの人とは別れませんからね」

そんな泣き落としになんかかかってたまるもんかと、お銀も今は必死である。

「そうだろうとも。わしの口からはとてもそんな罪なことはいえねえだ。若だんなも勘当されたほうがいいと考えているんではなかろうか」

「そんなことありません。あの人はあしたあたしをつれて小田原へたつといっているんです」

「ふうむ、あしたねえ」

これはちょいと意外だったらしい。

「大だんなの許しをうけに行くんだといっているんですけど、この家はそのままにして行くといいますから、もし、ご親類がうるさかったら、また帰ってくる気じゃないんでしょうか」

「そうかね、それはいい考えかもしれねえな」

案外簡単にうなずかれてみると、お銀はやっぱり不安になる。

「ねえ、じいやさん、大だんなはあの人が江戸で暮らすの、許してくれるでしょうかね」

「そりゃ、たったひとりのせがれだもんな、おまえさまに奪われて、別々に離れて暮らすとなったら、さぞ嘆くべ。けど、よくものわかった人だから、自分のつらいのはいくらもがまんして、黙ってくれるだ。もし、そうなったら、その深い恩を決して忘れてはなんねえぞ」

「忘れません、あたし」

「そんならいいだ。そうと話がわかったら、きょうは若だんなに会わずに帰るべ。どうせあすは小田原へお供するようになると思うで、帰ったら若だんなによろしくいってもらいてえだ」

嘉平は急にモッソリと立ち上がる。

「じいやさんはどこへ泊まっているんです」

「芝の伊勢屋さんにやっかいになっていますだ。じゃ、またあすお目にかかりますべ」

じいやはていねいにおじぎをして、玄関を出ていった。そのうしろ姿が、気のせいか、妙に沈みこんで見えるのはどうしたことだろう。

第十六話　幽霊ばなし

女の悲しみ

「あねごさん、ほんとにあす小田原へたつんか」

お銀が茶の間の長火ばちの前へかえると、縁側へ出てひなたぼっこをしていた三太が、そっぽを向いたまま、ふきげんそうに聞いた。

「ええ」

お銀もなんとなく重い気持ちで、火ばちの縁へひじをついて額をささえてしまった。

ご親類なんかどうしゃちほこ立ちしたって、こわくもおかしくもない、と思う。けれど、そのためにあの人を、親子別々に暮らさせなければならないとしたら、あたしひとりのためにそんなことをさせて、女の道が立つだろうか。

あたしさえ身をひけば、なにもかも丸くおさまる、そういわぬばかりのじいやの口ぶりだった。むろんじいやは、どうか別れてくれと、あたしにいいたいのだろう。

――いやだ、別れるなんて。

お銀は胸がいっぱいになってくる。別れるくらいなら死んじまうほうがましだ。死ぬことなんか、なんでもありゃしない。

が、一度吾妻橋《あづまばし》から身投げをしようとして、カマイタチの仙助に止められているお銀なのだ。死ぬ命を生きて、どうかかわいそうなお米や三太の力になってやっておくれ、とくれぐれもたのまれているお銀なのだ。だいいち、あたしが死んだら、あの人は高野山へのぼって坊さんになるかもしれないと、けさ話していたばかりである。あの人あんなに情が深いんだから、ほんとうに坊さんになってしまうかもしれない。

――うれしいわ、夢さん。

ジーンと胸が熱くなってきて、それだのに別れなければならないなんて、なんて因果なふたりなのだろうと、あやうく涙がこぼれそうになる。あの人を坊さんにしないで別れるには、あの人のきらいなことをしてあいそをつかされるか、こっちからあいそづかしをいっておこらせるか、どっちかなのだ。

――あいそづかしだなんて、そんなこととてもあたしにはいえそうもない。でも、別れるほうがあの人の身のためだというのなら、死んだ気でそれを口にしなければならないのである。

「三ちゃん、あたし小田原へ行かないかもしれないわ」

お銀は思い悩みながら、寂しい顔をあげた。

「へえ、ご親類がこわくなったんか」

三太が顔色をうかがうようにしてひやかす。

「それもあるけど、考えてみると、肥たごかつぐなんて、あたしにできそうもないもの」

「そいつは、おいらもあんまり感心しねえな。あんちゃんにもすすめてみなよ、いなかより江戸のほうがよっぽどおもしろいじゃねえか」

「そうもいかないでしょう。あの人にはいなかにおとっつぁんがあるんだもの」

「ふうん。じゃ、あんちゃんがいなかへ帰って、あねごがこっちへ残るとなると、夫婦別れってことになるんか」

「そんなことになるかもしれないわ」

「いやにあっさりしてやがるんだなあ」

三太は小生意気なあぐらをかいて、なにかふにおちない顔つきである。

「ああ、わかった。あねごさんけさ、なにかあんちゃんと夫婦げんかやったんだな」

「まさか——三ちゃん、ふたりでどこかへお昼をたべに行こうか。くさくさしてしようがない」

こんどあの人が帰ってくれば、いやでも心にもないあいそづかしをしなければならないんだと思うと、お銀はいても立ってもいられない気持ちだし、しらふではとてもいえそうもない。

「せっかくでござんすが、おいら遠慮してえな。間夫《まぶ》とまちがえられて、あんちゃんのあのくそ力でぶんなぐられたひにゃ、頭が三角になっちまうからな」

「なまいわないで、いっしょにおいでな。なんでも好きなものをおごってあげるから」

「どうせごちそうになるんなら、おいらうなどんがいいな」

ちんぴらはうっかり食い気につられてのってくる。

「じゃ、同朋町《どうぼうちょう》の梅川《うめかわ》にしようか」

お銀は鏡台に向かって、ちょいと顔を直しながら、けさの顔とはまるっきり変わっている悲しい顔を見て、われながら重いため息が出る。

「留守へあんちゃんが帰ってくると、かわいそうだぜ、あねごさん」

「だいじょうぶよ、あの人のんきだから。一度外へ出ると、家へ帰るの忘れちまうんだから」

「そこがあんちゃんのいいところで、あねごさんがほれたところで、うまくやってやがるとこでござんす。そうだ、あんちゃんには帰りにうなぎの折りをみやげにしてやろう」

連れだって家を出ながら、三太はひとりでうれしそうである。浅草橋通りへ出ると、そこにいっぱいの人立ちがしている。そんなところは見のがしっこのない三太だから、風のように駆け抜けていって、人がきをかきわけるように中をひと目のぞきこむなり、サッと舞いもどってきた。

「あねごさん、たいへんだぜ。さっきのいなかのじじいが般若竹《はんにゃのたけ》にこづきまわされて、青くなってらあ。般若とくるとあくどいからなあ」

「なんなの、その般若竹っていうのは」

「自慢にもならねえきんちゃくきりでござんす」

そんなものに嘉平じいやがどうしてつかまったんだろうと捨ててもおけないので行ってみると、すっ裸になったふんどし一本の三十がらみのこいきな男が、なるほど、じいやの胸ぐらをつかんで邪険にこづきまわしているのだ。

その背中いっぱいに毒々しい般若《はんにゃ》のほりものが春の日をあびて、見るからにすさまじい。

「さあ、このやろう、どうしてくれるんだよう。人さまの前で、きんちゃくきりだなんて男のつらにどろを塗りやがって、どこでおれが、てめえのさいふをすったっていうんだ。こうしてすっ裸になったって、さいふのさの字も出てこねえじゃねえか、この大かたりじじいめ」

「勘弁してくだせえまし。たしかにおまえさまがすったと思ったので、その手をつかんで大きな声出しただが、どうも不思議でなんねえ」

若い力にこづきまわされて、髪を乱しながらも、じいやはまだげせない顔つきである。

察するに、嘉平はここまできて、般若竹にさいふをすられ、しっかり者だからハッと気がついてその腕をつかみながら、きんちゃくきりだあ、と大声をあげたのだろう。

たちまち、やじうまがたかってくる。

その時はたしかにすったさいふは般若竹のふところにあったに違いないから、竹も相当ろうばいしたろう。が、そのやじうまの中に相棒か友だちがいて、とっさに般若竹のふところからじいやのさいふを抜いていってくれた。

そうやって仲間同士急場を助けあうのが、かれらの仁義でもあり、常套《じょうとう》手段でもあるのだ。

相棒はなにくわぬ顔をしてやじうまの中へまぎれこみ、そこから、ふところは預かったよ、と般若に目で合い図をする。

竹は急に強くなって、てめえがそんなに疑うんなら裸になってやる。もし、それでもさいふが出なかったらどうするんだ、と力みだす。

嘉平のほうはそんなからくりがあるとは気がつかないから、現にすった腕をしっかり押えていることであり、とったものが出ねえという法はねえだ、さあ裸になってみせてもらうべ、と一歩もひかないで、般若竹がすっ裸になったという段どりなのだろう。

「ふざけるねえ、こんちくしょう。なにが不思議でなんねえんだ。雪や氷でできているさいふじゃあるめえし、おれのふところで消えるはずはねえや。始めっからとったおぼえのねえもんだから、裸になっても出てこねえんだ。おれのような神さまみたいにきれいな男を、人前できんちゃくきり呼ばわりしやあがって、さあ、どうしてくれるんだよう」

「わし、どうも不思議でなんねえ」

「おや、まだそんなことをぬかしやがる」

ポカリとげんこつが嘉平の頭へ飛んだ。

「乱暴してはいけねえだ」

「乱暴もくそもあるもんか」

またしてもポカンとやる。

ほっておけば、さんざんなぐられたりけられたりして、かわいそうだとか、年寄りだからとかいう手かげんなどみじんも持ちあわせていない悪党のことだから、おもしろ半分に、しまいには半殺しのめにあわせるのがおちだ。

「もし、にいさん――」

見かねてお銀は人がきの中へ進んでいった。

「にいさんはお強いんですねえ」

「なんだと――」

見ると水ぎわだった大まるまげのとしま女が、こんな場所へ恐れげもなく、ニッコリわらいながら立っているので、般若竹もちょいと気をのまれたようである。

「だれだ、おまえは」

「にいさんとおんなじように、神さまみたいな女です」

「ふざけちゃいけねえ。なんの用があって、こんなとこへでしゃばってきたんだ」

「まあ、そのお年寄りの胸ぐらを放してあげてくださいまし。いつまでも背中の般若を日にさらしておくと、せっかくの般若がカゼをひきます」

お銀は大道に落ちている男の着物をひろってほこりをさばいて、背中へ投げかけてやった。

「ひもはご自分で拾っておしめなさいまし、お手々があるんですからね」

まるで子どもあつかいだ。やじうまがみんなニヤニヤわらっている。

「おまえ、このじじいにかわって、おれにわびごとをしようというんだな」

それでも般若竹は自分で帯を拾ってしめながら、なんとなくお銀の顔色をにらんでいる。

いくらひっぱたいてもあんまりおもしろくないいなかじじいを相手にするより、このすばらしい美人に、なんとか因縁がつけられれば、それこそ掘り出し物と、たちまち悪党らしい胸算用をたてているのだろう。

「にいさんは強いばかりでなくて、話もよくわかるんですねえ」

「おだてるねえ。おれはこのじじいに、きんちゃくきり呼ばわりをされて、男のつらへどろを塗られているんだ。知ってるんだろうな」

「よく知っています。そのお顔のどろを洗ってあげればいいんでしょう」

「あたりめえよ。どう洗ってくれようっていうんだ」

「さあ、どこへ行ってたらいを借りましょうねえ。同朋町の梅川へでも行きましょうか」

「おもしろい。どこへでも行ってやるが、洗い方が気に入らねえと、ただじゃすまねえぜ。はっきり念を押しておくぜ」

すごんでみせるのを、わらって受け流して、

「じいやさん、とんだ災難でしたね。別にケガはしませんでしたか」

と、お銀はそこにポカンと突っ立っている嘉平に声をかけた。

「わし、わしはいいだが、おまえさまだいじょうぶかね」

嘉平は正直に心配そうな顔をする。

「そんな心配はいいんです――三ちゃん、じいやさんをそこまで送ってあげてくださいね」

「がってんだよ」

コクリとうなずいた三太も、不安そうな目つきである。平気なのはお銀ひとりで、

「さあ、にいさん、出かけましょうか」

ニッコリふり返ってみせながら、すそさばきもあざやかに歩きだす。

あばれ般若

お銀は義理にせまられて、恋しい夢介とどうしても別れなければならなくなってしまった。今まではどうかしていいおかみさんになろうと思えばこそ、とかく昔のおらんだお銀になりたがるのを、いっしょうけんめい慎もうとほねをおってきたけれど、その夢さんに自分からあいそうをつかされるようにしむけなければならないときまれば、たとえ相手が般若だろうと鍾馗《しょうき》だろうと、そんなものをこわがるような女ではない。

だから、いまに見ろと、はらの中でせせら笑いながら、憎々しい般若竹をさそって、両国同朋町の梅川へあがり、女中が案内するままに奥の離れへ通って、平気で酒《しゅ》肴《こう》をいいつけた。

「で、おまえ、さっきの話はどうつけてくれるんだよう」

「にいさん、ふたりっきりで、ほかに聞いている人がないからいうんだけど――」

「いってみな、聞かなくちゃわからねえ」

「じゃ、いうけれど、おまえさん職の人だろう」

「なんだと――」

「このほうさ――」

お銀はわらいながら、人さし指を鼻の先で曲げてみせた。

「冗談いうねえ」

「かくさなくったっていいじゃないか。さっきおまえ、あたしのふところを当たっていたもの」

「なあんだ、じゃ、そういうおまえも――」

「いいえ、あたしはこうみえても神さまみたいに奇麗なからださ、どろを塗っておくれでない」

「しらを切るぜ」

「おまえさんじゃあるまいし、あのじいやさんのさいふをすった手をつかまれて、きんちゃくきりだとどなられたのは、いつものにいさんらしくござんせんでしたねえ。ひやりとしたでしょう。運よくお仲間がいて、すぐにふところを預かってくれたからよかったようなものの、そうでなければ、ああ器用に裸にはなれないところだったんじゃないかしら」

「だから、どうだってんだ」

こうなるとすごんで見せるよりほかに能のない般若竹だ。

「ただそれだけの話なんです。お顔のどろが落ちたら、一杯のんで奇麗に別れましょうねえ」

お銀は涼しい顔をしてちょうしを取りあげる。

「ただそれだけか」

「ええ、ただそれだけ——もっとも、ここのお勘定は、にいさんのお世話にはなりません」

「ふざけるねえ！　てめえ、それですむと思っているのか。あんまり甘く見るねえ」

「別に甘くなんか見やしません。にいさんのお顔はもともとからそうな顔なんですもの。上にこ、す、の字がつくといったら、お気を悪くなさるかしら」

「なんだと、こすの字、こすからそう、、——アッこんちくしょう、もうしょうちできねえ」

「そんなに気を悪くしちゃいやですねえ。ほんとうなんですもの。にいさん、鏡見せてあげましょうか」

お銀はさばさばとして、大胆にもわらっている。大の男がここまでバカにされておこらなければ、おこらないほうがよっぽどどうかしている。

「ふん、おれがおとなしくしていりゃいい気になりやがって——やい、にいさんのほんとうにこすからいところが見てえんだな」

「そんなことござんせん」

「うるせえや。こうなりゃおれも男だ、命までとはいわねえが、てめえのからだを一度はもらってやらなくちゃ承知できねえ。へたに騒ぐと命がねえぞ」

般若竹はほんとうにその気になったらしく、キラリとアイクチを抜いて、畳へ突き刺した。

「おおこわい。そんな犬みたいなまねをすると、声をたてますよ」

が、一度煩悩《ぼんのう》に狂った獣は、恥も外聞もない。

「なにをぬかしやがる」

押えこんで口さえふさいでしまえばこっちのもんだと、醜い目をギラギラさせながら、ぜんを片寄せるなり、油断しきっているようなお銀の肩へ、ヒョウのようにつかみかかってきた。

「あれえ」

その声より早く、油断しているると見せていたお銀の手がぜんの杯を取っていて、サッと中の酒を般若竹《はんにゃのたけ》の目へぶっかけていた。

「ワッ、ちくしょう」

もう少しというところで、ガクンと一度ひざを突いた野獣は、目にはいった酒を夢中で片手なぐりにして、猛然と惜しい獲物を追おうと両手を泳がせたが、いけない、お銀は今ぶっかけた杯の酒に、さっきからさしみについてきたワサビを念入りにとかしこんでおいたので、それが焼きつくように目にしみこんだから、

「ウウッ、いてえッ」

野獣はおもわず目を押えて、もう一度ガクンとひざをつく。

「助けてえ――だれかきてください」

「ウヌッ」

あきらめきれない執念の鬼は、その声をたよりに、ダッとからだごとつかみかかっていく。わずかにその手が着物にふれたと思ったとたん、

「バカッ」

いやっというほど肩先を突き飛ばされて、ドスンとしりもちをついた。

しかられる

そのバカッという声がどうも男なのでヒョイと痛い目をむりにあけて見た般若竹は、ギョッとからだがすくんでしまった。縁側に立っているのは、たしかに八丁堀の同心、市村忠兵衛だ。人もあろうに、とんだところを、いちばんこわいだんなに見つかってしまったのである。

「竹、てめえ、そのアイクチでだれを殺す気だ」

「へえ」

「へえじゃねえ、人殺しは軽くて遠島、重けりゃ、はりつけだぞ」

「と、とんでもございません。冗談に、女が、女がこわがるのがおもしろくて、ついふざけていましたんで、お見のがしを、だんな、願いますでござんす」

「うそじゃあるめえな」

「へえ」

「人の物をすったところを女に見られたから、その女をだましてこんなところへつれ込み、口止めのつもりで女を手ごめにしておく、そういうおどしのアイクチじゃねえというのか」

「へえ、そ、そんなだいそれたもんじゃ、もうとうござんせん」

般若竹は、ポロポロとワサビの涙をこぼしながら、冷や汗をかいている。

「そうか、しばらく待っていろ――お銀」

忠兵衛は、縁側まで逃げて、そこに両手をついているお銀のほうへ、ジロリと目を移した。

「どうして、この男とこんな場所へきたんだ」

「はい、子どもの時分、同じ長屋にいまして、久しぶりできょう道で出会いましたものでございますから」

ちょいと苦しい言いわけである。

「その幼なじみが、なんだってアイクチなんか振りまわしたんだ」

「これも昔、ままごとの席を、竹さんがおもしろがって、おもちゃの刀で、おどかしにきたことがあったと、そんな話につい身が入りすぎまして――」

「助けてえ、と人を呼んだのも、つい話に身が入りすぎてのしばいか」

「とんだ人騒がせになりまして、重々恐れ入りましてございます」

「そのことばにまちがいがなけりゃ、こんどのところは大目に見ておこう。しかし、おまえにはたしかりっぱな亭主があるはずだな、お銀」

「はい」

「はいじゃねえ。亭主のある女が、たとえ幼なじみでも、ほかの男とふたりっきりでこんなところへくるのは、不心得とは思わねえか」

「お恥ずかしゅうございます」

お銀は赤くなって、頭があがらない。

「あんまり亭主をそまつにすると、市村にも考えがあるぜ。以後は慎め、きっとしかりおくぞ」

「申しわけございません」

「もういい、早く帰れ」

「はい」

おじぎをして立ち上がったお銀は、どうしても忠兵衛の顔が見られなかった。うそとわかっていても、そのうそを通してくれる、あたしを夢介の女房と知っているから、情をかけてしかってくれたのだ。ありがたいと思うにつけても、その情が胸にしみて、涙がこぼれそうになる。

帳場へ寄って、勘定をすませ、フラフラと外へ出ると、

「あれえ、あねごさん――」

ひょっこりとちんぴら三太が前へ立って、

「早かったじゃねえか、あのやろう、もうすんだんかえ」

「待っててくれたの、三ちゃん」

お銀は思わず三太の肩をつかんでしまった。

「いやだなあ、往来のまん中で。くどかれてるみたいで、みっともねえや」

「なまをおいいでない」

並んで柳橋をわたり、神田川にそってのぼりながら、

「三ちゃん、じいやさんは――」

と、お銀が思い出して聞く。

「ああ。おやじが、心配してやがんのよう。おじいさんどこへ帰るんだえ、って聞いたら、わしはいいだ、おかみさんあんな悪いやつをつれていって、だいじょうぶだろうかって、動こうとしねえんだ。だから、おいらいってやったのよ。だいじょうぶさ、ただのあねごさんとは違わあ、おじいさんは知らねえだろうけれど、一つ目のごぜんっていう江戸でも評判の悪旗本が、取り巻きの子分とおおぜいでとぐろを巻いている本陣へ平気で乗りこんでいって、びっくりするようなたんかをきって、なにをッ

と悪党やろうが総立ちになる足もとへ、これでもくらえと焼き玉を投げつけて、あんちゃんを助け出したことさえあるんだ。あんなきんちゃくきりなんか、小指の先ではじき飛ばして、涼しい顔をしてすぐ帰ってくらあな。心配することなんかあるもんかってね」

そういう三太が、やっぱり心配して梅川の近所をうろうろしていたのかと思うと、お銀はたまらなくいじらしくなる。

「いやだなあ、そんなこといっちゃ。あのじいやさんもの堅いから、たいへんな女だと、びっくりしていたでしょう」

「かまうもんか。こっちだって少しおどかしておかなくちゃ、あのおやじ、ご親類ばかりこわがりやがって、おもしろくねえや。でも、さっきは感心に、わしはどうも気になるだから、若だんなの家へ行って待っている、おかみさんが出てきたら、そうことづけをたのみてえだと、いっていたぜ」

「じゃ、じいやさん、また家へ引き返したのね」

「うん、きっと引き返したと思うんだ。けど、あのやろう、よくこんなにあっさりあねごさんを放したなあ。また卵の手品を使ったんかえ」

「きょうはそんなもの持ってやしないもの」

しかし、それに似たものを使っているんだから、あんまり自慢にはならない。

「三ちゃん、市村のだんなを知ってる?」

「知ってるよ。あんちゃんをひいきにしてくれるだんなだもんな」

「そのだんなが、ちょうどお昼をつかいにきていて、あの男をしかってくれたのよ」

「ふうん、そいつはうまくいきやがったな。いくら般若竹でも、あのだんなににらまれちゃ、般若がひょっとこにちぢみあがってもまにあわねえや。ちくしょう、ざまあみやがれ」

三太はうれしそうに、足もとの石をタッと神田川へけこんだ。

「あねごさん、おいらにこづかいくれよ。うなどんを食いそこなっちまったんじゃねえか」

もう浅草橋である。三太がそんなことをいって甘えられるのは、夢介とお銀だけなのだ。

「すまなかったわね。せっかく連れ出しといて」

お銀は手早く二分銀を一つ握らせて、

「じいやさんが待っているんじゃ、あたしは家へ帰らなけりゃならないし、うなどんはまたこんどにしようね」

「さいなら――あんちゃんによろしくいってくんな」

三太はもう茅町《かやちょう》のほうへ駆けだしながら、ヒョイと立ち止まった。

「あねごさんはあした、小田原へ帰らねえっていったね」

「帰らないわ、あたしはお留守番よ」

「じゃ、また会おうぜ。あばよ」

安心したようにニッコリわらって、三太は風のようにすっ飛んでいく。

好色だんな

夢介がゆうべ天水おけをひっくりかえした家は、蔵前片町の大和屋《やまと》九郎右衛門という札差《ふださし》の店で、大きな天水おけはもうちゃんともとのところへすわり、水がいっぱいくみこんであった。

夢介は恐縮して薄暗い土間へはいっていき、出てきた番頭に、

「ゆうべ、お店の天水おけをひっくりかえした者でごぜえます。少し祝いごとがあっての帰りで、酔っていたところへ、悪いやつにつかまってけんかを売られたもんでごぜえますから、ついあんなまねをして、黙って逃げましただ。けさ目がさめてみて、

とんだことしたと気がついたもんでごぜえますから、さっそくおわびにあがりました。決して悪気があってやったわけではごぜえませんで、どうか勘弁してくだせえまし」

と、正直に事情を話して、できるだけていねいなおじぎをした。

「ああ、ゆうべのけんかはおまえさんか」

まだ若い、小才のききそうな番頭は、このずうたいの大きい見るからにバカ正直そうないなか者の顔を、あきれてながめていたが、

「ちょっと待ってもらいましょう。主人がなんといいますか、うかがってまいりますから」

と、いくらかおうへいに、さっさと奥へはいっていった。まもなく出てきて、

「主人がお目にかかって、直接あいさつをするそうです。こっちへ上がってください」

と、なんとなくものものしい返事だ。

別に天水おけを持って行ったとか、こわしたとか、そんなあくどいいたずらをしたわけではなし、黙っていればそれでもすんでしまう。しかし、それでは自分の気がすまないからひと言わびにきたので、ああそうですか、酔っていたのではだれしもあり

がちのことで、まあ今後はどうか気をつけてください。せいぜいそのくらいのことですむと考えていた夢介だが、主人が直接あいさつをするから上がれ、というのは少しおおげさだ、そうは思ったが、上がれといわれれば、こっちはわびにきたのだから、上がるよりしようがない。

——よっぽどかんしゃく持ちの主人かもしれねえな。それとも運悪く、きげんの悪いとこへでもぶつかったか、えらいことになったぞ。夢介はちょっと当惑しながら、若い番頭について店から奥へ案内されていった。さすがに大だならしくなかなか広い家で、主人はずっと奥まったぜいたくな座敷に、よく手入れの行きとどいた庭の障子《しょうじ》をあけはなして、タバコをのみながら待っていた。主人は見たところ、まだ五十前の年輩で、すっかり贅肉《ぜいにく》のついた、いかにもだんな然としたりっぱな人がらだが、太いまゆを絶えずよせているあたり、どこか神経質で、きげん買いのところがありそうだ。

「ゆうべのかたをおつれいたしました」

「そうかえ、おまえはあっちへ行っていいよ」

九郎右衛門は番頭を去らせて、ゆったりタバコをのんでいる。こっちへおはいり、ともいわないから、夢介はしかたなく廊下にすわって、黙って主人がなにかいうのを待っていた。

主人は主人で、夢介のほうから何かいうのを待っているのかもしれないが、そんなよけいな気をつかうほど小利口には育っていない夢介だ。黙ってすわらせておけば、半日でも一日でも平気でモソリとすわっている。自分は自分でかってなことを考えているから、ちっともたいくつはしない。

――このだんなは、したいほうだいなことをして、わがままに育ってきたんだな。だから気ぐらいが高くて、お山の大将で、世間知らずで、きげん買いで、そのくせすいも甘いも知りつくして、世の中でいちばん話のわかる男はおれだと、うぬぼれているに違いねえだ。きのどくなもんだ。

ひとこおりそんなことを考えてしまって、あきると、ふと自分の腕の中でピチピチ歓喜にふるえていたお銀の、世にも美しい膚を思い出して、胸が甘くなる。

――あれえ、これはいけねえだ、いくら頭の中のことは人に見えなくても、こんなことをだんなの前で考えては失礼というもんだ。お銀のことだけはよすべ。

そんなことを考えなくても、たのしいことはいくらもある。ゆうべ小田原屋の開店祝いに集まってくれた人たちのこと、そしてちょっぴり悲しい春駒太夫との別れ――。

「おまえさんは、おしなのかえ」

とうとうしびれをきらして、だんながポンとキセルをたたいた。

「よいお天気でごぜえます」

夢介はニッコリわらって、

「落とし話のにらみっ返しってのは、考えてみるとおもしろい話でごぜえますね」

ちょうどだんなのタバコのふかしぐあいがそんなふうだったので、思わず口に出してしまった。

「おまえさんかえ、ゆうべ家の天水おけをひっくりかえしたってのは」

だんなはまゆをよせて、ニコリともしない。

「へえ、つい酒に酔っていましたで、申しわけねえことをしました。勘弁してくだせえまし」

「いなか者だねえ、おまえさんは」

「そのとおりでごぜえます。相州小田原在の百姓夢介といいますんで――」

「そうだろうな、始終のら仕事でもしていなけりゃ、あんなバカ力は出ません。あれをもとのとおりにするのに、けさ、とびの者が三人がかりだったということだ」

「お恥ずかしいこってごぜえます」

「江戸へは見物にきたのかえ」

「へえ、親にたのんで、ちっとばかり道楽の修業をさせてもらいに出てきましてごぜえます」

「ふうん、それで、どんな道楽をやったね」

道楽にかけては、江戸のどこへ行っても大九のだんなで通っている大通人をもって任じている主人だから、小田原の百姓の小せがれが道楽の修業だなんて、小生意気な口をたたくと、頭からバカにした口ぶりだった。

「深川の羽織りってのを見せてもらいました。それから駒形のドジョウも食わせてもらいましたし、つつもたせだの、ナベ焼きうどん屋だの、ずいぶんためになる道楽をさせてもらって、五百両ばかりもかかったでごぜえますかね」

ニコニコとたのしそうな夢介の顔を見て、

「ちょいと待っておくれよ。深川の羽織りと駒形のドジョウはわからないこともないが、そのつつもたせだの、ナベ焼きうどんだのっていうのは、どんな道楽なんだね」

と、これは大通人のだんなにも見当がつかないらしい。しかも、百姓の小せがれが五百両もつかったというからには、おもしろい遊びに違いないと思うにつけても、そこは人一倍好色なだんなだから、急に食指が動いてきたようだ。

「まあこっちへおはいり。そこじゃ話が遠いよ」

フラフラ問答

金持ちなどというものはてまえがってなものである。自分がなにか聞きたくなると、はじめて女中を呼んで茶をいれさせた。そうでもしなければ、たいくつしのぎに、このいなか者を好きなだけからかって、追いかえす気だったのだろう。

「夢介さんとかいったねえ。まず、そのつつもたせの道楽ってのから、聞かせてもらおうかね。どんなことをして遊ぶんだね」

九郎右衛門はそんな遊びがあるものと誤解しているらしい。

「いいえ、別に遊びではねえです。おらがつつもたせにひっかかったという話でごぜえます」

「なあんだ、おまえさんがほんとうにひっかけられた話か」

それならよくある話で、たいした珍しくもないという顔をしたが、

「ついでだが、まあ聞きましょう。どんなつつもたせにひっかけられたんだね」

と、急にまた気がかわったようだ。

「あんまり自慢にはならねえです」

「そりゃ自慢にゃなるまいが、いいから話してごらんよ」

人が困ったような顔をすると、このだんなはぜひ聞きたくなる性分でもあるらしい。

「去年永代《えいたい》でおら、夕立ちにあったことがあるんです。あんまり雷さまがひどいで、佐賀町《さがちょう》のある家の軒下を借りていると、きれいなおかみさんが顔を出して、こっちへ上がって雨やみするがいいと、親切にいってくれますだ」

「つまり、その親切が手なんだな」

「そうなんでござえます」

「家へあがってみるとだれもいないで、座敷にかやがつってあったんだろう。たいてい道具だてはきまったもんだ」

だんなは得意そうに先まわりをする。

「いいえ、かやはつってなかったです」

「じゃ、質へでも入れて、あいにく手もとになかったんだろう。かやがなくても、雨戸が半分しまっているから家の中は暗い。雷がなるたびに女がこわがって、おまえさんのほうへからだをよせてくる。それがあんまりいい女だもんだから、おまえさんもついフラフラとなって、女の肩へ手をかけた」

「おことばではごぜえますが、おら別にフラフラとはしなかったです」

話だからどっちでもいいようなものの、フラフラとなったのではこっちにも半分罪があることになるから、夢介は一応訂正しておいた。

「じゃ、女の肩へ手はかけなかったのかえ」

「肩へは手はかけねえですが、しゃくがおこりそうだから抱いてくれといったです」

「抱いてやったのかえ、それで」

「いつもおふくろさまにそうしてもらうだというもんだから、しようがなかったです」

「なるほどねえ。女を抱いてやったとたんに、フラフラとなったわけだな」

だんなはどうしても一度フラフラとならなければ承知できないらしい。

「違いますだ。フラフラとなるどころではねえです。おかみさんは夢中でしがみついてくるし、こんなところをもし人に見られたらまちがいのもとだと、おら心配してみたが、まさか突っぱなすわけにもいかねえ。困っているところを、サラリとふすまをあけられたです」

「ちょっと待っておくれ。わたしは少しでもまちがったことはきらいなたちでねえ。

そんなにいい女にしがみつかれながら、おまえさんはどうしてもフラフラとしなかったと言い張るんかね。負け惜しみをいうもんじゃない」

「あいにくと、おらどんないい女にしがみつかれても、めったにフラフラとしねえたちでごぜえます」

お銀にくどかれてさえ、ゆうべまでは決してフラフラとならなかった夢介だから、それを別に自慢にする気はないが正直に答えたまでだ。

「よろしい、おまえさんがどうしてもそう言い張るならそうしておくが、きっとおまえさんは、どんな美人にしがみつかれても、フラフラとはしないたちなんだね」

だんなは少しいじになってきたようだ。

「へえ、おら女には堅い男でごぜえます」

「まさか、かたわじゃないんだろうね」

「おらにいわせれば、女さえ見ればフラフラとなりたがるほうが、色気ちがいというんじゃねえでごぜえましょうか」

「たいそうりっぱな口をおききだねえ。まあいいから先をききましょうよ。ガラリとふすまがあいて出てきたのは、むろん男だろうね」

「へえ、女の亭主でごぜえました」

「おれの女房をどうするんだと、こわい顔をしたんだろう。女がびっくりしてはねおきる」

よく先まわりをしたがるだんなだ。

「いいえ、寝ていたわけでねえから、ただひざからすべりおりただけでごぜえます」

「たいした変わりはありませんよ。とにかく、しがみついていたんだからね。それで、いくら出せというんだね」

「ああ、こりゃつつもたせにかかったと、おらすぐわかりましただ。あんなに雷さまをこわがっていた女が、もうどんな大きいのが鳴っても平気でおらの顔を見ていますだ。だから、おらのほうから五十両出して、これで清め酒買って勘弁してくだせえましと、あやまってしまったのです。亭主は、ひとの女房をよごしておいて、清め酒とはなんだと、いばっているから、おら、おかしくなって、よごしたかよごさねえか、あとでおかみさんのからだゆっくり調べてもらえばわかりますだ、といって表へ出たです」

「しかし、たったそれだけで五十両はちっと高すぎるねえ」

「なあに、ものは考えようで、つつもたせなんてものは見ようと思って見られるもんでねえし、これも道楽のうちだと思って、五十両くれてやったです。けど、全く毒婦にしておくのは惜しいような、いい女でごぜえました」

「だからさ、そんなにいい女にしがみつかれて、フラフラとならなかったっていうのが、わたしにはどうもわからないねえ」

だんなはまだフラフラに固執している。このだんなはそんな時フラフラとなりたがるほうなのかもしれない、と思うと夢介はなんだかおかしくなりながら、

「とんだ長話になって、おじゃましましただ。おらこれで帰らせてもらっても、かまわねえでごぜえましょうか」

と、改めておうかがいをたててみた。

「おまえさんはもの堅い男のようだね」

真顔になってだんながきく。

「へえ、おらこれでも正直者でごぜえます」

「そこを見こんで、ぜひひとつ、たのみたいことがあるんだ。きいてくれるかえ」

こっちには天水おけをおもちゃにした弱みもあるし、堅いのを見こんで、といわれてみると、夢介もいやだとはいえなかった。

「おらにできることなら、たのまれますべ」

「それはありがたいな、こうしておくれ。ここでは話がしにくいから、今戸《いまど》にわたし

の寮がある。今戸八幡の前を少し先へ行った右で、すぐわかります。今夜六つ半（七時）ごろまでに、そこへわたしをたずねてきておくれ。その時ゆっくり話をしよう」

なんだかむずかしそうなことになってきた。

「おらにできそうなことでごぜえましょうかね、だんな」

「できるとも。ぜひおまえさんのような人がほしかったのだ。じゃ、六つ半だよ。ご苦労だったね。はい、さようなら」

自分のいいたいだけいってしまうと、もう帰れという、ひどくかってなだんなだ。

「ごめんくだせえまし」

夢介はていねいにおじぎをして立ち上がった。

観音様の顔

もの好きなだんなに長々と引きとめられて、夢介がやっと蔵前の大和屋を出たのは、もう昼にまもなかった。

――困ったことになったぞ。どんな用だか知らねえけど、ことによると、あすは小田原へたてねえかもしれねえな。

もっとも、ぜひあすたたなければならないという旅でもない。その時は、またお銀とも相談してその時のことにしよう、とはらをきめながら、相変わらずにぎやかな大通りを茅町までくると、ふっと向かい側から子犬のように駆けだした者がある。おや、ちんぴら三太だな、と見ているうちにたちまち人や車の間をくぐりぬけてきて、ヒョイと前へ立った。

「たいへんだぜ、あんちゃん。今までどこをうろついていたんだ」

「おや、あにきさんか。どうかしたんかね」

「どうかしたかどころじゃねえや。あねごさん死ぬかもしれねえぜ」

「あれえ、しゃくでもおこしたか」

「そんな病気の話なんかじゃねえんだ。じれってえな」

「まあ、歩きながら話すべ」

こんな往来中で死ぬの生きるのと、おだやかでない立ち話をしていると、すぐに人立ちがしそうなので、夢介は三太をさそって歩きだした。

「いやに落ち着いてるんだな、あんちゃん」

それが少しおもしろくなかったらしい。

「あんちゃんの留守に、いなかのじいやってのが来たんだぜ。知ってるかえ」

「ふうむ。じいやが来たんかね」

「来たとも。なんだか知らねえが、ひどくおうへいなおやじで、やたらにご親類を振りまわして、あねごさんをおどしたんだ。あした小田原へ帰ることになっていたんだってな、あんちゃん」

「そういうことにしていたんだがね。つごうで少し延びるかもしれねえだ」

「いっそ、つごうでやめちまいなよ。あねごさんは、そんなにご親類がやかましいんでは、帰りたくねえっていってるぜ」

「そうかね」

「あれえ、まだ落ち着いてるな。知らねえんだな、あんちゃんは」

横目でジロリとにらんで、なんとなくおおげさな顔つきだ。

「なにかあるんかね」

「なにかどころか、ほんとうはじいやが帰るとすぐ、黙って家を飛び出したんだ。どうも様子がおかしいから、おいらそっとあとをつけていくと、いきなり神田川へ飛びこもうとするじゃねえか。びっくりしたのなんのって。おかげで、おいら青くなっちまった」

「ふうん、そんなことがあったんかね」

夢介はちょいとたまげた顔をしてみせる。

「うそじゃねえぜ。ほんとうのことなんだから。おいらがもうひと足おそけりゃ、神田川へドブンよ。やっとうしろから抱きとめて、おとなのくせにバカなまねをしちゃいけねえや、ってむりに家へつれて帰って、そういってやったんだ。あねごさん、どうせ死ぬんなら、一度あんちゃんに相談してからにしな。あんちゃんはああいう親切な男だから、話によっちゃ、そんならおいらもいっしょに死んでやるべっていってくれるかもしれねえやってね。おいらのいうこと、まちがってねえだろう、あんちゃん」

「そのとおりだ、よくあにきさん押えてくれたな」

「うん、おいら日ごろ、あんちゃんやあねごさんには世話になっているからな、ご恩がえしはこんなときだと思ったんだ。それで、あんちゃん、いくらお礼にくれるんだえ」

ケロリとして手を突き出す三太だ。

「そうだな、おらも日ごろ、あにきさんには世話になっているから、二分出すべかな」

「たった二分か。やっぱり気まえはあねご——おっといけねえ、負けとくよ、あんちやん」

　夢介がわらいながら二分金を一つ出して、手のひらへのせてやる。

「ありがてえ。これで一両二分に――おっと、どうしてきょうは、こんなにひとりごとがいいてえんだろうな。けど、あんちゃん、家へ帰ってあねごさんをしかりつけちゃいけねえぜ」

　これだけはまじめな目つきのようだ。

「しからねえだとも」

「きっとだよ。しかっちゃかわいそうだもんな。じゃ、さいなら」

　三太はうれしそうに飛んでいってしまった。

　まさか身投げなどは思いたつはずもなかろうが、ほんとうにじいやがきていたとすれば、なにか気になるようなことをいって帰ったのは事実だろう。それでなくてさえ、くにのおやじさまや親類のことをひどく心配しているお銀なのだ。早く帰ってやるべと、そこは人情で、夢介の足は自然早くなっていた。

「ただいま帰りました」

　玄関のこうしをあけて奥へいうと、

「お帰りなさい」

返事と足音がいっしょでお銀がすぐ玄関へ出迎えた。

「ずいぶんゆっくりだったんですねえ」

しょげこんでいるだろうとばかり思ってきたのに、お銀の顔は案外明るい。

「おかしなフラフラだんなにつかまっちまったもんだから——嘉平がきたんだってね、あねごさん」

茶の間へ通りながら、夢介はなにげなさそうに切り出した。

「あら、道で出会ったんですか」

なんとなくお銀の顔が赤くなる。

「じゃ、身投げってのもほんとうかな」

「だれが身投げをしたんですか？」

「あわてなくともいいだ。嘉平には会わねえが、道で三太あにきさんに出会ったら、たいへんだ、あねごさんが身投げした、といきなりおどかされてしまってね」

「まあ、しようがない子ねえ」

お銀はしっとりと落ち着いて、茶のしたくにかかる。これが一つへそを曲げると、猛烈なたんかといっしょに目つぶしを投げつける雌ヒョウとは思えない、もの静かな水ぎわだったおかみさんぶりだ。

「なんであたしが身投げをしたというんです」

「じいやが帰るとすぐ家を飛び出して、もう少しのところで神田川へドブンだった。やっと押えて、家へつれていってやったから、お礼にいくら出すというだ。二分やって別れてきたが、嘉平はなにしに来たんだな」

「もういいんです。そんなこと」

お銀はわらっている。

「よくはねえだ、亭主にないしょごとこしらえるもんではねえ」

もういいんですなどと気どられると、やっぱり気になる夢介だ。

「あたし、市村のだんなにしかられちまったんです」

「市村のだんなって、八丁堀のだんなかね」

「ええ。亭主をそまつにすると承知しないって」

「さあ、わからねえ。そんなら、市村のだんなも家へきたんかね」

「いいえ、あたし三ちゃんをつれて、梅川へお昼をたべに出かけたんです」

「ああそうか。そりゃよかったな」

夢介はニコニコしながら、少しも疑おうとしない。そういうおだやかな顔を見ているうちにお銀の目へふっと涙の露がたまってきた。

「あれえ、どうしたんだね、あねごさん」
「あたし、つまらないことを考えてしまって、もう少しでとんだことになるところで
　恥ずかしそうにわらいながら涙をふいて、けさからのことをありのままに話してしまった。
「――だんなにしかられて帰る途中、三ちゃんに別れてから、やっと気がつきました。たとえどんなめに会ったって、これからどんなふうになったって、あたしは夢さんのいいおかみさんになることだけ考えて、観音さまにおすがりしていればいいんだ。それでも世間が許してくれなければ、それもしかたがない。あたしはあの世でほんとうに夫婦になれるように、いっしょうけんめいこの世でいいことをしておこう、そう考えたら、急に胸が明るくなって――家へ帰ると、じいやさんが心配して待っていてくれました。般若竹《はんにゃのたけ》のほうは八丁堀のだんながちゃんとさばきをつけてくれたからと話して、あたしはもう決して、おくにのおやじさんやご親類に迷惑をかけるようなことはしません。なにごとも観音さまのおっしゃるとおりにして、もしあの人と別れたほうがよければ、いつでも別れて、あの世をたのしみに暮らします、と打ち明けたんです。じいやさんもよくわかってくれて、あしたくにへ帰ったら、おらにも考え

があるからと、いってました」

そうか、お銀の顔が観音さまのように明るいのは、一つの悟りがひらけたからだ、と夢介はジーンと胸にひびくものがある。

「けど、よかったなあ、お銀。八丁堀のだんながいなければ、今ごろまだ無事にすまなかったかもしれねえだ」

「すみません。これからきっと慎みます」

「そうだとも、亭主をそまつにしてはいけねえだ。八丁堀のだんなはいいことをおっしゃる。フラフラ好きなだんなとは、やっぱり違うな」

「そのフラフラのだんなって、なんなんです」

こんどは夢介が一部始終を話す番である。

今戸の寮

その夜、正直な夢介は約束の六つ半（七時）という時刻をたがえずに、今戸の大和屋の寮をたずねた。

出がけにお銀が心配して、

「夢さん、ほんとうに気をつけてくださいよ。そういう金持ちのだんななんていうものは、金にあかして、どんな思いきったいたずらをするかわからないんだから」

と、くれぐれも注意していた。お銀にいわせれば、きょう会ったばかりの人間に、大だなのだんなともあろう人が、わざわざ寮まで呼んで話さなければならないような、そんなたいせつな用をたのむはずはない。ことのおこりが天水おけをひっくりかえしたのに始まるんだから、だんなはいたずらで仕返しをしてやろうと考えているのだ、というのである。

「半分は、あんたをいなか者だと思って、甘く見ているんです」

いつものお銀なら、たいせつな亭主をそんな金持ちなんかのおもちゃにされてたまるもんか、あたしもいっしょに行きます、といい張って卵の目つぶしぐらい用意しなければおかないところだろうが、きょうは観音さまの心になったばかりだから、自分からでしゃばることだけは慎んだようである。

「そんな心配しなくてもいいだ。おら人にバカにされつけているから、たいていなことはおどろかねえし、これで案外地金は利口者にできているだからね。一年前には、お銀あねごというとても利口なおなごでさえ、おらをバカにしたばっかりに、今じゃ死ぬの生きるのと――」

「もうたくさん――バカばっかし」

ほんとうのことだからお銀も赤くなって、じゃ行ってらっしゃいと、くぐりの外まで送り出してくれた。

花川戸から山の宿《しゆく》へ出て、今戸橋をわたると、町は急に暗くいなかめいてくる。このへんから橋場へかけては、都鳥《みやこどり》で知られた隅田川の東にそって寮の多いところである。今戸八幡を通りすぎて小半丁ほど行った右手の、門の中から柳がのぞいている家だと聞いたので、大和屋の寮はすぐわかった。七日月ほどの月かげをたよりに玄関の前へ立ったが、家の中はしんとして灯かげ一つ漏れてこない。かりにも、客を呼んでおいて、どうしたことだろう。それとも門違《かどちが》いをしたのかなといぶかりながら、

「ごめんくだせえまし」

夢介は格子をあけて、奥へ声をかけてみた。

「はい」

どこか遠いあたりで返事があったようである。ややしばらく待たされて、ぼんぼりのかげが障子の向こうへ映りだし、それがだんだんと近づいてきた。

「おいでなさいまし」

障子があいてそこへ両手をついたのは、二十二、三のびっくりするような美人であ

る。身なりはもの堅い町家の女中ふうだが、どこかあか抜けのしたあだっぽさがつつみきれないのは、前身は水商売の女なのだろう。

「ここは大和屋さんの寮でごぜえますか」

夢介は念のために聞いた。

「はい。大和屋の寮でございますけれども、あなたさまはどなたでございましょう」

女中は鈴を張ったような目をあげる。

「おら、けさだんなと約束のある夢介っていういなか者でごぜえます。だんなにそう取り次いでくだせえまし」

「はい」

返事はしたが、ポカンとこっちの顔を見上げて、すぐには立とうともしない。

「あの、だんなとなにかお約束のあるかたなのでございますね」

「そうでごぜえます。たのみたいことがあるから、今夜六つ半までに今戸の寮へきてくれといわれましたので、出向いてめえりました」

「では、どうぞお上がりくださいまし」

なんだか様子が変だ。

「だんなはまだおいでにならねえのでごぜえますか」

「ええ。でもお約束があるのでしたら、まもなくおみえになりましょう、どうぞお上がりになって、お待ちくださいまし」

それにしても、前から話を通じておかないのは、どういうわけだろう。ああいう気まぐれなだんなだから、なにかほかの用でもできて、ケロリと忘れてしまったのだろうか。ケロリと忘れるくらいなら、むろん、たいした用ではないのだから、なにも上がって待っていなければならない義理はない。

「失礼だけど、だんなからそんな話はなんにもなかったようだね」

「うかがっていませんけれど、すぐ使いを走らせますから、どうぞ――」

「なあに、それには及ばねえだ。おら、また出直してきますべ」

「困ります。あたし――」

女中はサッと顔色をかえるのだ。

「あれえ、どうしてだね」

「お約束のお客さまをおかえしすると、あとでだんなに、とてもしかられるんでございます」

「それじゃ、こんなことたびたびあるんかね」

「ええ、だんなはお忙しいもんですから――でも、お約束があれば、きっとあとからまいります。いつもそうなんですから、すみませんけれど、あたしをかわいそうだとおぼしめして、どうぞお上がりくださいまし」

「そうかね。じゃ、少し待たせてもらいますべ」

どうせむだだ、迎えが行っても、なにかほかにおもしろいことがあれば、わがままなだんなのことだから、あしたまたきてくれるように、とことづけが帰ってくるくらいが関の山だ。そうは思ったが、人のよい夢介だから女中に哀願されてみると、すげなく振り切って帰ることもできなかった。いそいそと先に立って案内する女のあとについて、廊下を二つほど曲がって通されたのは、茶の間らしい長火ばちのある六畳の座敷である。

「失礼ですけれど、あたしのへやでしばらくがまんしてくださいまし」

女はそういいながら、そこに置いてあったかなり大きなふろしき包みを、いそいで押し入れへしまった。調度もなかなかりっぱだし、なんとなく女のにおいがしみこんでいるような、小奇麗なへやである。

それにしても、今通ってきたどのへやもまっくらで、ここだけ灯がついているのはどうしたことだろう。しかも、大きな屋敷内はひっそりとして、全く人のけはいは感じられないのだ。

「おまえさまのほかに、だれもいないのだね」

夢介は長火ばちの前へすわらせられながら、それとなく耳をすました。

「ええ」

女は手まめに火ばちへ炭を足している。

「ここの寮は、いつもおまえさまひとりで留守番しているんかね」

「いいえ、いつもは女中が三人と、じいや夫婦がいるんです」

「こんなことといったら、おまえさま気悪くするかもしれねえけれど、おまえさまは、もしや、だんなのおもい者ではねえのかね」

この器量といい、へやの調度といい、上の着物はもめん物だが、そで口からチラチラこぼれる長ジュバンのそで口はたしかにひぢりめんだ。どうしてもめかけとしか思えない。

「あら、そんなんじゃありません」

女はチラッと色っぽい目をあげてにらんで、ほんのり顔を赤くした。

「ほんとうに、おへやさまではねえのかね」

「いやですわ、疑っちゃ」

「疑うわけではねえけれど、もしおめかけさまだと、だれもいない家の中でおまえさまとふたりっきりでは悪いだ」

まさか、あのだんながつつもたせをやるまいけれど、それに似たいたずらをされないとはかぎらないから、わざと露骨に念を押したのだ。

「いいんです。あたしはそんなんじゃないんだから。でも、お客さまはご迷惑かしら」

「迷惑ではねえです」

「ほんとう――？」

「おらお客さまだから、案内されたところにすわっているよりしようがねえだ」

「いやな人」

うらめしそうにぶつまねをして、どうもおだやかではない。

「ちょいとおうかがいしますだが、おまえさまひとりで、だれが蔵前へ使いに行くのだね」

「お使いにはだれもやりません。やってもむだなんです」

「どうしてだね」

「ごめんなさいね。あんたをだまして――ほんとうは、だんなはきょうの夕方、中気がおこって倒れてしまったんですって」

「ほんとうかね」

こんどは夢介が目を丸くしてしまった。

だんなの幽霊

「なんですか、だんなは夕方、おふろからあがるとまもなく、ううんといってお倒れになって、それっきり正気にかえらずに、グーグー眠りつづけているんですって。ことによると、もうこのままになるかもしれないから、お目にかかりたいものは今のうちにお目にかかっておくほうがいいって、お使いがきたもんですから、みんなびっくりして出かけていきました」

女はさもたいへんそうに、きれいなまゆをひそめてみせる。

それがほんとうなら、けさまで、あんなにじょうぶそうで、もの好きには違いないが、人のフラフラ問答なんかに妙ないじを張りたいだけの元気があったのに、人間の寿命というものは全くわからないものである。

「それはまあ、おきのどくなこった。じゃ、おまえさまもこれから蔵前へ出かけるんかね」

「いいえ、あたしは留守番なんです。ついこのあいだ奉公にあがったばかりで、本家の様子はちっともわからないもんですから」

「そうかね。なんにしても、それはたいへんなこった」

大変ではあるが、そうとわかってみれば、いつまでここにいてもしようがない夢介である。それをまた、この新米の美人女中は、なんのつもりで自分のへやなどへ案内したのだろう。

「お女中さん、そんなわけならなおのこと、おらここにいてもしようがねえだ、さっそくだが、これでおいとましますべ」

「あら、そんなってありません」

女はあわてながら、うらめしそうな顔をした。

「どうしてだね。おら、だんなが用があるというからきたんで、そのだんなが病気でこられねえというのに、いつまでいてもしようがねえだ」

「じゃあんたは男のくせに、こんな寂しい家へあたしひとり置いて帰るっていうんですか。あんたはそんな不人情な人なんですか」

「たまげたなあ。おらが帰ると不人情になるんかね」

夢介はあきれてしまった。たいへんなところへ不人情を持ち出したものである。そんな理屈はないはずだが、理屈があろうとなかろうと女は本気のようで、なんとなく血相さえ変えているのだから、しまつが悪い。

「あたし、今ここを逃げ出そうかと思っていたところなんです」

「逃げ出す――？」

「あんた、お化けを見たことがありますか」

「お化けって、草木も眠る丑満《うしみつ》どき、うらめしやあと、髪を振り乱して出る幽霊のことかね」

「そんなうそのお化けじゃないんです。人の生き霊だの死霊だのは、ぼんやりした人には見えないけれど、あたしにはよくわかるんです」

「おらは、そのぼんやりしたほうの組だから、だめだ」

「大和屋のだんなは、もうすぐ息を引き取るんです」

「あれえ、どうしてそんなことがわかるんだね」

「人は死ぬとき、魂がほうぼうへいとまごいにまわるもんなんです。ここはもと、だんながかわいがっていたおめかけさんがいた寮だとかで、だんなの魂はもうさっきからここへきてうろうろしているようなんです」

女は自分でいっておきながら、ゾッとしたように聞き耳を立てて中腰になる。

「あ、また廊下を歩いてるわ。こわい」

そのまま泳ぐように、白い内またがこぼれそうになるのさえ夢中で、いきなり夢介の首っ玉へしがみついてきた。としまざかりの濃厚な脂粉の香がむらがり漂い、思ったより肉づきゆたかな美人である。

「幽霊の足音がきこえるかね」

あの深川のつつもたせの時は雷だったが、今夜のはだんなの幽霊である。ここでフラフラとなるかならないかけさだんなとだいぶもめたのだ。だんなは中気になってもそれを気にして、幽霊になってまでためしにきたのだろうか。

「こわい——助けてください」

「おかしいな。おらにはなんにも聞こえねえけどな」

「いいえ。だんなは、だんなはきっとあたしをつれにきたんです」

女はひざの上で身もがきしながら、必死にしがみついて放れない。

「さあ、わかんねえ。幽霊がどうして、おまえさまをつれにくるんだね」

「あたしが、あたしがどうしても、だんなのいうことききかなかったもんだから、とり殺しにくるんです。お願いだから、しっかり抱いてください。こわい、助けて——」

「おらが抱いていてやれば、幽霊は手を出さねえのかね」

「男に抱いていてもらえば、あきらめるんです。もっともっと強く抱いて——」

「困ったなあ。おら、おまえさまを抱いてやったら、幽霊に恨まれねえだろうか」

「恨まれたって、あんたは男じゃありませんか」

「そういえばそんなもんだが、じゃ、しようがねえ、人の命にはかえられねえから抱いてやるべ——もし、だんなの幽霊さま、まちがわねえでくだせえまし。おら、おまえさまの思いをかけたお女中さまを、こうやって抱いているんだが、決してフラフラとなって抱きついたんではねえだ。お女中さまが助けてくれというので、人助けのために抱いているだ。こんなことをいって、気悪くしてもらっては困るだが、いくら思いをかけた女でも、幽霊になってしまっては、もうどうしようもねえだ。あんまりいつまでもフラフラ迷っていねえで、いいかげんにして早く蔵前の中気のほうへ帰ってくだせえまし。どうかたのみますだ」

　女があんまりこわがるので、女には幽霊が見えるのかもしれない。ほんとうにだんなの幽霊がそのへんにフラフラしているいないは別にして、人のいい夢介のことだから、女の気やすめのために抱いてやったのだ。しかし、だれもいない家の中で、黙って体温が通うほど女を抱きしめているのは、やっぱり気がひける。幽霊がそこにいることにして、夢介は正直に自分の気持ちをいってきかせたのだが——そういいながら、なんとなくギョッとした。

「ウウム」

たしかにふすまごしの次の間から、かすかにうめきが聞こえ、サラサラと畳を歩きまわる人のけはいが耳についたのだ。

「あれ、いま隣でなにか音がしなかったかね」

「こわい――。だんなの幽霊が、手が出せないもんだから、きっとくやしがって、うなっているんです。ナムアミダブツ、ナムアミダブツ。放さないで、お願いだから」

女は夢中になって、なめらかなほおを夢介のほおへピタリとくっつけてしまった。が、一度鋭くなった夢介の神経は、どうしても次の間に人のけはいを感じるのだ。

「だんなはよほどくやしがっているようだぞ」

「早くこれはおれの女だといってやってください。夫婦だとことわってしまってください」

「幽霊がそんなことで、だまされるだろうか」

「だますんじゃないんです。ほんとうに夫婦になってくれなくちゃだめなんです。それでなくちゃ、あたしはとり殺されちまう。ね、今夜だけ、ほんとうのおかみさんにしてください」

女は胸をはずませながら、いきなりくちびるをくちびるへ押しつけてこようとする。正気のさたではない。さあたいへんだと、夢介は逃げるに逃げきれず、あやうくくちびるをつかまえられようとしたとたん、スーッと間のふすまがあいた。

「アッ」

さては幽霊め、とうとうがまんしかねて出てきたなと見ると、それはだんなの幽霊ではなく、豆しぼりの手ぬぐいをぬすっとかぶりにしたやくざふうの強盗がふたり、長わきざしを突きつけながらヌッとあらわれたのだ。

「やいやい、へたに声なんかたてると、ふたりとも命がねえぞ」

さあわからない。これも仕組まれたしばいなのだろうか。それとも、ほんものの強盗なのだろうか。夢介はただ目をみはるばかりだ。

強盗の正体

「まあ」

女も意外だったらしく、まだ夢介にしがみついたまま、あっけにとられている。そのしどけなく乱れた痴態をジロジロ見回しながら、

「いいかげんに離れねえか、ふざけやがって」

と、ひとりが苦々しげにいった。

どうやらこれはほんものの強盗らしいと見たので、夢介はわざと女を放そうとはせず、

「わらわねえでくだせえまし。おらたち、なにものずきでこんな格好をしているんではねえだ。おまえさまたち、いまそこで、ここの家のだんなの幽霊にあわなかったろうか」

と、まじめな顔をして聞いた。

「なんだと――」

「ここの家のだんなが、今夜幽霊になって、このお女中さんをとり殺しにきているだ。うっかり放すと命がねえというから、こうしていっしょうけんめい抱いていてやるんです」

「フン、あいかわらずとぼけてやがる。その幽霊なら、そこのふすまからたしかにのぞいているところを、おれたちがいま退治してやったから、安心してもう離れてもいいや」

相変わらずとぼけてやがる、とはうっかり口に出たことばだろうが、こっちを知っ

ているやつに違いない。そうは思ったが、夢介は顔色にも出さず、
「ありがとうごぜえます。ときに、おまえさまたちは、なにしにここへきた幽霊でご
ぜえますね」
と、改めてぬすっとかぶりの中をのぞきこむようにした。
「やいやい、ケガをしたくなかったら、てめえは黙ってろ」
強盗たちはちょいと顔をそむけるようにして、
「おい、女、きょう大和屋から預かった紙入れはどこにしまってあるんだ。あり金を
みんなここへ出しちまいねえ」
さすがに男のひざからすべりおりて、ピッタリ腕にすがりついている女のほうへ、
グイと長わきざしを突きつけた。やっとわかった。どうやら、そいつは深川の悪船頭
七五郎《しちごろう》らしい。そして、もうひとりのほう、さっきからふすまぎわに立って、黙って
あたりへ気をくばっていたのは、あのつつもたせのときの亭主清吉《せいきち》のようだ。
「あれえ、おめえさまたちは強盗の幽霊かね」
「黙らねえか、こんちくしょう。いつまで寝ごとをいってやがるんだ」
悪七の長わきざしが、へたに動いたら一突きというように、夢介の胸へ向いた。
「寝ごとではねえです。おらにはどうしても、おまえさまたちが幽霊にしか見えねえ

だ。どうでございましょう、幽霊の強盗さま、おらここに五十両持っていますだ。お女中がこわがっているで、これだけ持っておとなしく消えてもらうわけにはいきますめえか」

夢介はいそいで胴巻きの中から、ズシリと重い二十五両包みを二つ出して、右の手と左の手に持ってみせた。冗談のようにわらっているが、いざというときの目つぶしの用意だ。こう武器を持ってしまえば、相手の腕はたいていはしれているし、少しも恐れることはない。

「てめえ、その五十両をくれるっていうのか」

「へえ。おら人間の強盗ならこわくねえが、幽霊さまはこわいだ。これ目つぶしにぶつけても、幽霊では手ごたえがねえかもしれねえでね」

「やいやい、つまらねえまねをすると、承知しねえぞ。幽霊にそんな目つぶしなんか役にたつもんか。なあ、兄弟」

夢介の怪力でそんなものをたたきつけられたら、たいてい気絶してしまう。悪七強盗はジリジリとしりごみしながら、清吉強盗と目で相談している。

「よし、消えてなくなってやるから、早くそれを出せ」

「ありがとうございます。いまこれをそっちへころがすで、どうか次の間までさがって、そのおっかねえ刀をさやにしまってくだせえまし」

「うそじゃねえだろうな」

「とんでもごぜえません。うそをつくと、おえんまさまに舌を抜かれるだ。おえんまさまは幽霊さまの大親分でごぜえますからね」

「ふざけるねえ」

それでも五十両ほしいとみえて、幽霊強盗は次の間へさがり、長わきざしをさやへおさめた。そして、夢介が金包みをころがしてやると、ふたりで一つずつすばやく拾いとり、

「たしかに受け取ったぜ。きょうはこれで消えてやるから、ありがたく思いねえ」

ニヤリとわらって廊下へ消えていった。なれているとみえて、ふたりとも足音一つたてない。

「こわい――」

こんどこそまっさおになった女が、ほんとうにふるえながらしがみついてきた。

「なあに。もう幽霊は消えたから心配ねえだ。それより、だんなの幽霊はどうなったかな」

たしかにウウンというめき声を聞いているのである。

　夢介はいそいで次の間へ立ってみた。そこは八畳の座敷で、暗い押し入れの前にだれか縛られてころがされている。人のけはいにクルリとこっちへ寝がえりを打ったのは、生きている証拠だ。

「アッ、だんな――」

　こわごわいっしょについてきて、のぞきこんでいた女が、びっくりしたように走り寄った。

「あれえ、それが中気のだんなの幽霊かね」

　夢介があきれている間に、

「庄造《しょうぞう》、おもと、早くきておくれ、だんながたいへんなんだから、みんな早くきて――」

　女は金切り声をあげて叫びだした。

　今まであき家のようにひっそりしていた家の中のどこからか「はあい」という返事が聞こえて、ドカドカと廊下を走ってくる音がする。ふたり三人ではない。

「さすがに大和屋のだんなの幽霊でごぜえますね。おおぜい家来をつれてきているだ。そんならまあ、中気は静かにしておくほうがいいっていうで、おらこれで失礼しますだ」

夢介はていねいにおじぎをして、その座敷を出た。

廊下でふたりばかり女中に突き当って、突き飛ばされた家来の幽霊どもは、だれも夢介などもう眼中になかったようである。

第十七話　命の小判

だんなのゆくえ

「大和屋さんのご用はなんだったんです」

その夜思ったより早く帰ってきた夢介を、心で安心して長火ばちの前へ迎えたお銀は、いそいそと茶をいれながら聞いた。

「いや、それがなお銀、今夜は手のこんだおもしれえしばいを見せてもれえました。おらほんとうにびっくりのしどおしだったです」

夢介はニコニコとわらっている。

「いやだなあ、夢さんは。また、さんざんだんなにわらわれてきたんじゃない？」

どうもそうとしか思えないお銀だ。

「そんなのんきなしばいではなかっただ。なにしろ、おらが今戸の寮をたずねていくと、とてもべっぴんのとしまのお女中さんが出てきてね。もっとも、あねごさんよりは少しべっぴんでねえが、だんなはいるかねえって聞くと、だんなはいねえという返事だ」

「バカバカしい、たぶんそんなことだろうと思った。すぐ帰ってきたんでしょう、夢さんは」

「それがね、実はこれこれで来たっていうと、お女中さんがいうには、そんならだんなはきっとあとからくるに違いない。とにかく、上がって待っていてくれ、使いを出すからっていうだ」

「まさか、上がりやしなかったんでしょうね」

「おらも使いには及ばねえとことわっただが、あとでしかられるから、あたしがかわいそうだと思って、とにかく上がってくれとたのむだ」

「もうたくさん――」

お銀はなんとなく胸がジリジリしてきた。それが通人だんなの手で、わざとこの人をそんないい女とふたりきりにしておいて、フラフラになるかならないかを、ためそうというに違いない。そんなあぶない話を聞かされて、ハラハラさせられるのはいやなのだ。

「どうしてあんたは、そう人がいいんでしょうねえ。へやへ上がったら、急にその女がいちゃいちゃしだしたんでしょう、いやらしい」

「いや、そのいちゃいちゃは、もっとあとだったです」

「あら、その前にまだ手くだがあったんですか」

「お女中さんがいうには――」

「なにも女中なんかにいちいちおの字をつけなくったっていいじゃありませんか」

だんだん目が光ってくるお銀だ。

「そうかね。そんなら、おの字はよすべ。その女中さんがいうには、うそをついて、ほんとうにすまないが、実はだんなはきょうの夕方中気で倒れた。みんな死に水を取りに行って、自分ひとり留守番をしているが、自分は生前だんなのいうことをきかなかったもんだから、さっきからだんなの幽霊がうらみにきている。こわくてしようがないから、いま逃げ出そうとしていたところだ。どうかしばらくいっしょに、ここにいてみてくれ、というだ。とたんに、ウウンと隣のへやから、男のうめき声がするでねえか」

「それが手ですってば、バカバカしい。その女がキャッと、あんたにしがみついたんでしょう」

「あれえ、あねごさんよくわかるなあ」

「あんたがいい気になって、その女の背中かなんかなでてやっているところへ、だんながふすまをあけて出てきたんです。いい恥さらしだわ」

「そこが少し違うだ」

「どう違うんです」

「出てきたのはふたり組の強盗でね。いきなりおらに長わきざし突きつけただ」

「あら、それなんのつもりなんでしょう」

「なんのつもりって強盗は金がほしいにきまっているだ。その女中さんに、大和屋からあずかった紙入れを出せってね、女中さんにも刀を突きつけたで、青くなってふるえあがっただ」

「どうしたんです、それから――」

お銀は話が変になってきたので、目をみはる。

「おら強盗に聞いてみたのさ。おまえさまたちも幽霊の強盗かねってね。強盗がおこって、とぼけたことをぬかすなっていうから、別にとぼけるわけはねえけれど、ここには今夜だんなの幽霊がきているはずだが、おまえさま見かけなかったかねって、また聞いてみた」

「なんといったの、そしたら――」

「だんなの幽霊なら、いま隣でふすまからこっちをのぞいていたから、のどをしめて縛ってしまったというだ」

「まあ、じゃほんとうの強盗だったんですね」

「そうだとも。しようがねえから、強盗に五十両やって帰ってもらってね、次の間見たら、なるほどだれか縛ってころがされている。女中さんがびっくりしてね、あら、だんなと金切り声をあげ、庄造、おもと、早くきておくれ、だんながたいへんだよって騒ぎ出したので、改めてだんなの恥ずかしがる顔を見るのもきのどくだから、そのまま黙ってきただ。通人のだんなのしばいは、やっぱり手がこんでいるだね」

話をおしまいまで聞いてみれば、なにもジリジリすることはなかった。それどころか、そんなめにあわされても、のんびりと笑い話にして、少しもこだわらない太っぽらな男の顔を見ていると、さすがだわとお銀はついトロンとなるほどうれしくなってくる。

「でも、よかったわねえ、夢さん」

「なにがだね」

「だって、お金持ちの通人のところへ呼ばれていったいなかの土百姓が、かえって、強盗に五十両やってくるなんて、いいきみじゃないの。なんだかあたし、胸がスーッとしちまったわ」

「そういえば、そのふたりの強盗な、どうもひとりは深川の悪七、もうひとりはあのつつもたせの清次のようだった。あの連中はやっぱり悪いことから足が洗えねえでいるとみえるね」

「じゃ、ふたりのほうもびっくりしたでしょう」

「そんなふうだったよ」

「いやな悪縁ねえ。なにかまた、妙にからんでこなけりゃいいけど」

こっちは五十両くれてやったと思えばそれですむけど、向こうは強盗の正体を見破られている。気がとがめ、いっそあとくされのないように殺しちまえなどと、だいそれたことを考えかねないやつらだ。お銀は気をまわして、

「つるかめ、つるかめ――」

いそいで自分の肩を手で払っていた。

しかし、人の災いというものはどこからくるかわからない。翌朝お銀が新婚ふつかめのおそい朝飯のあとかたづけをしていると、

「ごめんくだされまし」

玄関の格子があいて、人のおとなう改まった声がきこえた。出ていってみると、もう五十がらみの、もの堅い中にもどこかあかぬけのした大番頭といった身なりの男が立っていた。

「こちらさまは小田原の夢介さんのお宅でございましょうな」

大番頭は取り次ぎに出たお銀があんまりあだっぽい美人すぎるので、それとなく目をみはっているようである。

「はい、夢介の宅でございますけれど――」

「失礼ですが、おかみさんでございますか」

バカにおしでない、まるまげを結って出てくれれば、おかみさんにきまってるじゃないか。これでもきのうからは、もうちゃんと、からだまでおかみさんなんだから、とお銀はカッとなってきて、

「あなたはどなたさんでございましょう」

と、あべこべに聞いてやった。

「申しおくれましてございます。てまえは蔵前の札差《ふださし》大和屋九郎右衛門の番頭喜助《きすけ》と申しますが、夢介さんはおいででございましょうか」

ことによるとそうではないかと見ていたお銀だから、

「おや、これはお見それ申し上げました。ゆうべはまたうちの人がお招きをいただきまして、だんなからごていねいなおもてなしをうけましたそうで、故郷へいいみやげができたと、なんですか帰ってまいって、ひとりよろこんでいます。ほんとにありがとうございました」

と、えがおで皮肉をあびせかける。夢介にはデレリとあめのように甘くなってしまったお銀だが、ほかの男は男くさくも思っていない。これだけは性分だから、まだなかなかなおりそうもないあねごだ。

「まことにどうも恐れ入りましたことで、おわびは夢介さんにお目にかかりまして、改めて申し上げます。実は、そのだんなのことで、おうかがいいたしたのでございますが――」

「おや、だんながどうかしたのでございますか」

お銀は用件を聞かなければ上げないつもりだ。多少かかあ天下になりたがる素質もじゅうぶんそなえているようだ。

「はい、ゆうべからだんなさまのゆくえが知れませんので、心配いたしております」

これは意外なことになってきた。道理で番頭の顔にうれいの色が濃い。

脅迫状

とにかく上がってもらって話を聞くと、これまた意外な事件が持ち上がっていた。ゆうべ夢介が今戸の寮を出てきたあとで、だんなのさるぐつわを取ってみると、それはだんなではなくて、料理人の定吉《さだきち》だったという。

おきぬは二度びっくりして、それではだんなはどこにいるんだろうと、うちじゅうさがしてみたが、どこにも見あたらぬ。もともとゆうべのしばいは、こっちで考えていたとおり、大和屋のだんながどうしてもあのいなか者を一度フラフラにして、夢介をからかってやろうと、したくしていた。そのくらいだから、夕方から寮へ出向いただんなは、ひとりでうれしがってさしずをしていた。思いがけない強盗がはいって、せっかく仕組んだ茶番はお流れになったが、だんなが黙って家へ帰ってしまうはずはない。しかし、念のためというので、すぐに下男が蔵前へ走った。むろん、だんなは帰っていず、大番頭の喜助が寮へ駆けつけ、もう一度うちじゅうを探すやら、心あたりの料亭、色まちへ人を走らせるやら、できるだけの手はつくして見たが、やっぱりだんなはどこにもいなかった。

すると、だんなは自分の意志で寮を出たのではなく、だれかにゆうかいされたのではないかということになり、不安の一夜を明かすと、けさになって妙な手紙が寮へ舞いこんだ。

「これでございます。どうぞごらんなすってください」

喜助がふところから一通の封書を取り出して、夢介にわたした。見ると、表書きは達者な筆で大和屋様と書いてあるが、裏に署名はない。中は半紙一枚に、

一、出入り旗本一同の希望により大和屋九郎右衛門の命あずかり申しそうろう

一、同人の命入用にそうらわば、夢介という小田原在の百姓をあいたのみ、同人情婦お銀とふたりに五百両持参いたさせ、今夜四つ（十時）までに根岸《ねぎし》の御行《おぎよう》の松まで差し向けること、金子《きんす》と引きかえに九郎右衛門を相渡すべくそうろう

一、右の条奉行所などへ訴え、あるいは他人に漏らして騒ぎたてそうらえば、即座に九郎右衛門の命はなきものと知るべく、念のため申し添えおきそうろうなり

一ツ目社中

大和屋留守中御中

と、書き流してある。

「あれえ、お銀、これは一ツ目のごぜんの手紙だ」

夢介はびっくりして、手紙をお銀に渡した。

「すると、夢介さんは一ツ目のごぜんというのを知っていなさるのかね」

喜助が心配そうに聞く。

「つきあいはねえが、よく知っていますだ」

去年の秋、水神の森でおしゃれ狂女の下屋敷を焼いて以来、事件がおおげさになるのを恐れたか、しばらく姿を消していた大垣伝九郎《おおがきでんくろう》が、またそろそろいたずらを始めだしたとみえる。

手紙の初めに、出入り旗本一同の希望によりとあるのは、札差は公儀から旗本の禄《ろく》米《まい》を預かり、これをその年の米相場と合わせて金にしたり米にしたりして旗本へ渡すのがかぎょうだ。だから、貧乏旗本はたいてい札差から翌年の分、翌々年の分を前借りをしたがる。それに対して大和屋は不親切で、恨みを買っているぞ、とおどかしているのだろう。

ゆうべの強盗のひとりは、伝九郎の子分になっている深川の悪七だから、この脅迫状に夢介の名を使ったのもうなずけないことはない。

「ねえ、伝九郎のやつ、またあたしたちを呼び出して、仕返しをする気なのかしら」

お銀は客の前も忘れて、もう強い目がいきいきと燃えかけてくるのだ。あぶないと

見たから、

「そんなこともなかろうけんど——」

と、夢介が口を濁す。

「だって、そんならなにも、あたしまで呼び出すことはないじゃありませんか。あのやろうは、あんたよりあたしのほうが憎らしがっているんだから、きっとそうに違いないんです」

「心配しなくてもいいだよ。もし使いに行くようになっても、おらひとりで行くことにさしてもらうから」

「なにいってるんですよ。そんなあぶないところへ、あんたひとりやれますか。あのやろうは、あたしでなくちゃだめなんです。かまうもんかこんどこそひっつかまえて、こっぴどいめにあわせてやるから」

そういう時のお銀は、水を吸いあげたヒボタンのように、あやしい美しさをたたえみなぎらせてくる。大番頭があっけにとられて、ポカンと口をあけてながめていた。

「番頭さん、つかぬことを聞くようだが、ゆうべ料理人の定吉さんは、なんだっておきぬさんのへやなんかのぞいていたんだろうかね」

夢介が思い出したように聞く。

「いいえ、あそこでのぞいていたのではなくて、なんでもかわやから出たところを、いきなり当て身をくわされ、気がついたら、あそこに縛ってころがされていたんだ、ということです」

「すると、だんなをさらっていったのは、あの強盗たちということになりそうだが、あんな重いだんなをどこから連れていったんかなあ」

「裏の川の桟橋へ出る木戸のかぎがはずされていましたんで、そこから船でさらっていったんじゃないか、ということになりますが、これははっきりしたことは申せませせん」

「お上《かみ》へはまだ届けてねえのでごぜえますか」

「とんでもございません。だんなのお命は五百両にはかえられませんので、この手紙のことは、実はまだ店へも知らせてないのです」

「なるほど、それはそうでごぜえましょうね。それで今夜おらにこの五百両を、根岸の御行の松までとどけてくれ、とでもいいなさるんかね」

「だんなのもの好きからとんだことになりまして、夢介さんにはかさねがさねで申し上げにくいんですが、もう一度だけご足労を願えませんでしょうか、店の者一同にかわりまして、てまえからおたのみ申し上げます」

番頭は改めてそこへ両手をつくのだ。

「足を運ぶのは、おらかまわねえが、相手が一ツ目のごぜんだからね、すなおにだんなを渡してくれるかどうか――いっそ、そっとお上へ相談してみてはどんなもんでごぜえましょう」

いつになくにえきらない口ぶりである。

「いいえ、そんなまねをして、もしものことがあっては、それこそだんなの命にかかわります。たとえ、むだになりましても、一度はこの手紙のとおりにしてみたいと思いますんで」

すがるような番頭の目つきだ。

「夢さん、たとえむだになっても、番頭さんはそれでいいとおいいなさるんですから、お引きうけしたらどうなの」

お銀がそばから、しきりにすすめる。

「そうだなあ、そんなら、やってみることにするかな」

「ぜひ、どうかお願いいたします」

どうやら夢介がうなずいたので、番頭はまたもや御意のかわらぬうちとでも思ったのか、五百両はすぐおとどけしますから、とおじぎをして、そうそうに帰っていった。

「夢さん、今夜はなんてったって、あたしあんたといっしょに行きますからね」

玄関まで番頭を送り出したお銀は、茶の間へかえるなりいった。

「そりゃ行きたければ行ってもいいがね、おらこれもだんなのしばいではねえかと思うだ」

夢介がニコリとわらいながら、意外なことをいいだす。

ぷんぷん浪人

「夢さん、どうしてこれがだんなのしばいかもしれないの」

お銀は大和屋の大番頭喜助がそこへおいていった一ツ目の脅迫状をもう一度手にとって見ながら、わけがわからないという顔つきである。

「あの通人のだんなは負け惜しみが強そうだから、せっかくゆうべおらをなぶってやろうと思ったのに、とんだじゃまがはいって、なぶりそこなった。おまけに自分が縛られたもんだからくやしくなったんではねえかと思うだ」

そういえば、ゆうべ、ちょうどあのほんとうの強盗がはいってきたというのも、考えてみればおかしな話だと、夢介は気がついた。

「じゃ、だんなは一ツ目の連中にさらわれたんじゃないっていうんですか」

「おら、どうもほんとうにできねえな。あの時隣の座敷にだんながいたんなら話はわかるが、強盗が料理人を縛って、なんのためにわざわざ隣の座敷まで運んできたんかな。もっと変なのは、こんな手紙をよこすのが目的で一ツ目のごぜんがあのふたりをよこしたんなら、行きがけのだちんに五十両奪っていくなんて、そんなあぶねえまねはしなかろうと思うだ」

「それもそうねえ」

「お銀、いま帰った大和屋の大番頭さんな、堅気《かたぎ》なふうはしているが、どこかあかぬけがしていなかったかね。おらの目には、芸人さん、たいこもち、そんなところがあるように思えたがね」

「そういえば、大どこの番頭さんにしては腰が低すぎたようだけれど――じゃ、だんなはあたしたちをこんな手紙でひっぱり出して、どうしようっていうのかしら」

「行ってみなけりゃわかんねえけど、別に悪気があるわけではなかろう。ゆうべのしばいをしくじっているで、ただ呼んでごちそうしたんでは曲がなさすぎる。ちょいとふたりをおどかしておいてから、改めてゆうべの礼をいおうというのさ。暇な金持ちだんなの考えそうなこった」

　夢介は筋書が読めたような気がしたが、

「ふうんだ、だれがおどろいてなんかやるもんか。もしほんとうにそうだったら、うんと甘いところを見せつけてやるからいい」

　とお銀はまだ半信半疑ながら、すっかり大和屋に反感さえ持ってしまったようだ。

　とにかく、その日の昼すぎに約束どおり大和屋から五百両の金がとどいたので、人のいい夢介は、その夜時刻を見はからって、お銀をつれ、だまされるのを覚悟で、わざわざ根岸の御行《おぎょう》の松まで出かけていった。

「お銀、少し時刻が早すぎたかな」

　四つを合い図にだれか迎えにくるはずだが、有名な御行の松が黒々と星空へ枝をひろげているだけで、まだだれもきていないようである。

「バカらしい、四つを打ってもだれもこないようだったら、さっさと帰ってしまいましょうよ」

　お銀はあんまりきげんがよくないようだ。

「くたびれたんかね、あねごさん」

「くたびれやしないけれど、だまされるんだと思うと、あんまりいい気持ちがしないんだもの」

「少し抱いてやるべかな」

「だって、一ツ目小僧なんかに見られたら、恥ずかしいもの」

だれも見ていなければ抱かれる気でいるらしいお銀だ。

「かまわねえさ、だれが見ていたって、おらたちはご夫婦だもんな。ひとのおかみさんを抱くわけではねえです」

「そうかしら」

ついお銀の声が甘ったるくなったとき、

「おい、こらッ」

松のかげからヌッと出てきた者がある。浪人者ふうの男だ。

「お晩でごぜえます」

たぶんそうだろうと見ていた夢介だから、いそいでていねいにおじぎをした。

「きさま、小田原在の夢介だな」

「そうでごぜえます」

「かりそめにも、不動尊の前で、女なんか抱くやつがあるか、けしからんやつだ」

「まちがわねえでくだせえまし。これはおらのおかみさんでごぜえます」

「バカ、女房でも女は女だ」

「あの、すみませんけれど――」

お銀は黙っていられない。

「うちの人をそんなにバカ呼ばわりしないでくださいまし。こう見えても、とても親切で、知恵もどっさりあるんですから」

「バカッ」

「あら、またバカですか。お武家さまはいったい、どなたさまなんです」

「きさまたちを迎えに来た者だ」

「じゃ、一ツ目さんのお使いですか」

「そうだ。黙ってついてこい」

浪人者は小橋を渡って、小川にそいながら、梅屋敷のほうへさっさと歩きだす。

「ねえ、あなた」

「なんだね、あねごさん」

「いやだなあ、あねごさんだなんて。もうあたし、おかみさんなんだもの」

「ああそうか。なんだね、お銀」

「行きはがまんするけど、帰りはきっとおぶってくださいね」

「いいとも、そのほうがおらも背中があったかくて歩きいいだ」

「不動さんの前だって、おろしちゃいやだから」

「黙って歩け」

浪人者がふり返ってどなりつけた。

「おおこわい。これないしょ話だったのに――ねえ、あんた」

お銀が夢介の顔を見てニヤリと笑う。もうよせ、と夢介は目でとめた。大和屋の通人だんながしばいでよこした男なら、こうプンプンするはずはない。少し様子がおかしいようだと気がついたからである。

浪人者はまもなく橋をわたった正面にある古風な門のくぐりをあけて、

「はいれ」

といった。ふたりを先に入れておいてあとをしめ、式台つきの玄関までなかなか林が深い。

廊下から座敷へ案内された夢介もお銀もアッと目をみはってしまった。

正面に一ツ目のごぜん大垣伝九郎が、例のとおり冷たい表情で大将らしく座をかまえ、左右に用心棒の浪人者がふたり、あとはならず者たちですもう上がりの岩ノ松、鬼辰《おにたつ》、深川の悪七、つつもたせの清次など十二、三人、たいてい顔見知りのやつばかりが、いずれもぜいたくなぜんを前へおいて、大あぐらで酒をのんでいる。この一座と顔をあわせるのも久しぶりだが、もっとおどろいたことには、次の間に大和屋九郎右衛門をはじめ、めかけのおきぬ、きょう夢介の家をたずねてきた大番頭の喜助、芸者らしいのが四人、下男下女、さてはこの寮の留守番とも思われる年寄り夫婦まで合わせてこれも十二、三人、みんなうしろ手に縛られてしょうぜんとすわっているのだ。

こんな念の入ったしばいがあるだろうか。いや、しばいではあるまい。ここは大和屋の根岸の寮で、通人だんながしばいの筋書を書き、料理の用意までしておいたところへ、どこからどう知れたか本物の大垣伝九郎が取り巻きをつれて乗りこんできて、うちじゅうの者を縛りあげた、たしかにそんな格好だと見ているうちに、

「御前、つれてまいりました」

迎えにきた浪人者がそこへすわって、伝九郎のほうへあいさつした。

「ご苦労——座につきなさい」

伝九郎にかわって答えたのは、猪崎《いのさき》という用心棒だ。ハッと頭をさげて、その男は鬼辰の上座のあいた席へつく。すぐにちょうしを取り上げたのは料理人ふうの中年の男で、これだけは自分のぜんがないようだから、たぶんゆうべ通人だんなのかわりに

縛られていたという板前の定吉だろう。この男まで縛られてしまっては、一ツ目の社中も酒がのめないから、なわだけは許して、そのかわり追い使っているのだろう。

「やいやい、なにをぼんやり口をあけてながめてやがんだ。早くごぜんにあいさつしねえか」

たちまちかみついてきたのは深川の悪七である。なるほど、そういわれてみると、夢介はお銀と末座のまん中へ見せ物のようにすわらされてポカーンとあたりをながめていたのだ。

「あれえ、うっかりしていましただ。皆さんお晩でごぜえます。大和屋のだんなお晩でごぜえます」

特に九郎右衛門には念入りにおじぎをする夢介だ。縛られている大和屋は、ジロリと夢介のほうを見てうなずいて、さすがにだんなだけにおこっているようだが、弱った顔はしていない。

五百両のしばい

「お銀、てめえはつんぼか。それともおしか」

ツンと澄ましてそっぽを向いて、それがきのうきょうと夢介と思いがかなって、ひどく色っぽさを増した大まるまげのお銀だから、つい悪七もからんでみたくなったのだろう。

「おや、うちの人があいさつをしたんだからいいと思ったんですが、あたしもしなければいけないんですか」

「あたりめえよ、あいさつをこみですますやつがあるもんか」

「ホホホ、七さんはお堅いこと、こんなことだけはねえ——みなさん、今晩は。ずいぶんお久しぶりでござんすねえ。去年の暮れ、たしか水神の森の気ちがい屋敷で焼き玉がころげまわったとき以来でしたから。あの時はとんだ失礼をいたしました。それでもよくまああみなさんご無事でほんとうにおめでとうございます。そういえば、あの色気ちがいのご後室さまは、その後どうなさいましたろう」

「黙らねえか、あま」

「あら、こんどは黙るんですか。まだ半分しかあいさつはすまないのに」

「ふざけるねえ。あいさつはただおじぎをすればいいんだ」

「右や左のだんなさまといってですか。おおいやだ。それじゃまるでこじきみたいじゃありませんか。七さんじゃあるまいし」

「なんだとこんちくしょう──」

カッとなって悪七が片ひざ立ちになったので、

「臭いからそばへお寄りでない──あれえ、助けてえ、あんた」

お銀はわざと金切り声をあげて、夢介の大きな背中へはりついてみせる。

「七、控えろ」

猪崎浪人が苦い顔をして、悪七をしかった。

「へえ──あとでおぼえてろ、あま」

とめられたのがいいさいわいで、うっかり飛びかかると、どんな荒っぽい手品を使うかわからないお銀なのだ。

「夢介、大和屋の身のしろ金五百両、持参したろうな」

猪崎が改めて切り出す。

「へえ、持参したでごぜえます」

「そのおり一ツ目社中から出したという手紙といっしょに、五百両これへ出せ」

ことばが変だから、夢介はハッと気がつき、

「あの手紙は、人目にふれるといけねえと思って、焼いてしまったでごぜえます」

とうそをついた。

「どうしましょう、ごぜん」

チラッと伝九郎のほうを見て、大垣がおうようにうなずくと、

「惜しい証拠を焼いてしまったな。やむをえぬ。金だけ出せ」

と、しかつめらしい顔をする猪崎浪人だ。見こまれたが因果で、五百両はしかたないとしても、手紙があればそれを種に、もうひとゆすりする気だったのかもしれぬ。

「少しおうかがいしてえだが、この人たちはどういうわけでごぜえましょうか」

夢介は縛られている人たちのほうを見ながら、一応きいてみた。

「どうもこうもない。大和屋九郎右衛門が今夜、もったいなくも一ツ目のごぜんの名をかたって、おまえから五百両まき上げるということが、さいわい事前にこっちの耳へはいった。けしからん儀だから、さっそく当家へのりこみ、このとおり一同を縛り上げて、おまえたちのくるのを待っていたのだ。すなわちおまえが持参した金子五百両は、名をかたったふらち料として一ツ目のごぜんがお取り上げになるから、さよう心得ろ」

なんだかわかったような、わからないような妙な理屈である。

「大和屋のだんな――」

夢介は静かに九郎右衛門のほうを向いた。

「いまお聞きなすったとおりでごぜえますが、おらが持参の五百両、一ツ目さまにさしあげてもいいでごぜえましょうか」

「いいようにしておくれ。わたしはどうせ手も足も出ないダルマなんだから」

だんなはすっかりあきらめているようだ。

「定さん、そのお盆をかしてもらいてえだ」

「へえ」

板前の定吉が取ってくれた盆の上へ、夢介は胴巻きの中から二十五両包みを二十取り出して杉形《すぎなり》につみあげ、

「さて、おそば衆さんがたにきくだが、この金をさしあげましたら、一ツ目さまは今夜無事にここをお引き取りくださるでごぜえましょうか」

と、念を押した。

「むろん、ふらち金さえおさめれば、ごぜんはこんなところに用はない」

「そんなら、定さん、ご苦労ついでに、これを一ツ目さまにあげてくだせえまし」

定吉が盆を、重そうに大垣の前へ運んでいくと、伝九郎はわずかにうなずいただけで、自分では手をつけない。両側の用心棒が十ずつふところへ入れるのを見て、スッと座を立った。

「お帰りだ。みんな立て」

取り巻きがいっせいに立って、ゾロゾロとあとからついていく。

「りっぱですねえ、夢さん、まるでこじき大名のようじゃありませんか」

お銀がきこえよがしに感心してみせる。

「お銀、悪態つくでねえ」

夢介がいそいでたしなめたが、まにあわなかった。珍しく伝九郎がジロリとお銀のほうへ冷たい捨て目をくれていく。

「せっかくひとがほめているのに、いやだあ」

お銀はからだをくねらせながら、もう伝九郎など目の中にない。ひとり取り残された定吉があきれてポカーンとこっちをながめていた。

「定さん、早くだんなのなわを解いてあげるがいいだ」

「へえ」

ハッと気がついて、定吉は大和屋のそばへ飛んでいく。次はおきぬ、それから大番頭の喜助、そのころになって、やっと人ごこちのついてきた女たちが、ああこわかった、ほんとうにどうなることかとびっくりしちまって、などとひそひそ話が出はじめた。

「夢介さん、あの手紙を大垣に見せたのは、おまえさんじゃないかね」

だんなは手が自由になると、タバコ盆を引きよせてさっそく一服つけながら、妙にそこいじの悪い目をするのだ。ああ、負け惜しみだな、と夢介はすぐ気がついたから、

「いいえ、おらでねえです。おらこのとおり、いまもこの手紙を、一ツ目さまに渡さなかったくれえです」

と、おとなしくふところから脅迫状を出して、だんなの前へかえしてやった。

「すると、仙八《せんぱち》、おまえだな」

「そりゃお情けないだんな。忠義者の仙八が、なんでそんなふらちなまねを。とんだお目がね違いでげす」

大番頭喜助が額をたたいて、たちまちたいこもちの仙八に早変わりをした。

「しかし、夢介さんかおまえか、それでなければわたしのほかに、この筋書きは――ああ、板前の定吉がいた。定吉、定吉」

その定吉はいつの間にか姿を消していた。

「はてな、このしばいを考え出したのは、定吉だったじゃないか」

大和屋のだんなは世にも奇妙な顔をした。

それでわかった。定吉が一ツ目の一味とすれば、ゆうべの強盗の悪七と清次も、ちゃんと定吉としめしあわせていて、あんなうまい機会をつかんだのだ、と夢介はやっとわかったような気がしたが、いまさらよけいなことだから口に出してはいわなかった。

「夢さん、そろそろおいとましましょうか」

ちょうどいいところで、お銀が切り出してくれた。

「そうだな、おいとますべ」

「まあいいじゃないか、夢介さん」

だんながあわててとめようとしたが、すっかりへその曲がっているお銀だから承知しない。

「いいえ、だんな、もう五百両のおもしろい大しばいを拝見させてもらったんですから、たくさんでござんす。あんまり長居をしてたいせつなうちの人がぬれぎぬなんかきる役にされると、つれそう女房は気がもめて――ホホホ、ごめんなさい、だんな。これから帰り道は、うちの人とふたりっきりでたのしいおしばいをして行きます」

「へえ、どんなしばいだね」

ものずきなフラフラだんなだから、ついのせられてしまった。

「お半長右衛門《はんちょうえもん》の道行きなんです。あたしがうちの人におんぶして、神田までずいぶん花道が長いでしょう。お半がこの人の耳をひっぱったり、のどをくすぐったり、なにしろお半はまだ十四なんですものねえ――ホホホ、みなさんまっぴらごめんくださいまし」

夢介のたもとをつかんで、むりに立たせて、あわよくば人前もなく、そこからもうおぶさっていきたそうなお銀だ。それがまた、としま盛りのみずぎわだった女ぶりだからだんなはポカーンとして、夢介がうらやましそうな顔である。

「お銀、さあ、おんぶしてやるべかな」

外へ出ると夢介はわらいながらいった。

「まだいいの」

お銀の返事は、なんとなく神妙である。

「どうかしたかね、あねごさん」

「あたしいけなかったかしら」

「なにがだえ」

「ちっとも今夜はおかみさんらしくなかったんだもの。ごめんなさいね」

きかぬ気だから、相手の出ようでつい地は出るが、それをすぐまたこうして反省するほどお銀は女らしくなってきたのだ。

「今夜はしかたがねえさ」

「そのかわり、そのかわり、もうきっといいおかみさんになるわ」

「そんなに後悔しねえでもいいだ。さあ、おぶってやるべ」

いじらしくなって、わざと明るくお銀のほうへ背中を向けた夢介がハッとそのまま
お銀をかばってあとずさりをした。

ちょうど小橋をわたって、御行の松の前へさしかかったところで、その物かげから
ふたり、三人、バラバラと行くてのやみへ飛び出してきたやつがあるのだ。

銃声一発

「どなたさまでごぜえましょうか」

夢介はやみをすかして見るようにして声をかけてみた。

「おれは一ツ目社中の猪崎だ」

その猪崎浪人ばかりではなく、前に四人、境内に五六人、おそらく大垣伝九郎をは
じめとして、今夜の人数がそっくりそろってここに待ち伏せしているらしい。

「あの、猪崎さまでごぜえましたか。さっきは失礼いたしました。こんなところで、どうかなすったんでごぜえますか」

「別にどうもしねえ。きさまたちのくるのを待っていたんだ」

「あれえ、なんかご用でごぜえましょうか」

「用があるから待っていたのよ。さっきおれたちが大和屋の寮を引きあげるとき、きさまの女房お銀がなんと悪態ついたかおぼえているか」

「さあ、ついうっかりしていましただが、もし失礼なことがごぜえましたら、どうか勘弁してやってくだせえまし」

「ならん。お銀の悪態は今夜にはじまったことじゃねえが、ごぜんをつかまえて、こじきの物もらいのと、言語道断のやつ、もう勘弁ならんによって、今夜はお銀をつれてまいり、二度とさような口がきけねえように、ごぜんがみっちりしおきをなさる。ケガがしたくなかったら、お銀をおとなしく渡すがいい。わかったか」

そんなことをうっかりわかってはたまらない。お銀が大垣伝九郎を憎むのは、一度満座の中ですっ裸にされた恨みがあるからで、水神の森の気ちがい屋敷のときには、自分を座敷ろうへ押しこめておいて、それをおとりにお銀を手ごめにしようとたくらんだことさえあるのだ。

「そんな無理はいわねえで、勘弁してくだせえまし」

「なに、無理だと——なにが無理だ」

「猪崎さまは、もし、おまえの女房をしおきするんだからわたせ、とだれかにいわれたら、へえ、かしこまりましたと、すぐおとなしくわたすでごぜえましょうか」

「おれには女房はない」

「そりゃまあ不自由なこってごぜえましょう。早くおかみさんを持ってごらんなせえまし。とてもかわいくなって無理は決していえなくなりますだ」

「バカ、よけいな舌をたたくな」

「そんならこうしますべ。お銀にここでようくあやまらせて、これからは二度と悪態をつかねえように誓わせますで、それで許してもらうわけにはいきますめえか」

「ならんといったらならん。ごぜんがお待ちかねだ。早くお銀を出せ」

人数をかさに、あくまでも横車を押そうとする。しかもつかに手をかけておどかし半分、猪崎浪人がグイとひと足前へ出たので、夢介のうしろでジリジリしていたお銀が、

「いいかげんにおしよ。バカ」

カッとなって、手にしていた得意の卵の目つぶしをその真眉間《まみけん》にたたきつけてしま

った。

「いけねえだ、お銀」

この連中がここに待っていてこんなまねをするからには、なにか相当の用意がある。うかつに手出しはできないと見ていた夢介だから、あわててとめようとしたが、もうまにあわない。

「ワーッ」

まともに目つぶしをくらった猪崎浪人が、両手で目を押えながらガクンとひざを突いたのがきっかけで、

「それ、やっちまえ」

「お銀をひっさらえ」

前の三人は夢介へ、境内の人数はお銀へ、一度にダッと殺到した。

「お銀、おらのそばを離れるでねえぞ」

もうしようがない、夢介は前からアイクチをきらめかして突っかかる深川清次の腕をつかみとめながら、お銀に注意した。

清次は夢介の怪力を知らないから、いきおいよくまっ先に飛び出したので、きき腕をつかまれたとたん、骨がくだけそうな激痛に全身の力が抜けて、ポロリとアイクチ

を取りおとし、まっさおになって痛いという声さえ出ない。

「ウウッ」

しぼり出すようなうめき声といっしょに、つま先立てでのけぞりもがくだけだ。

その間にお銀は、あい、と返事だけはすなおだったが、今夜は初めから一ツ目社中のにせ脅迫状で家を出てきたのだから、いざというときの用意だけはちゃんとしてきている。境内からバラバラと飛び出してくるやつらへ、目つぶしの卵があざやかに飛び散って、またたく間に三人までは倒したが、なおも残るふたりが性懲りもなくつかみかかろうと迫ってくるので、

「アレエ、人殺しい。追いはぎですよ」

おもしろ半分に金切り声をあげて飛びのき、そのふたりへ目つぶしをたたきつけたとたん、
ダーン。

ただひとり境内に残っていた大垣伝九郎の手から、短筒が火を吐いた。

「アッ」

バッタリ倒れたのは夢介である。

「夢さん――」

ギョッとして棒立ちになるお銀のうしろから、サッとおどりかかってはがいじめにしたのは、物かげでその時を待っていた悪七だ。

「放して――放して」

大の男に力いっぱい組みつかれたのでは、さすがのお銀もどうしようもない。いや自分のことより、撃たれた夢介の生死がカッと頭へのぼって、

「ちくしょう、お放しってば――夢さん、しっかりして、夢さん」

半狂乱のお銀が、ズルズルと悪七をひきずるその狂態をひややかに見ていた伝九郎が、短筒をふところへおさめて、うつぶせに倒れている夢介のそばへよりながら、ゆうゆうと抜刀した。

お銀の見ている前で、最後のとどめを刺す気なのだろう。

「待って、待っておくれ、大垣さん」

とどめをさされてしまっては、助かるケガ人でも殺してしまわなければならない。

「お願い、お願いだから、たったひと目――」

身も世もなくもがき叫ぶお銀には目もくれず、伝九郎は勝ち誇ったように、いきなり夢介のからだを足げにした。その肩先のあたりをグイと踏んまえようとしたとき、モソリと夢介の手が伸びて伝九郎の足首をつかむ。

「アッ――」

がくぜんとして、伝九郎はうろたえながらきっ先を突き立てようとしたが、それより早く激痛が全身へ走って、次の瞬間にはドッとしりもちをつきながら、ウーンと気を失っていた。

こんどは悪七がギョッとする番だった。おもわず手がゆるんだから、スルリとその手のなかをぬけたお銀が、

「ちくしょう――」

たった一つ残った目つぶしを、腹だちまぎれに、いやというほど真眉間《まみけん》へたたきつけた。

「ワーッ」

今の今まで憎まれ口をきいていたやつが、もろくもガクーンともろひざをついてしまう。

「夢さん――」

まだ倒れたままの夢介のからだへ、夢中でおおいかぶさっていこうとすると、

「お銀か。逃げるだ」

ムクリと起き上がった夢介が、そのお銀のからだを中途で抱きとめ、ひっかかえる

ように立ち上がるなり、一散に車坂のほうへ走りだした。

春の星

考えてみると、一ツ目社中で無事に残ったのは、初めから逃げ腰だったふたりか三人で、とても追いかけるなどという度胸はなさそうだったから、そんなに息を切って駆けだすことはなかったのだ。

「もう苦しいから、夢さん」

坂本へ出てから、お銀はやっとそこへ気がついて立ち止まった。まるまげの根はガックリ落ちて半分にこわれかかっているし、衣紋《えもん》も帯もさんざんに着くずれて、われながらみじめな姿である。

「ああ、夢さん、あんたどこもケガしなかったんですか」

このくらい駆けられるのだからだいじょうぶだろうとは思うが、お銀は急に心配になって、男の顔色をのぞきこんだ。

「いや、おらたしかに腹へ一発うけたから、ヒヤッとしてぶっ倒れた」

「なんですって、夢さん」

おもわず胸ぐらをつかんで引きよせているお銀だ。

「それで、それで、どこも痛くないの」

「いまに痛みだすと思って、おらも心配していただが、ふしぎとまだ痛くならねえだ。どうしたんだろうな、お銀」

夢介は腹を押えて妙な顔をしている。

「いやだあ、そんな。血は、血は出ていないの」

「あれえ――」

急にすっとんきょうな声を出す。ビクッとして、

「血、血が出ているんでしょ、夢さん。どうしようねえ」

と、お銀はおろおろになる。

「そうでねえだ」

「じゃ、痛むの、痛みだしたんでしょ」

「アハハハ、お銀、ちょいとここを見てくれ。穴があいているだ」

「エッ、穴が――。困っちまったねえ。どこかにお医者が――」

「違うだよ。着物に穴があいて、あれあれ、胴巻きにも穴があいて――わかったぞ、お銀。弾丸《たま》は、小判がよけてくれただ」

「どれ、見てあげる、夢さん」

地へひざまずいて、夢介の手をどけてみるとなるほど帯の少し上に穴があいて、鼻を近づけると、プーンと煙硝くさい。弾丸はたしかに当たるには当たったのだが、運よく胴巻きの小判がよけてくれたのだろう。もう少しどっちかへずれていれば、むろん今ごろは命のないところだったのだ。

「こわいッ」

お銀は思わず夢介の腰へしがみついて、涙がせきを切ったように流れてきた。

「あれえ、血でも流れているのかね、お銀」

「しらない。あんたは、あんたは——」

「おかしいなあ。おらちっとも痛くねえだが」

「夢さん——」

お銀はふいに立ち上がった。

「これからいっしょに、観音さまへおまいりに行きましょう。ね、みんな観音さまのおかげなんです。自分の命運がよかったんだなんてうぬぼれたら、それこそばちがあたるわ。すぐ、お礼まいりに行ってきましょう」

「そうすべ。たしかにそれに違いねえだ」

あの時はっきりと激しい衝撃《しょうげき》をうけて、やられたとほんとうに思っただけに、夢介も決して命運がいいなどとはうぬぼれきれないのだ。

お銀はしっかりと男の手を握って、ぐんぐん浅草のほうへ歩きだす。ただうれしくて、ありがたくてたまらない。もし、夢さんが死んだら、あたしだって生きてやしないんだから、と何度も何度も思う。そして、ふっと心配になってきた。ああいう執念深い大垣伝九郎のことだから、またきっと夢さんをねらうに違いない。

「ねえ夢さん、一度小田原へ帰りましょうか」

なんといっても、それがいちばん安全な道のようだ。

「そうだなあ」

「あたし、あんたが死んじゃいやだ。あたしなんかどうなってもかまわないけど」

「そんなわけにはいかねえだ。おら、あねごさんが死んだら、坊主になるだろう」

「ほんとうかしら」

「ほんとうだとも。あねごさんのお骨おぶって、きっと高野山へのぼるだ」

「うれしいわ。うれしいけど、死なないでいつまでもあんたのそばにいたいわ」

「やっぱり、小田原へ帰るべ。おら別に大垣伝九郎がこわいわけではねえが、できれば、まだ弾丸なんかに当たっていられねえだ。おやじさまに逆さ見せたくねえし、お米坊にだってお婿さんも見つけてやんなければならねえ。三太も早く一人まえにしてやりてえものな」

「ほんとうだわ」

暗い夜ふけの道だから、だれに気がねもなく、ふたりはいつまでも手を取って歩いていた。

「でも、小田原のおとっつぁん、あたしをあんたのお嫁にしてくれるかしら」

「だいじょうぶだとも。おらのおやじさまは、よく話のわかる人だ」

「いいわ。もしお嫁がいけなければ、下女でもおさんどんでも、あんたのそばへさえおいてもらえれば」

そうだ、そんなことはいまからくよくよ心配しなくても、大慈大悲の観音さまにおまかせして、あたしはもう二度と目つぶしなんか持って歩かない女になればよかったのだ。そう気がつくと、お銀の心はひとりでにホカホカとあたたかくなってくる。

「お銀、おらが去年おやじさまに千両もらって、道楽修業に江戸へ出てきたのは、ちょうど今時分だから、もう一年になるな」

夢介が感慨深げにいう。

「そうでしたねえ。あれは去年の暮れでしたねえ」

「大磯の宿を出はずれた松並み木で、おまえにうしろからポンと肩をたたかれて——」

「いやだあ、その話だけはかんにんして」

あの時はまだおらんだお銀で、この人の重いふところをねらって声をかけたんだから、お銀は顔が赤くなる。

「考えてみると、この一年、ずいぶんいろんなことがあった」

「あたし、やきもちばかりやかされて、どうしてこんないなかっぺに、こんなにほれちまったのかしら」

「ありがとうごぜえます。おかげでおら、千両でこんないいお嫁をみやげに買って帰るだから、おやじさまさぞ——」

「——びっくりして、あきれて、お嘆きなさるでしょうよ」

「違うとも。おらのお嫁だもの、きっとよろこんで、かわいがってくださるだ。そのかわりな、お銀」

「あい」

「これからは、ふたりして、どっさりおやじさまに孝行すべ」

「うれしいわ夢さん、あたしも親孝行ができるのね」

「あしたは天気にしてえもんだ」

見あげる夜空に、春の星が一面にあかるくうるんでいる。お銀はホッとため息をつきながら、ほれた男といっしょに親孝行に帰る旅、真人間になってはじめて踏む東海道の土、青い海が、きれいな松並み木が、はっきりとまぶたにうかび、あふれるような幸福がやるせないまでに胸いっぱいにふくれてくるのであった。

（了）

夢介めおと旅

残り金三百両

江戸を出て三日目に、夢介《ゆめすけ》はお銀《ぎん》をつれて酒匂川《さかわがわ》をわたった。ここから小田原《おだわら》の城下はもうひとまたぎで、その小田原を抱くように、一年ぶりで見るなつかしい箱根《はこね》の山々が、うす霞《がすみ》につつまれて、紫色に眺《なが》められる。

「さあ、ここまでくれば、もう家へ帰ったも同じだ。ひる飯は小田原ですませて、ゆっくり村へ入るべえ、お銀」

なんといっても、夢介の足は軽い。江戸で千両道楽してみる気で、父覚右衛門《かくえもん》の許しをうけ、この小田原在入生田村《いりゆうだむら》を立ったのは、ちょうど去年の今ごろだった。

江戸ではずいぶんいろいろな目に出遭《であ》ってきた。そもそも芝露月町《しばろうげつちょう》の伊勢屋《いせや》の道楽息子総太郎《そうたろう》に、初めて深川の羽織芸者を見せてもらい、さんざん田吾作《たごさく》あつかいにされたのが始まりで、ちんぴら狼の三太《さんた》、娘手品の春駒太夫《はるこまだゆう》、練兵館《れんぺいかん》の若先生の斎藤新《さいとうしん》太郎《たろう》、相政《あいまさ》の隠居、新門辰五郎《しんもんたつごろう》、鍋焼うどんの六兵衛爺《ろくべえじい》さんと孫娘のお米《よね》など、いい友達もたくさんできたが、一ツ目の御前の大垣伝九郎《おおがきでんくろう》をはじめ、深川の悪七だとか、美人局《つつもたせ》の清吉《せいきち》だとか、敵もたくさんできて、命を狙われたことも二度や三度ではない。そういう江戸で、この一年の間につかった金は七百両ほど、その思い出の江戸も今では二日路、二十里という道程《みちのり》がひらいて、たった一つ残る江戸土産《みやげ》といえばこの旅の初めに拾うともなく拾って、江戸にいる間中ずっと苦楽をともにしてきた恋女房のお銀ひとりということになってしまった。

縁というものは不思議なものである。この女はもとおらんだお銀と肩書のついた凄《すご》い道中師で大磯《おおいそ》の宿《しゅく》で百両の胴巻を狙われたのが、悪縁といえば悪縁の始まりで、その女の意地がいつか恋となり、根がそういう一桁外《けたはず》れた女だけに、一度惚《ほ》れたとなると首ったけなどというおだやかなものではなく、事実男の身がわりに何度も命を張ってくれたほどののぼせようだから、夢介もついその猛烈な情熱にほだされて、親に無断で夫婦になった。が、事情まことに止《や》むをえなかったにもせよ、いわば勝手に好きな女を女房にして、いつまでも無断にしておいては、子として親父さまに申し訳がない。一つにはいつまでもお銀を不安がらせておくのも罪だから、あらためて親父さまの許しをうけ、天下晴れた女夫《めおと》になって、一日も早くお銀を安心させてやりたいのが、こんどの帰国の一番大きな目的であった。

親父さまはよく話のわかる人だから、きっと承知してくれるに違いないが、なにぶんお銀の前身《ぜんしん》が前身だから、ことによると親類中から問題が起こるかもしれない、とはいくらのんき気な夢介でも、一応考えておかなければならない。その時は話し合いの上、最悪の場合は家を誰かしかるべき養子にゆずって、財産などには少しも執着《しゅうちゃく》のない夢介だ、自分たち夫婦はもう一度江戸へ出て、なんとでも身を立てればいいと、実はそこまで肚《はら》はきまっている。

「姐御《あねご》さん、ひどく浮かねえ顔のようだが、どうかしたんかね」

「いいえ、別にそんな、あたし――」

大丸髷《おおまるまげ》を姐《あね》さまかむりにつつんで、道行《みちゆき》を浅黄のしごきで裾《すそ》短かにたくしあげ、脚絆《きゃはん》草鞋《わらじ》がけ旅なれたお銀の足もとはきりりと軽いが、今朝あたりから急に口数が少なく、顔色も冴《さ》えないようである。

「今朝はあんまり食《しょく》もすすまなかったようだね。ひょっとすると赤ん坊でもできたかな、そんな気はしねえかね」

「馬鹿ばっかし――。まだこの間本当の御夫婦になったばかりじゃありませんか」

「そりゃそうだけんど、情が深い者は一度でも身持ちになるっていうもんな」

「厭《いや》な人――」

お銀はじいんと胸が熱くなる。惚れて惚れられて、いまはなに一つ不足はないいうれしい二人の仲だけれど、それだけに、今日はいよいよ男の親父さまに会う日だと思うと、一足ごとに胸が痛くなってくるお銀だった。

よく話のわかる親父さまだから、ちっとも心配はいらねえだ、と男はのんびりしている。が、もしその親父さまに会って、そんな女は伜《せがれ》の嫁にできねえ、と一言いわれたら、なにもかもいっぺんにおしまいになってしまうのである。そして、こっちの前身が前身だけに、どうもそういわれるのが当然なような気がするし、万一そういわれたあかつきには、たとえ男がなんといってくれようとも、黙って身を退くのが夢さんのためだと、お銀はお銀でひそかに覚悟しているのである。

「ねえ夢さん、今夜は小田原へ泊《とま》って、家へ帰るのは明日じゃいけないかしら」

未練とはわかっていても、そこは女だから、つい愚痴《ぐち》になる。

「どうしてだね、お銀」

「だって、まだせっかく御夫婦になったばかりなんだもの。あたし、もっと早く夢さんの赤ん坊生んでおきたかった」

「なあに、いまに厭でもたくさん生まれるだ」

「そうかしら、そうなるとうれしいんだけれど」

「お銀、案ずるより生《う》むが易《やす》いっていうことがあるでねえか、詰まらねえことは心配しねえで、おらに任せておくがいい」

「いっそ死んじまいたいわ、あたし」

思わず男の袂《たもと》をつかんで、やさしくいわれればいわれるほど、別れた後《のち》の辛さ悲しさが胸に迫ってくる。

「なにいうだ。死んじまったら、いくら姐御さんが情が深くても、おらの子は生めねえだ」

お銀の胸のうちは、聞かなくてもわかりすぎるほどわかっているだけに、わざと軽くあしらっている夢介だ。

並木道がやがて小田原の城下へかかろうとすると、

「若旦那《わかだんな》、いま着いたかね」

そこの掛け茶屋から走り出てきて、ひょっこり二人の前へ立った老人がある。老僕の嘉平《かへい》だった。

「やあ、爺やか、迎えにきてくれたんかね」

江戸を立つ前に、あらましのことを書いて親父さまに出してある。今日あたりはたぶん誰か出迎えに出ているはずだ、とは夢介も予期していたのだ。それが嘉平ならちょうどいい。

夢介は一度も会わなかったが、嘉平は親父さまのいいつけか、自分で心配してのことか、とにかくこの間まで江戸に滞在して、お銀とは何度も会っている。帰って親父さまに、自分の見てきたとおりを報告しているだろうから、これに聞けば大体親父さまの意向はわかるはずである。

敏感なお銀も心はおなじらしく、黙っておじぎをして、恐れるように一足退った。

「ま、歩きながら話すべ」

嘉平はすぐに夢介と肩をならべながら、なんとなく気難しい顔つきだ。

「親父さまは変わりがないんだろうな」

「達者《たつしや》には至極《しごく》達者だがね、正直にいうと機嫌《きげん》はあんまりよくねえだ」

相かわらず歯に衣《きぬ》をきせない頑固爺《がんこじじい》だ。それだけに、一足後からついて行くお銀はじっと耳をすまさずにはいられない。

「ふうむ、機嫌が悪いかね。どうしてだろうな」

「若旦那、江戸でいくらぐらいつかってきただね」

「ざっと七百両ぐらいかな」

「第一、それが大旦那の気にいらねえだ。男が千両道楽するといって江戸へ出たくせに、三百両もあましてくるようなけちな料簡《りようけん》じゃ、たいがい人柄はわかる。おれはがっかりしたと歎《なげ》いていたそうだ」

「そうかね。こういっちゃすまねえこったが、さすがはおらの親父さまだな」

「その次に歎いていなさるのは、伜《せがれ》は江戸へ出て喧嘩《けんか》ばかり道楽にしていたようだ。その喧嘩に負けて、一ツ目の御前とかが怖くて江戸を逃げ出すとは何事だ。男なら、なんだって一ツ目の御前を家来にしてつれてこねえ、情《なさけ》ない意気地《いくじ》なしだと、怒っていなさるだ」

「ごもっともでごぜえます」

「まだあるぞ、若旦那」

耳をすましているお銀は、こんどこそ自分のことが出るだろうと、体中が堅くなる。

「お銀のことかね、爺や」

「そのとおりだ。日本一の美人で、日本一の貞女で、とてもおらのことを想っているから、こんど嫁にしてつれて帰る。よろしくたのみますと、若旦那、手紙に書いたんかね」

「うむ。おら本当にそう思っているだ」

「ところが、大旦那はそう思っていねえようだぞ。それほどの貞女なら、なんだって伜に千両みんなつかわせねえだ。手紙の様子じゃ、昨日や今日の仲でもなさそうだ、男に素志《そし》をつらぬかせねえような女は役に立たねえ。喧嘩に負けて尻《し》っ尾《ぽ》をまいて帰る男といっしょに、すごすごついてくるような嫁じゃ、先が案じられる。と心配していなさるだ」

「さすがに親父さまでごぜえます」

「それでな、残りの三百両きれいにつかってこねえ中は、伜には会いたくねえ、親類中の手前も屋敷の門はくぐらせられねえ。ただ嫁にしたいという女だけには、よくいって聞かせたいこともあるし、親の慈悲《じひ》だから、一目会ってやろう嘉平つれてきてやれ、と大旦那はいいなさるだ。どうするね、若旦那」

「どうもこうもねえだ。おら親父さまのいいつけにはそむかねえです。じゃ、おらはお城下の虎屋《とらや》に宿をとって待っているで、お銀のことは一切爺やに任せることにすべ」

珍しく夢介はお銀に一言も相談なく、きっぱりとそうきめてしまった。

山うぐいす

小田原の城下から入生田村まで小一里、お銀は虎屋で待っているという夢介とその門口《かどぐち》で別れ嘉平につきそわれて駕籠《かご》に乗った。

「お銀、なんにも心配することはねえだ。おらの親父さまは話のよくわかる人だでな、なんでも正直に受け答えしてくれればいい。わかったかね」

別れぎわに夢介がそっと力をつけてくれた。あい、とうなずいてはきたものの、こうして一人で駕籠にゆられていると、やっぱり不安で、お銀は小娘のように胸がふるえてくる。それによく話のわかる親父さまだとは、江戸にいる時から耳にたこができるほど聞かされてきたが、さっきの爺やの話の様子では、相当変わった人のようにしか思えない。

三百両つかい残してきたけちな根性が気にくわない、というのはまだわかるとして、なぜ一ツ目の御前を家来にしてこないのだとか、そんな中途半端な伜に惚れるような女ではろくなものではなかろうだとか、世間普通の親たちがそんな突っ飛《とび》なことを口にするだろうか。

――そういえば、大体夢さんて人が相当変わってるんだから。

今ではすっかり馴《な》れっこになって、いちいち気にもならないが、考えて見れば、あの人と一つ家に暮らして、しかも一つ部屋でおかみさんみたいに枕をならべて寝たのはざっとまる一年、そしてやっと本当のおかみさんになれたのはついこの間だ。その間中女に大いびきばかり聞かせていられる男なんて、そうざらにあるものではない。あたしはその変わったところに、つい命までもと惚れこんでしまったのだけれど、そういう人の親父さまなのだから、もっと変わっていると見るのが本当なのだろう。

――困っちまったねえ。どうすればいいのかしら。

もとのお銀なら、どんな臍曲《へそまが》りに出会ったって、こっちも負けずにぽんぽん平気で臍曲りに出てやれたから困りはしなかったけれど、今はあの人のいいおかみさんになって、しかも相手がその良人《おっと》の大切な親父さまでは、仮《か》りそめにも悪態《あくたい》など口にはできないし、考えただけでも身がすくむような気がするのだ。

もう一つ気になるのは、一年も家を外にしていた伜に会わないで、わざとあたしだけを呼びつけるのは、あたしをよっぽど性《しょう》の悪い女と見て、なにか生木を裂《さ》くたくらみがあってのことではないかしら、そんな邪推《じゃすい》がまわせなくもないことだった。

――いけない、こんな邪推がまわるのは、まだあたしの根性がすっかりなおっていないからなのだ。いいおかみさんになりますと誓《ちか》った観音《かんのん》さまに申し訳がない。

お銀ははっと気がついて、邪念《じゃねん》を払うようにいそいで合掌《がっしょう》する。我ながら恥ずかしさに冷汗《ひやあせ》が流れそうだ。もうなんにも考えるのはよそう、どんなことがあっても、観音さまにおすがりさえしていればいいのだと、やっとそこへ気がついた。ふしぎと胸が軽くなってきて、お銀はもうなにも考えない。

間もなくとんと駕籠がおりた。

「さあ、着いたぞ」

嘉平にそう声をかけられて、お銀は静かに胸の合掌を解き、水のように落ち着いて駕籠から出た。見ると、立派な山門の前である。どうしてこんなところへつれてきたのかしら、とは思ったが、お銀はもうなにも聞こうとはしなかった。

嘉平は先に立って山門をくぐり、春の日がしいんとあたりの若葉に明るい境内《けいだい》を抜けて、庫裡《くり》の横からさっさと裏へまわって行く。そこに柴折戸《しおりど》があって、中へ入ると小庭に面した座敷の障子《しょうじ》が、ひっそりかんと立て切ってある。

「旦那さま、おつれしましただ」

縁の前に立って、嘉平が障子の方へ声をかけた。

「そうかえ。御苦労だったな」

中から障子があいて、つかつかと出てきたのは、ふだん着の上から袖《そで》なしを羽織《はお》った老人で、夢介を一まわり小さくしたような、大きな顔つきまでよく似ているから、これが話のよくわかる親父さま覚右衛門だとは、聞かなくてもわかった。ただ違うのは、夢介は柔和《にゅうわ》な眼をしているが、親父さまのは鋭くてよく光る。

その眼に立ったまま、じいっと見据《みす》えられて、お銀は思わず沓《くつ》ぬぎの前へひざまずき、小さくなって首《うな》だれてしまった。と見て、嘉平は役目がすんだというように、黙って庭から出て行く。どこかで山鶯《やまうぐいす》が鳴いていた。

「お前さんかえ、わしの家のあんまり利口でない伜に惚れてくれたという物好きな女は」

にこりともしないで、頭から親父さまがあびせかける。

「はい。銀と申す不束者《ふつつかもの》でございます」

「あの愚図《ぐず》のどこに見どころがあって、お前さんは惚れてくれたのかね」

「お恥ずかしゅうございます。ただ好きで好きで、どうして好きなのか、自分でもわかりません」

静かにありのままをいいながら、お銀はひとりでに頬《ほお》が染まってくる。

「お前さんは嘉平に、伜を勘当《かんどう》してくれと頼んだそうだね」

「すいません。あれはあたしが間違っていました」

「どう間違っているんだえ」

「あの人に、あの人を、親不孝者にしては、申し訳ないと思います」

「ただ申し訳ないと思うだけかえ」

親父さまはあくまでも意地わるく出る。

「あの、あたしはやっぱり、身を退《ひ》いた方がいいのでしょうか」

お銀は初めて必死の目を上げた。

「そんなことは、人に聞くことじゃない」

老人はふいと外方《そっぽ》を向いて、

「帰って、愚図息子《むすこ》にそういいなさい。つかい残した三百両で、諸国の神社仏閣を拝んでこい、少しは人間らしくなれるだろう。親父さまがいっていたとな。余計なことだが、お前さんも巡礼《じゅんれい》をして歩いたら、少しは利口になって、死ぬの生きるのなんて馬鹿なことは、人さまに聞かなくなるだろうよ。わかったかね」

と、またしてもじろりと怖い目を向ける。

「はい」

「もういい、行きなさい」

「お願いがございます」

「なんだな」

「あの人の、あの人のお母さまのお墓へおまいりさせていただいて帰っても、かまいませんでしょうか」

「それも人さまに聞くことじゃなかろう」

さっさと座敷へ入りかけて、後ろ向きのまま、

「まあ、嘉平に聞いてみなさい」

と、いい捨て、さらりと障子をしめ切ってしまった。その障子へ我にもなく手を合わせて、涙が抑えきれないお銀である。

山鶯が鳴きつづけていた。

お銀の心配

お銀の帰りは、どうせ夕方近くなるだろうし、今夜はここに一泊して、どこへ旅立つにしても明日のことだと思うから、虎屋へ草鞋《わらじ》をぬいだ夢介は、一人でゆっくりと昼食をすませてしまうと、さて所在《しよざい》のない大きな体を、座布団枕にごろりと横に寝そ

べってみた。

自然《しぜん》と頭にうかぶのは親父さまのことで、嘉平爺やの話では、江戸で千両道楽をすると言って出かけたくせに、三百両もあましてくるようなけちな料簡《りようけん》が気に入らねえと怒っていなさるそうだ。その三百両をみんなつかってこないうちは、屋敷の門をくぐらせない、ともいっていなさるそうだ。

「ありがとうごぜえます」

夢介にはそういう親父さまの気持ちが、ちゃんとわかるのである。決してつかい残してきた三百両が気にいらないのではない、問題はなんといってもお銀にあるのだ。よく話のわかる親父さまだから、たとえ前身がどんな女でも、お前が好きなら女房にするがいい。が、いくら親が承知しても、田舎は親類中の口がうるさい。いま黙ってお銀を家へ入れたら親類中から意地の悪い目で見られるし、お銀も辛かろうし、伜も気まずい思いをしなければならないだろう。それに、江戸の伊勢屋からその人柄はよく知らせてきているとはいえ、なんといってもお銀には肩書《かたがき》つきの前身がある。まだ路銀が三百両残っているのを幸い、その金で諸国の神社仏閣をまわって、二人で罪ほろぼしをしてくるがいい。

旅は辛いものだ。その旅に負けずに、あくまでも二人がそいとげ、その中に子供でもできて帰ってくれば、こっちも一度は門前払いを喰《く》わして突っ放しているのだから、こんどは親類中もそううるさくはいうまい。二人の辛抱《しんぼう》も見えたことだし、子供に免じても家へ入れてやろう、というのが親父さまの肚の底なのだろう。

「ありがとうござえます。おら、お銀のためにもきっとどんな辛抱でもするです」

夢介は今さらのように、先の先まで考えている親の慈悲というものに頭が下がるのだ。

それにしても、お銀は今日初めて親父さまに会って、どんなためされ方をしてくるか、その返事がちょいと待遠しい。

――おらと違って、親父さまはなかなか皮肉屋だからな。

夢介という名も、わしは覚右衛門で、目が覚めていると世の中のあらが見えすぎてうるさい。自然つまらぬ苦労も多くなるから、倅は一生いい夢を見て暮らせるように、夢介にしようと、死んだ母と相談してつけたのだと聞かされている。おかげで、おらはぼんやりと育ちすぎて、いまだにいい夢ばかり見つづけているが、――そういう親父さまだから、今ごろお銀はどんな風《ふう》におどろかされているか、おらとは全く勝手が違うので、さぞまごついていることだろう。

「けど、お銀ならきっと親父さまの気に入るだ。はきはきしているし、一本気だし、親父さまの一番嫌いなのは、めそめそと煮《に》えきらねえことだもんな」

そんな風に物ごとを見たがるのが、いい夢ばかり見つづけているということになるのかもしれないが、夢介には自信があった。

「どうしてもおら、長生きをするたちかな」

うつらうつらと眠くなる。お銀のやわらかい膝《ひざ》が近くにないのが、ふっと物足らない。癖《くせ》になっちまったんかなあ。そういえばこの一年、寝るにも、起きるにも、歩くにも、お銀の濃厚な肌の匂いに始終《しじゅう》まつわりつかれて、それがあたりまえなことになっていた。こうして離れてみると、ひどく淋しいもんだということに気がつく。

——それだけ、おらたちは情合が深くできているんだろう。今ごろお銀も、おらに膝枕《ひざまくら》させたがって、うずうずしているんでねえかな、可哀《かわい》そうに。

夢介は甘い気持ちになりながら、いつか大きな鼾《いびき》をかいていた。

春日は遅々《ちち》として長い。

「夢さん——。夢さんてば、憎らしい」

いきなり耳もとでどなられて、ぽかんと目をあいたとたん、むせるようなお銀の匂いが鼻へむらがってきた。

「あれえ、おらいつの間に眠ったんかな」

「知らない。ひとがこんなに気をもんで帰ってきたのに、――あんたって人は、どうしてそうのん気なのよう」

上から両手で肩を押さえつけながら、体ごとのしかかるように怒っているお銀の顔が、ぽっと桜色に上気《じょうき》して、目もさめるかとあざやかである。

「ちっとものん気ではねえだ。おら、姐御さんの膝枕がねえもんだから、さびしくって」

「嘘ばっかし――。そんなにさびしい人が、あんな太平楽《たいへいらく》な大鼾をかくもんですか。案内してくれたここの女中さんが、くすくす笑っていたじゃありませんか」

「そうかね、ちっとも知らなかったな」

「第一、こんな宿屋で、無用心じゃありませんか。だからあんた、お父っつぁんに愚図息子だなんていわれるんだわ」

「ま、起きることにすべ」

親父さまのことが出たので、夢介ははっと思い出し、のっそり起きて坐《すわ》り直って、

「おかみさん、お帰んなせえまし」

と、改《あらた》めておじぎをした。

「で、どんなあんばいだったね。親父さま、元気のようだったかね」

「ええ、それはもう、とてもお達者のようでござんした」

つい引きこまれて、しんみりとなるお銀である。

「おらの親父さま、よく話のわかる人だろうが」

「ええ、とてもわかりすぎるくらい」

「そうだろうとも、おらは寝呆介《ねぼすけ》だが、親父さまは覚右衛門というだからね。家へつれて行かれたんかね」

「いいえ、菩提寺《ぼだいじ》のお座敷の縁先でした」

「ふうむ」

なるほど親父さまらしい、と夢介はひそかに目を見はる。

「おら、お銀ならきっと、親父さまの気に入ったろうと安心していただが、どんなあんばいだったね」

「あんた、安心して昼寝をしていたの」

「そんなわけでもねえが、おらの好きなお嫁だもの、親父さまの気に入らねえはずがねえだ」

心から信じ切っているような夢介の顔なのである。改めてそういわれると、果たしてあの親父さまが気に入ってくれたかどうか、あんまり変わっている初対面だったので、お銀はなんとなく不安になってくるのだ。

「さあ、心配だわ、あたし。いきなり叱《しか》られちまったんですもの」

「叱られたんかね」

「ええ。お前さんかえ、家の愚図息子に惚れてくれたっていう物好《ものず》きは。一体、どこに見どころがあって、惚れてくれたんだね、と顔を見るなりこうなんです」

「姐御《あねご》さん、どう返事をしたね」

「どこが好きなんだか、自分でもよくわかりません。あたしはやっぱり身を退いた方がいいんでしょうか、ってお聞きしてみました」

「とんでもない、身なんか退かなくてもいいだ」

夢介が目を丸くする。

「厭だあ、あんたに聞いてるんじゃないじゃありませんか」

「まあ、そういえばそんなもんだが、——で、親父さま、なんていったね」

「そんなことは人に聞くことじゃない、ってまた叱られちまいました。そして、三百両で諸国の神社仏閣でもお参りして歩いたら、二人とも少しは利口になるだろうって」

「あは、は、やっぱりおまいりか、おまいりはいいなあ、たぶんおらもそのおまいりが出るだろうとは思っていただ」

　夢介はとてもうれしくなる。

「でも、おまいりしてまわれば、あたしたち本当にお父っつぁんのお気に入るように、少しは利口になれるかしら」

「なれるとも。けど、ただおまいりしただけではいけねえだ」

「どうすればいいの」

「お銀、お前まだ本当に赤ん坊できた気はしねえかね」

「厭、そんなまじめな顔をして」

なにをいい出すんだろう、あんなことばかし、とお銀は睨《にら》みながら、つい顔がほてってくる。

「まあいいだ。おらたち情合《じょうあい》が深いから、いまにきっといい赤ん坊が生まれるだ。一生けんめいお参りして歩くべな、お銀」

　はっとお銀の顔が青ざめる。もし自分の荒い血が赤ん坊にうつってはと、それが一番気になっていたお銀だ。お父っつぁんも、この人も、やっぱりそれを心配しているのだとわかると、切ないし、そんなわが身が今さら口惜《くや》しい――。

「どうしよう、夢さん。あたしに、あたしにいい赤ん坊、生まれるかしら」

思わず男の膝へすがらずにはいられなくなる。

「大丈夫だとも、おらがついているだ。なんにも心配はいらねえだ。——そのほかに、親父さまどんなことといっていただね」

「それっきりだったんです。もういいから、お帰りって。——あたし、お願いです、あの人のおっ母さんのお墓、おまいりさせてもらってはいけないでしょうか、っておすがりしたら、そんなことも人に聞くことじゃない、勝手におしって、さっさと座敷へお入りになって」

「で、おまいりしてきたんかね、お銀」

「ええ、だってあんたのおっ母さんなら、あたしにもおっ母さんですもの」

「そうか、それでいいんだよ、お銀」

じっとお銀の肩を抱きしめてやって、えらい、とほめてやりたいのを、わざと口には出さず、ほのぼのと胸があたたかく、

——おっ母さん。

と、夢介は心の中で両手を合わせる。

それにしても、春の日がいつか障子に夕かげってきたところを見ると、夢介の昼寝も相当《そうとう》長かったのだろう。

子ほしや巡礼

翌朝、小田原を早立ちにした夢介とお銀は、まず京大坂を目当てに、夫婦旅《めおとたび》の第一歩を箱根峠へ踏み出した。今日もよく晴れた日で、のぼり四里八丁、旅なれている二人だから、天下の嶮《けん》といわれる峠道《とうげみち》もあまり苦にならない。

ただお銀が苦になるのは、あたしのような肩書つきの女を女房にしたばかりに、夢さんはせっかく一年ぶりで故郷の土を踏みながら、屋敷へも寄れず、親父さまの顔さえ見られず、こうしてまた苦労の多い旅へ出なければならないと思う申し訳なさばかりだ。

が、今さらそんな愚痴を口にして、千べん万べんわびてみたところで、そんな水くさい真似《まね》をよろこぶような夢さんではないし、この上は親父さまのいいつけどおり巡礼になったつもりで諸国をまわり、せめて立派な子供をさずかって、それを親父さまの土産に、一日も早く故郷へ帰れますようにと心がけるほかはない。

「ふ、ふ、あたしたち妙《みょう》な巡礼さんね」

考えてみると、お銀はふっとおかしくなってくる。

「なにがおかしいんだね、お銀」

「だって、巡礼さんてものはたいてい子をなくしたとか、親をなくしたとかいう不仕《ふし》合《あわせ》な人たちが、世の中をはかなんで巡礼に出るか、それでなければ後生《ごしょう》を願う年寄がするもんじゃないかしら」

「まあ、それが普通だろうな」

「それをあたしたちのは、お道楽の金を三百両つかい残してきたのが気にいらないってお父っつぁんに叱られて、それをみんなつかってくるためと、ついでにいい子宝をさずかってこいといわれて、夫婦して巡礼に出されるなんて、まるで遊山旅《ゆさんたび》もおんなじなんだもの、あんまり仕合すぎてなんだか勿体《もったい》ないみたい」

「なるほどな。おらたち好きで夫婦になって、どこへ行くにも二人連れで、その上お社《やしろ》やお寺さんへ、どうか姐御《あねご》さんが早くおらの子を孕《はら》んでくれますようにって、拝《おが》んでまわればいいんだもんな」

「夢さん、なにもおらの子って、わざわざ断ることはないでしょう。あんたの子のほかに、あたしが誰の子を生むのよう」

「あれえ、気にさわったかね。そんなら、おらの子は取り消しにすべ。どうか姐御さんが一日も早くおらの子でねえ子を、——はあてね、おらの子でねえ子なんか孕まれては困るでねえか」

「馬鹿婿《ばかむこ》さんみたい。――どうか夫婦の間にいい子宝がさずかりますようにって、拝めばいいんじゃありませんか」

「そうだったな、じゃ、一生懸命にそう拝んで、それから一生懸命に――」

「もうたくさん。それから先は人の前で口にすることじゃありません」

「そのとおりでごぜえます。それから先は口でいわなくったって、おらと姐御さんはうれしい仲だもんな」

「そうかしら」

お銀はわざと冷淡な顔をして見せる。

「あれえ、姐御さんはちっともうれしくないんかね。そんなはずはねえと、おら思っていただが、するとおらの一生懸命はまだ足りねえかな」

「もう恥ずかしいから、黙ってお歩きなさいってば――」

「そんなら黙って歩くべ。そのかわり姐御さん、手を引いてやるべかな」

足でなら男に負けないお銀だが、いたわってくれるのだと思うと、その親切がうれしくって、お銀は黙って夢介の大きな手にすがった。夫婦の情合《じょうあい》というものは、こんなにもこまやかであたたかいものかと、今さらのように幸福が胸一杯にあふれてくる。

峠をのぼりつめて、芦《あし》の湖《こ》のほとりへ出たのは、やがて午《ひる》近かった。ここには箱根の権現《ごんげん》さまがある。関所とは反対の道を湖にそって少し戻らなければならないが、それが目的の巡礼旅なのだから、二人は高い石段をのぼって、社前へ額《ぬか》ずいた。

「夢さん、あんたまさか間違えて拝みやしなかったでしょうね」

真白な富士が青い湖に大きくうつる美しい道を引きかえしながら、お銀はからかうように笑った。

「間違えねえです。うっかりおらの子でねえ子を孕まれたんじゃ、それこそがっかりするもんな」

「あたしは決してうっかりなんかしないから大丈夫よ。その代わりあんたの一生懸命が足りないと、喰いついてやるから」

いってしまってから、やっぱり顔が赤くなって、御夫婦なんだもの、かまやしないと、お銀は体中が甘ったるくなってくる。

関所を無事に通ると、箱根の宿だった。そこの見晴らしのいい掛茶屋で中食をとることにして、ここから三島《みしま》までは三里二十八丁、ずっと下り道になるから、どうゆっくりしていても明るいうちに行きつけるはずである。

ちょうど時分どきだから、上り下りの旅人がみんなここへ集って、思い思いに弁当をつかっているが、一人はのっそりと図体の大きい童顔の田舎者、一人は江戸にもちょいと類のすくない水際立《みずぎわだ》った女ぶりの色っぽい中年増《ちゅうどしま》。それが一つ床几《しょうぎ》に向かいあってむつまじく中食をとっている姿は、ひどく人目をひいた。

女は大丸髷《おおまるまげ》だから、夫婦かと見れば、眉《まゆ》も剃《そ》っていないし、おはぐろもつけていない。これは親がゆるした満足な夫婦ではなく、女の方は江戸の芸者あがりか遊芸の師匠、男はどこか田舎のお大尽《だいじん》の伜で、ふところに大金を持っていることは草鞋《わらじ》の切れ方でもわかるから、恐らく金が目当てで女の方から男をうまく騙《だま》し、家から大金を持ち出させて、これからどこかへ駈け落ちでもするところではないだろうか、と中にはそんな余計な勘《かん》を働かせているらしい物好きな目に、お銀は途中でもいくつか出合って、その度に睨みかえしてやったが、これもそういう一人なのだろう。

「お天気がよくって、いいあんばいですね」

つい今し方前の床几へ休んで、渋茶をのんでいる三十二、三の、絹商人とも見えるきりっとした旅の男が、如才《じょさい》なさそうに話しかけてきた。

――いけ好かない奴。

一目見てお銀には、それが浮世《うきよ》の裏街道を渡って歩く道中師《どうちゅうし》のたぐいとわかった

が、

「いいあんばいでごぜえます」

食後の茶をのんでいた人の好《よ》い夢介は、すぐに挨拶《あいさつ》をかえさなくては悪いとでも思っているように、のんびりと返事をしていた。まさかいくらなんでもその男の前で、相手にするなと目で知らせるわけにもいかない。

「兄さん方は御夫婦づれで、お伊勢さまへでもおまいりなさるんかね、うらやましい御身分だ」

すかさず道中師はそんなうれしがらせをいう。

「はい、方々へおまいりさせてもらいますだ」

「方々というと伊勢から奈良、京都、春の上方《かみがた》はようござんすからねえ。しかも御夫婦づれでのんき気な遊山旅、一度でいいからそんな身分にあやかってみたいもんだ」

「なあに、それがはたで思っておもらい申すほど、のん気な旅ではねえです」

「はあてね、人は見かけによらないものというが、まさか敵討《かたきう》ちっていう人柄ではなさそうだし、どんな苦労があんなさるんだろうな、お前さん方には」

ちらっとお銀の方を見て、うす笑いをうかべながら、聞かなくたってわかっているあな、といいた気な顔つきだ。

「おら百姓だから、敵討ちはねえです」

「ひとつ、当ててみようかね」

「当てられると恥ずかしいだ」

「なあに、若いうちは誰にもおぼえのあることさ。恥ずかしがるにはあたらない。つかい果《は》たして二分残ると、梅川忠兵衛《うめかわちゅうべえ》さんの昔からこの道ばかりは苦労が絶えねえことにきまっているんだ」

図星だろう、というようにまたしてもお銀の方を見る。

「違います。おらのはそのあべこべで、つかい果たさなかったもんだから、親父さまに叱られて、旅へ出されたです」

「へえ。すると、つかい残したから叱られたといいなさるんかね」

「はい。あり金をみんなつかってこねえうちは、家へ入れねえと叱られたです」

「さあ、わからねえ」

首をひねりながら、ぽかんと目を見はっているのを見て、ざまあ見やがれ、お前なんかのけちな料簡で、あたしたち情合の深い苦労がわかってたまるもんか、とお銀は胸がすうっとしたが、その後がいけなかった。

「それでおらたち、そのつかい残しの金をみんなつかうために、これからお社やお寺さんを巡礼してまわるです。一つには、どうか夫婦の間にいい子が生まれますようにって、二人で一生懸命拝んでまわって、その一生懸命でこしらえたいい子を、せめて親父さまの土産《みやげ》にすべえと思ってね」

「夢さん、あたし一足先へ出かけますからね」

いたたまらずに真っ赤になって逃げ出すお銀のうしろから、

「あわててころぶでねえぞ、お銀。もしお腹ん中に赤ん坊できていると大変だからな」

と、夢介が心配そうに大きな声でどなったので、みんなくすくすと笑い出してしまった。

道づれ迷惑

「人の前で、どうしてあんな恥ずかしいことばかしいうのよう、夢さん。顔から火が出るじゃありませんか」

勘定をすませて、いそいで後から追いついてくる夢介を待ち合わせ、お銀は顔を見るなりうらめしそうにいった。

「なんだって姐御さんはまた、そんなこと恥ずかしがるんだろうな」

夢介はむしろ不思議そうな顔つきである。

「だって、夫婦の間のかくしごとなんか、人の前で恥ずかしいじゃありませんか」

「おらなにも夫婦の間のかくしごとなんか、いったおぼえはねえだ。ああわかった。姐御さん自分があんまり一生懸命なんで、ついそんな方へ気がまわるんでねえかな」

「厭《いや》だってば、そんなこといっちゃ」

どすんと肩をぶつけてやっても、びくともしない夢介だ。

「あは、は、そんなことといちいち恥ずかしがっているようじゃ、もし身持ちになってお腹がだんだん大きくなったら、押入れん中へでもかくれているんかね」

「いっそそうなってしまえば、あたし自慢して歩くんだけど――」

「女ってそんなもんかな」

「あたりまえじゃありませんか。別に父《てて》なし子を生むんじゃあるまいし、立派に御亭主があって身持ちになるんですもの、大威張《おおいば》りだわ」

「だから、早くその大威張《おおいば》りになれるように、一生懸命になるべ」

「知らない」

お銀は男の腕へ甘えながら、二人っきりの時は別にその一生懸命が気にならないのだから、不思議なものである。

「おうい」

後ろから誰か呼びながら、追いかけてくるようだ。

「夢さん、きっとさっきの奴よ」

「そうらしいな」

「あいつ、ごまの蠅《はえ》に違いないんだけど、どうする」

「おらもそう睨んでいただ。お銀、おらたちいい子をこしらえなくちゃなんねえ体だからな、知らん顔をして、あんな奴に逆らってはなんねえぞ」

しっかりと大きな手で、手を握られて、

「ええ、逆らいません、きっと」

しみじみと男の愛情が胸にしみてくるお銀だ。

「やれやれ、やっと追いついた」

「ああ、さっきのお方でござえましたね」

にっこり振りかえった夢介は、握っているお銀の手を放そうともしない。それをまたお銀が、わざと見せつけるように、ともすればぴったり男の肩へしなだれかかって見せるのだ。

「家内は足を痛めているもんで、こんな恰好《かっこう》をお目にかけて、ごめんくだせえまし」

「なあに、遠慮はいりませんよ。峠は上りより下りの方が足を痛めやすいもんだ。精々《せいぜい》いたわっておやんなさい」

道中師はにやにや笑っている。

「ありがとうごぜえます。そんなわけで、おらたちもゆっくり下りますで、おかまいなく先へお出でくだせえまし」

夢介としては、ちょっとうまい肩すかしを喰わしたつもりだったが、そんなことでこのいい鴨《かも》を逃すような相手ではないようだった。

「いいとも、それじゃ先へ行かせてもらうが、実は一つだけ聞かせてもらいたいことがあってね、私は年中旅から旅をまわって、絹の商売をして歩く甲州屋伝吉《こうしゅうやでんきち》という者だが、さっきお前さんが話していたこと、金をつかい残したから親に叱られて旅へ出された。そいつがどうも腑《ふ》におちない。物好きなようだが、かまわなかったら、もっとくわしい話を聞かせてもらいたいと思ってね、こうして後を追ってきたのさ」

「あんまり自慢《じまん》になる話ではねえです」

「そういわないで、なにも後学のためだ、一つ聞かせておくんなさい」

「おら去年、親父さまのゆるしを得て、千両ばかり道楽修業してみべと思い、江戸へ出ていました。そこでこのお銀といい仲になって、お銀がどうしてもおらと夫婦にならなけりゃ死んじまうと泣いて騒ぐだ。お前さまの前だが、まあ器量もこのとおり十人並のうちだし、心だてもほんとにやさしくて、そりゃ女だから、やきもち妬《や》くときは少しは引《ひ》っ掻《か》いたり胸倉《むなぐら》もとるだが、それだけに情が深くって、おらもだんだん可愛くなってくる。お前がその気なら、親父さまに話して、いっしょになるべと、その時まだ千両の中、三百両ばかりつかい残っていたが、ひとまずこれをつれて故郷へ帰りましただ。ところが親父さまは、その三百両つかい残してきたのが気にいらねえ、男が一度千両道楽につかうと心にきめたら、なんでみんなきれいにつかってこねえ、そんなけちな料簡の伜は家へ入れられない、もう一度旅をしてこいと、えらく叱られてしまった、面目ねえがまあざっとこんなわけでごぜえます」

「おもしろい親父さまだねえ」

「はい。よく話のわかった親父さまでごぜえます」

「で、そのお銀さんとかいいなすったね、おかみさんのことはどういうんだね、親父さまは」

「それはもう、気に入ってくれたに違いねえです。おらには会わねえが、お銀だけには会ってくれたほどなんだから」

「結構《けっこう》なこった。しかし若旦那、ここはようく考えなけりゃいけないな」

伝吉という男は、なにか奥歯に物のはさまったようなことをいう。

「はい。おらたちようく考えながら、ゆっくりと下りますで、かまわずお先へお出でくだせえまし」

もう聞きたいという話はしてしまったのだから、それとなく敬遠すると、

「なあに、私も今夜は三島泊りで、そういそぐこともない。それよりお前さんたちのことが、どうも気になってね」

と、伝吉はその上手に出る。

「正直のところ、まあおかみさんの方はだいぶ世なれているようだが、若旦那は少しおっとりしすぎていなさる。大金を持っていると、道中というもんは案外怖いもんです。まさか今どき山賊も出ないだろうが、金にはとかくごまの蝿だの、悪雲助だの、いろんな悪霊がつきたがる。それにおかみさんが美人だから、余計心配だ」

「お銀、少しおぶってやるべえか、足が痛いんだから、遠慮することはねえぞ」

夢介はわざと甲州屋を黙殺することにする。

「だって、人の前で恥ずかしいじゃないか」

「恥ずかしかったら、目をつぶっていればいいだ」

「そうも行かないわ。二人っきりだと、一番うれしいんだけれど」

お銀がそれとなく甲州屋へ挑戦していく。

「天下の往来《おうらい》だもんな。そんなわがままをいうもんではねえだ」

「そうかしら、早くあたしたちだけの往来にしたいわ」

「がまんするだ。そのかわり三島へつけば、旅籠《はたご》へついて、いくらでも二人っきりになれるだからな」

「明日はもう、気の利かない道づれなんかこさえちゃ厭だから」

聞こえよがしに甘ったれて、べたべたと縺《もつ》れあって見せるのを、甲州屋は知らん顔をして景色などを眺め、聞こえないふりをしてついてくるのだから、とても一筋縄《ひとすじなわ》では行きそうもない。

「甲州屋さん」

お銀はとうとう呼んでしまった。

「なんだね、おかみさん」

「あたしたち若夫婦で恥ずかしいから、旅籠だけは別にさせてくださいね」

ぴしゃりと一本釘《くぎ》をさしてやる。

「あは、は、私は至極《しごく》寝つきのいい方だから、そんな心配はなさらなくてもいいのにな」

「でも、恥ずかしいから別の旅籠にしてくださいまし」

「じゃ、隣りの部屋でなければいいだろう」

甲州屋はにやにや笑っている。

「そんなに意地悪しなくたって、旅籠はいくらもあるじゃありませんか」

「おかみさんこそ、そんな意地の悪いことをいわなくたって、旅は道づれってこともありまさあね」

「あたしの道づれは、うちの人だけでたくさんなんです」

「あは、は、そう嫌われると、いよいよ隣りの部屋へ泊まってみたくなるねえ」

だんだん図太《ずぶと》くなってくるようだ。

山中《やまなか》、笹原《ささはら》、三ツ屋と下りはぐんぐんはかどって、小時雨《こしぐれ》から大時雨《おおしぐれ》へかかってきた。道の両側に杉の木立が深い。

「あらッ」

夢介の腕へぶらさがるようにして歩いていたお銀が、急に立ち止まった。行く手の道の真ん中へ山駕籠《やまかご》が一挺《ちょう》横に、わざと道をふさぐようにおいてあるのである。

「仕様《しよう》がないな。また悪雲助のいたずらのようだ」

甲州屋が顔をくもらせながら呟《つぶや》いた。

「いたずらって、どんなことをするだね」

「箱根には悪い雲助がいてね、ああやっておいて、あの駕籠へ乗れと悪強《わるじ》いするのさ。いらないといえば、酒手をねだる」

「では、乗ってやればいいんかね」

「それがまた法外《ほうがい》な駕籠賃なんだ。それに、おかみさんは美人だからな。うっかりおかみさんなんか乗せようものなら、どんなとこへ担《かつ》ぎこまれるかわかったもんじゃない」

「お銀を担ぎこまれては困るだ。そんなら酒手の方にすべ。なあ、お銀」

夢介はあんまり気にもしていないようである。

「大丈夫、夢さん」

「心配することはねえだ。ようくわけを話して、酒手をやれば、たいてい通してくれるだよ」

「さあ、そううまくいくかな。なにしろたちのよくない奴らだからね。いっそ今のうちに、その辺からわき道へ外《そ》れてしまった方がいいかもしれないんだが」

もっともらしい顔をして、甲州屋がそんなことをいい出した。それでなくてさえこの先に臼《うす》ころがしという難所があるのだ。うっかり間違えて入って逆に迷ったら、どんなことになるかわかったものではない。

「どうするかね、お銀」

「やっぱり酒手の方にしましょうよ。間道《かんどう》はもっと怖いもの」

「そんなら、おらたちはそうすべ。甲州屋さんは遠慮なくわき道を行ってくだせえまし」

際《きわ》どいところで、夢介がまた肩すかしを喰わせる。

「そうね、甲州屋さんはわき道の方がいいわ」

「なあに、私はお前さんたちといっしょに行きますよ。こうなったら、死なばもろともというやつさ」

けろりとして答える甲州屋だ。

「甲州屋さん、死ぬのはもろともでようござんすから、三途《さんず》の川だけは別々に渡ってくださいね。あたしたちどこへ行くにも、二人っきりの方が好きなんですから」

小憎らしい顔へ、あけすけに浴びせかけておいて、お銀は夢介の手を引っぱり、さっさと駕籠の方へ歩き出した。近づいて行くと、果たして木立の中から六尺ゆたかな雲助が三人、のっそりと出てきて、じっとこっちを待ちかまえている。

お銀さらわる

箱根を持場にしている駕籠舁《かごかき》はみんな六尺近くあって、岩のような体をしている。そういう体格でなければ、峠八里を客を担《かつ》いで上り下りはできない。今行く手に立ちはだかっている三人の雲助たちも、まるで鬼のような奴らばかりだ。

「親方衆、いいお天気でござえます」

夢介はその前へ行って、ていねいにおじぎをした。

「お世辞《せじ》をつかってやがる」

一人が小馬鹿にしたようにいう。三人の目はじろじろと、お銀のみなぎるような年増盛りの体中を、無遠慮に見まわしているのだ。

「ああ怖い」

それをまたお銀はからかうようにいいながら、いそいで夢介の背中へかくれて見せる。無法者を見ると、根がきかない気だから、つい黙っていられなくなるのである。

「怖かあねえよ、姐さん。おれたちはみんな女は極《ご》く親切に担いで行くことにしているんだ」

「なめたり、さすったりしてやってね」

相棒がにやりとしながらまぜっかえす。

「音《おと》、慎《つつ》しまねえか。——今のはこの野郎の冗談なんで、気にしない方がいい。おかみさん、三島まで駕籠に乗ってやっておくんなさい」

「いいえ、せっかくでごぜえますが親方衆、家内は駕籠に乗るわけには行かねえです」

「へえ、どうしてだね」

「おかげさまで、おらの子を身ごもっていますで、流産すると困るです」

「それにしちゃ、ちっとも腹がふくれていねえな」

「着物の上からでは、まだ目立たねえでごぜえます。——なあ、お銀」

「厭だったら、人の前でそんなこと」

お銀はどすんとうしろから夢介の腰を小突いて、ぽっと赤くなりながら、なんだか自分でも身持ちのような気がしてくるからうれしい。

「騙《だま》しっこなしさ」

「騙すんではねえです。本当のことでごぜえます」

「よし、それじゃ裸《はだか》になって見せてもらおうじゃねえか、それで本当に腹がふくれていたら勘弁《かんべん》してやろう」

「それがいい、それがいい」

三人の荒くれ雲助の目が、妙にみだらな光をおびてくる。

「そ、そんな無理はいわねえもんだ。こんな山の中で裸にされたら、風邪《かぜ》をひくです」

「心配するねえ。風邪をひく前に三人で代わる代わるあっためてやらあな」

「酒手を出すべ。酒手をはずむから、裸だけは勘弁してくだせえまし」

夢介はあぶないと見て、お銀をかばいながら、じりじりと後ろへさがる。

「ならねえ。酒手より裸の方がいいや」

「そうだそうだ、裸にしろ」

厭がらせが、どうやらただの厭がらせですまなくなってきたのは、お銀があまりにも色っぽすぎたからだろう。三人は夢介を突きのけて、いきなりお銀の方へ飛びかかろうとした。

「いけねえってば。悪さするでねえ」

びくともしない夢介は、突き飛ばしてくる二人の手を軽く両方へつかんで後の一人は体でふせぎながら、お銀の方へは近づけない。

「野郎、放さねえか」

手くびをつかまれた二人は、力一杯振り切ろうとしたが、まるで万力《まんりき》にかけられたようで、振り切れない。

「こん畜生――」

こんどは空いた手で殴《なぐ》りにきたから、夢介はそれをよけようとして、三つの体が狭《せま》い道で渦のように揉《も》みあった。

「あれえ、夢さあん――」

とたんにお銀の悲鳴が耳についたので、はっとそっちを見ると、別の雲助が二人、恐らくお銀がこっちへばかり気を取られている後ろから躍《おど》りかかったのだろう、一人が体を引っかかえ、一人が両足をすくい上げて、あっという間に深い杉木立ちの崖《がけ》を、谷間の方へ滑りおりて行く。しかも、その先に立っているのは甲州屋伝吉だ。

「うぬッ」

ぐずぐずしていられないから、夢介の両手に思わず力が入った。

「あ痛ッてッ」

「ううむ。たた助けてくれ」

怪力にしめつけられたから、手首をつかまれていた二人は、骨がくだけそうな激痛に、たちまち全身の力が抜け、のけ反《ぞ》りもがいて、声さえ出ないようだ。

と見たから、夢介はひょいと手を放し、二人は他愛もなく尻餅《しりもち》をついてしまうし、一人は呆気《あっけ》に取られて恐怖の目をぽかんとあけているのには見向きもせず、

「お銀やあい」

今見ておいた崖っぷちから谷間の方へ、熊笹《くまざさ》をわけてがさがさと後を追い出した。崖は谷間からまた登りになり、また下るという風に、いくつも起伏をつくっていく深い森林つづきだ。そのどっちへお銀は担ぎこまれて行ったか、たった今のことなのに、どこにもそれらしい姿も、声一つ聞こえない。

「お銀よう」

夢介はあっちこっちと、心あたりを夢中になって駈けまわった。地形は小時雨から大時雨、臼《うす》ころがしへと、だんだん下って行くようである。引きかえそうにも、道のない草むらをわけているのだから、二度とおなじ道が歩けるはずはなく、

「お銀よう」

いくら叫んでみても、耳へかえってくるものはただ山彦ばかりで、今は方角さえわからなくなってきた。

間道の美少年

——えらいことになったぞ、これは。

さすがの夢介も途方《とほう》にくれてしまった。いくら探しまわってもお銀の行方《ゆくえ》は知れず、山育ちだから、さほど山には疲れもしないが、やがてもう夕方に近いのである。この難所で日が暮れてしまっては、いくら山育ちでも一足も歩けなくなってしまう。それに、夜は時々狼《おおかみ》が出る箱根なのだ。早く街道筋へ出なければならない。

——可哀《かわい》そうに、どうしたかなあお銀は。

普通《ふつう》の女ではないから、どたん場へいけばきっと自分でなんとかする、そうは思うが、相手は岩のような悪雲助が二人に、目から鼻へ抜けるようなごまの蝿が一人、三人に一人だから、裸にされているとすれば、もうとっくに裸にされてしまった時分なのである。

——おらが悪かっただ。堪忍《かんにん》しておくれお銀。あの時、なまじ雲助どもをからかっていないで、早く金をやってしまえばよかったのである。あんな風に雲助どもを踊らせたのは、甲州屋伝吉が金で雇ったのに違いない。だから、それ以上の金を出して、十両も酒手をまいてやれば、簡単にこっちへ寝返りをうっていたろう。

——後悔しても追っつかねえだ。

そう思いながらも、やっぱり後悔せずにはいられない夢介だ。

それにしても、早く街道を探さなくてはならない。無論雲助どももお銀と、生きていさえすればやっぱり山を出なければならない時刻だ。

——待てよ、姐御さんのことだから、今ごろうまく男どもをまいて、一足先へ三島へ行ってやしねえかな。

いざとなれば、一ッ目の御前の大垣伝九郎をさえ向こうへまわして、一歩もひけはとらないお銀なのだ。相手が三人だから絶対にかなわないとはきまっていないじゃないか。

「とにかく、一度早く三島へおりて見べ」

夢介は我とわが心に勇気をつけて、街道への方角を探し始めた。山には馴《な》れているから、落ち着いて地形をたどりさえすれば、それはそう困難な仕事ではなかった。

間もなく草むらの中から、ひょっこりと峠の細道へ出た。

「あっ」

夢介がそこへ棒立ちになったのは、若衆髷《わかしゅわげ》、大振袖、年ごろ十七、八とも見える旅の美少年がただ一人、これも草むらからふいに夢介が飛び出したのにびっくりしたらしく、一足退《さが》っていきなり刀の柄へ手をかけたからである。星のような目をきっと見すえて、全く水もしたたるような美少年だ。

「違いますだ。おら山賊ではねえです」

夢介は大きな両手を上げて、じりじりと後ろへさがりながら、ふっと気がついて見ると、ここはどうやら裏街道らしい。つまり小田原から三島へ、公然と関所を通れない人間が抜け道をする間道で、そういう関所破りをしてきたこの美少年こそ、はなはだ怪しいということになる。

「なるほど、その方は悪い奴ではなさそうだ」

美少年はにっこりしながら、刀から手を放した。

「へえ、悪い者ではごぜえません。おら至って正直者でごぜえます」

「その正直者が、なんでかような間道を通る。ここを抜ける者は関所破りになるぞ」

それをはっきりと向こうから咎《とが》め立ててきた。

「滅相《めっそう》な。おら関所破りではねえです。ちゃんと本街道を通ってきたですが、悪い奴に女房のお銀を、いきなり山ん中へ担ぎこまれたです。後を追いまわしている中に、ひょっこりこんな道へ出ましただ」

「ふうむ、それはとんだ災難であった」

じっと美少年は涼しい目を、同情するように夢介の顔へすえたが、

「町人、心配するには及ばぬようだ。お前の女房は帰ってくる。おそくも明日の午までには会えるだろう。わしの供をして行くがよい」

と、占者《せんじや》のようなことをいう。艶々《つやつや》とした口唇のあたり、なんとなくなまめかしさが匂いこぼれて、どうもただ人ではないようだ。身分ある家の若殿さま、そんな風な身なり、口のききようだが、それだとたった一人というのが解《げ》せない。悪い狐が化けて出たんかもしれねえぞ、と夢介はなんだかそんな気がしてきた。そういえば山かげ道は暮れに早く、あたりはもう水色に夕ぐれかけ、身にしみる夕風がざわざわと崖の草に木に鳴っていた。

「ありがとうごぜえますけんど、お供は遠慮させてもらいますべ」

「なぜだ」

「おら下賤《げせん》な生まれで、行儀を知らねえから、御無礼があってはなんねえし、それに、やっぱり女房のことが気になりますだ」

「無理もないが、山で日が暮れるとあぶないぞ。今も申すとおり、お前の女房はたしかに命運《いのちうん》に恵まれている。かならず何者かに助けられて、もう里へおりているはず

だ」

「失礼でごぜえますが、そんなことがどうしてわかるんでごぜえましょう」

「わしの体には観世音大菩薩《だいぼさつ》がのりうつっているから、何事も見とおしだ」

あっ、これは白狐《びゃくこ》でなくて、可哀そうに狂人だ、と夢介は改めて目を丸くする。

「ほ、ほ、そのように驚かなくともよい」

美少年が女のように笑った時、そこの崖鼻を曲って、ふいに二人の男が間道を駈けおりてきた。一人は四十がらみの立派な旅の武士、一人はその仲間《ちゅうげん》とも見える二十七、八の逞《たくま》しい若者だ。

「若さま、お待たせ仕《つかまつ》りました」

美少年の前へきて、武士の方がていねいに小腰《こごし》をかがめたところを見ると、若殿は一人でなくて供をつれていたらしい。

「大膳《だいぜん》、直造《なおぞう》の腹痛はどうかな」

「はッ、あのお薬で、忘れたようにころりとおさまりましたそうでございます。――な、直造、ころりとなおったな」

「へえ、おかげさまで、ころりとなおってしまいました。もう安心でござんす」

「それはよかった」

「若さま、この者は——」

大膳と呼ばれた武士の方が、じろりと夢介に目を向ける。

「女房を悪者にさらわれて、道に迷っている正直者だ。可哀そうだから、供に加えてやりなさい」

観音さまの若さまは、そういい捨てるとさっさと坂をおり出した。どうも狂人でもないようである。

「お前の名はなんと申すのだ」

大膳が鋭《するど》く夢介を見すえながら聞く。

「おら夢介という百姓でごぜえますが、お供は遠慮させてもらいますべ」

「それはなぜだな」

「おら百姓で、とても、若さまのお供はできねえだ。それに心配ごともあるし——」

「案ずるには及ばぬ。若さまはお慈悲《じひ》ぶかいお方じゃ。お前は家内を悪者にさらわれ
たそうだが、たぶん若さまの神通力《じんつうりき》で、その家内を救ってくださる思召《おぼしめ》しがおありな
さるのだろう。仰《おお》せにそむいては罰《ばち》があたるぞ」

なだめるように、いって聞かせる大膳だ。

「なんでごぜえますか、若さまには観世音大菩薩さまがのりうつっているんだそうで

ござえますね。本当でござえましょうか」

「これ、そんな疑うようなことを口にしては悪い。——直造、道々若さまのありがたい思召しを、よく夢介に話してやりなさい」

大膳はもっともらしく仲間にいいつけて、美少年の後を追った。

「さあ、出かけるんだ」

直造がのっそりと夢介をうながす。

「そうでござえますかねえ」

なんとなくいわくあり気な主従で、夢介はあんまり気がすすまなかったが、どっちにしても今は三島へ下ってみるより道はないのだ。

「そんなら、とにかく三島までお供しますべ」

「それがいい。若さまに直々《じきじき》お言葉をかけられるなんて、お前は本当に仕合者だぜ」

直造は肩をならべて歩き出しながら、恩にきせるようなことをいいだす。

「おら可愛い女房のお銀をさらわれて、ちっとも仕合せではねえです」

「だからよう、その女房は若さまがすぐ探し出してくれるといってるじゃねえか」

「あのお方は、どちらの若さまなんでござえましょう」

「あの方はお前、京都のえらいお公卿《くげ》さんで日野大納言《ひのだいなごん》さまとおっしゃる方の御落胤《ごらくいん》なんだ。お名前は雪麿《ゆきまろ》さまとおっしゃって、今まで江戸の高家《こうけ》高梨左衛門尉《たかなしさえもんのじょう》さまのお下屋敷でご成長あそばしたんだが、たいそう御信心深い方でな、お下屋敷が目黒《めぐろ》で、不動《ふどう》さまに近いものだから、三年の間毎朝夜明け前に、誰にも知らせずに朝まいりをして、滝にうたれたんだ。そうするとお前、いつの間にか清水《きよみず》の観音さまがお体にのりうつってしまって――」

「話の中途でごぜえますが、目黒の不動さまの水垢離《みずごり》をお取りになったのに、どうして清水の観音さまがのりうつったんでごぜえましょうね」

念のために夢介は聞いてみる。

「そりゃお前、若さまは京都のお胤《たね》だ。なんでもお父君の大納言さまが清水の観音さまが御信仰《ごしんこう》なんだそうで、だからわざわざ京都から清水の観音さまがきてくれたんだって話だ。つまり不動さまも観音さまと親戚《しんせき》づきあいだから、こっちにこういう若さまがおいでになると、目黒の方から清水の方へお話があったんだろうな。なにしろ、それからが大変なんだ。若さまはこれはなおるとおっしゃると、いざりが立って歩けるようになる。めくらが目をあく、これこれを盗まれました。どんなもんでございましょう、とおうかがいを立てて、いや、それはたしかにいつのいく日に戻るとおっしゃると、きっとその日に盗まれたものが戻ってくる。本当だぜ、目黒へ行って聞いてみな。それで助けられた人間がどれだけあるか知れねえんだ」

「それじゃ、生仏《いきぼとけ》さまのようでごぜえますね」

「ようなんて、生やさしいもんじゃねえや。本当の生観音さまよ」

「そのありがたい生観音さまが、どうしておしのびで旅をなさるんでごぜえましょう」

「雪麿さまは今年十八になられる。どうかして京都のお父君に一度御対面になりたいと考えていたんだが、江戸の公方《くぼう》さまと、京都の公卿《くげ》さんの間はなかなか難しいから、高梨家でもどうすることもできない。そこで雪麿さまは御用人の唐崎大膳さまに相談され、無断で京都へ行こう、高梨家でもそれなら見て見ないふりをしようという約束ができた。そこで道々若さまは諸人《しょにん》の難儀《なんぎ》をお助けになりながら、これから京都までおいでになる途中なんだ」

「なるほど、それで若さまはわざと関所は通らずに、間道を抜けたんでごぜえますね」

「そ、そのとおりよ」

「けんど、間道を抜けたとわかると、お関所破り、ごめんなせえまし、お関所はやかましいだから、大丈夫でごぜえましょうかね」

「そ、そこがお前、生仏さまじゃねえか、滅多《めった》に役人につかまるようなへまはやるもんか。第一、もしそんなことを役人に訴えようなんて悪い料簡を起こす奴《やつ》があれば、そいつはそう考えただけでおしにされちまうんだ。嘘だと思ったら、ちょいとお前、そういう料簡を起こしてみな」

「とんでもねえこってごぜえます。おらがおしになったら、女房のお銀が泣きますだ」

夢介はあわてて手をふって見せながら、どこまで信用していいものやら、悪いものやら、どうも少し怪しいと思い、そう思っただけでおしになっては大変だと気味も悪いし全く変な気持ちである。

山の狼

「あれえ、夢さあん」

お銀はたった一声しか叫べなかった。

胸と両足とを雲助二人に抱え上げられたその胴中へ、ぴったり寄りそった甲州屋伝吉が、

「声を立てると一突きだぞ」

　と、いきなり匕首《あいくち》を抜いて突きつけたからである。こいつ、本当に突きかねないと思ったし、こうなっては全く自由のきかない体だから、なんとかいい機会がくるまで、口惜《くや》しくてもいうなりになっているほかはない。とお銀はとっさに肚《はら》をきめたのだ。

　崖をすべり下り、谷を走り、また草むらをのぼり、また下りになる。山道になれた大の男が二人がかりで、足にまかせて突っ走るのだから、お銀の体は揉《も》みに揉まれて、目があいていられない。

　――畜生、いまにどうするか見ていろ。

　じっと目をつむって、体をちぢめながら、もうお銀はおどろきはしなかったが、ふっと悲しくなる。この災難は、とてもいいおかみさんの心がけでは切り抜けられそうもないのだ。せっかくさっき、箱根の権現さまに、いい赤ん坊を生ませてください、と拝んできたばかりだのに、また少し荒っぽい真似《まね》をしなくてはならない。

「お銀、おらたちいい子をこしらえなくちゃなんねえだから、あんな奴に逆らうでねえぞ」

　あの人にそういわれて、自分もその気なのだから、ずいぶん気をつけてはいたのだけれど、まさか甲州屋伝吉が悪雲助まで金で雇《やと》っていようとは思いもかけなかった。いや、うちの夢さんは本当は強いんだから、いまにあの雲助たち三人、きっと悲鳴をあげるんだから、とそれをおもしろがって、ついでれっとあの人の方へばかり目尻をさげていたのが不覚だった。

「お銀やあい」

ああまたあの人の声が聞こえる。

「返事なんかしてみろ、突っ殺すぞ」

伝吉がぐいと帯をつかむ。

さぞ心配して、夢中になって探しまわっていてくれるだろうのに——堪忍して夢さん、あたしなんとかして、すぐ後から追いつきますから、待っていてください。とお銀は泣きたい気持ちで耳をすます。

その声も三度とは耳に入らなかったのは、もうすっかり道が違ってしまったのだろう。

——あの人、あんまり夢中で駈けまわって、谷へでも落ちてくれなければいいけど。

胸が痛いほど心配になる。そして、畜生、赤ん坊の方は後まわしにしても、あたしたちをこんな目に遭わせる伝吉は勘弁《かんべん》できない、とお銀はだんだんおらんだお銀の本性にかえってくる。

「この辺でいいや」

憎々《にくにく》しい伝吉の声だ。

「そうかね。骨を折らせやがった」

「おいおい、そっと下ろしてくんなよ。入費のかかった代物《しろもの》なんだからな」

「わかってまさあ」

やっと草の上へ体が下りて、雲助の手が離れた。が、お銀はわざとぐったりと力なさそうに草に両手をついて、乱れた裾を直そうともしない。

「大汗をかいちまったな、相棒《あいぼう》」

「そうだとも、骨が折れたのなんのって」

さすがに荒くれ雲助どもも、流れる汗をふきながら、太い息をついて、

「へ、へ、へ、入費をかけるだけあって、旦那いい女ですねえ」

と、一人がお世辞《せじ》笑いをしながらいう。

「それ、一両ずつ、約束の金だ」

「ありがとうござんす」

「さっさと行ってくんな。こっちはこれからが大仕事なんだからな」

伝吉は油断なく匕首《あいくち》をかまえて、目をぎらぎらさせている。

「行こうぜ、相棒」

一人がさっさと歩き出した。

「行かなくってよ。旦那、ありがとうござんす」

一人はもう一度ていねいにおじぎをして、

「けど、おたのしみでござんすね。全くいい女だ。――姐さん、余計なこったが、こうなったらあきらめてな、おとなしく旦那のいうことをききなよ。痛い思いをするだけ詰まらねえからな」

と、のこのこお銀のそばへしゃがみこもうとする。

「やいやい、詰まらねえ真似をすると承知しねえぞ」

伝吉がうっかりその方へ気をとられて、匕首を突きつけたとたん、一度行きかけた奴が、いつの間に拾っていたか手ごろの石を持って引きかえしてきて、

「野郎――」

いきなり後ろからごつんと伝吉の脳天へ叩きつけた。

「ぎぁッ」

ひとたまりもなく伝吉は大きくのけ反りながら、どすんと草の中へころがってい
く。

「やったな、熊《くま》」

「やらなくってよ。ざまあ見やがれだ。こんな他国者《たこくもの》に箱根をあらされてたまるもん
か」

「それもそうだな」

「当たりめえよう。こんな野郎にゃ勿体《もったい》ねえ女だ。第一、ふところに軽くって五十両
は持っているんだ。早いとこ剝《は》いじまおうぜ、鉄《てつ》」

「よしきた。――熊、手前はただ剝ぐだけでいいのか」

「ふざけるねえ。後はじゃんけんでいこう。うらみっこなしにな」

たかが女一人と侮《あなど》って、のん気にかまえながら、相談がきまったから、熊と鉄はく
るりとお銀の方を向いた。

「おや、姐《ねえ》さん、立てるのか」

すらりと立ち上がったお銀が、

「ありがと。立てますとも、ちゃんと足があるんだもの」

二人の顔を見て、不敵にもにっこりと笑って見せた。

恐ろしい忠僕《ちゆうぼく》

「おい、おとなしくしなよ。いいか姐さん。どっち道お前は、この甲州屋伝吉という護摩《ごま》の灰《はい》の野郎に、体をなぐさまれて、あり金をふんだくられた上、下手をすりゃ女郎地獄に叩《たた》き売られるところだったんだ。あんまり可哀そうだから、見てのとおりおれがこの野郎を石でちょいと眠らせてやった、いわばおれたちはお前の命の恩人だ。そうだろう、姐さん。だから、その命の恩人のいうことはおとなしくきいて手荒な真似はしねえから、ほんのしばらくの間目をつぶっていな」

熊という伝吉を石で殴り倒した雲助が、手前勝手なことをいいながら、じりじりと前へ迫ってくる。

「およし、熊さん、あたしに変な気を起こすと、お前こそ目がつぶれるよ」

じりじりと後ろへ下がりながら、お銀の身構えにはどこか豹《ひよう》のような敏捷《びんしよう》さがひそんでいる。第一、たいていの女なら、この人里離《ひとざとはな》れた箱根の山の中で、こんな荒くれ雲助二人に詰めよられれば、それだけでふるえあがってしまうはずだのに、――このあま思ったよりしっかりしてやがる、と熊は内心《ないしん》いささか呆《あき》れながら、

「やいやい、女のくせに聞いた風なことをぬかしやがると、おんなじことでも素っ裸に引《ひ》ん剥《む》いてから踊らせてやるぞ。手前引ん剥かれてえのか」

と、頭から脅しつけにかかる。

「おお、恥ずかしい。あたしはまだうぶなんだから、そんな恥ずかしいことといわないでください。五両ずつあげるから、ねえ命の恩人の兄さん、それで堪忍してくれないかしら」

「なにをぬかしやがる。たった五両で勘弁ができるもんか。手前がなまじいい女に生まれてきたのが因果《いんが》とあきらめて、おとなしくおれたちのいうことを聞きねえ、なにも命までとろうとはいいやしねえ」

「おやおや、命の恩人の兄さんたちが、それじゃまるで山賊《さんぞく》みたいじゃあないか」

笑っているお銀の顔が、体つきまでどこか野性にかえった大胆《だいたん》さで、きびきびと妖《あや》しいまでに艶《なまめ》かしさを増してくる。

「あたりめえよ。こうなりゃ山賊にでも海賊にでもお前の好きなものになってやらあ、さあ、素直におれたちのいうことを聞くかどうだ」

「お前さんたちの目がつぶれないうちに、悪い了簡だけはやめておく方が身のためなんだがねえ」

「こん畜生、もう承知できねえ」

つかまえれば他愛《たあい》なく腕の中へ倒れてきそうな素晴らしい女なのだから、色と欲に目がくらんだ熊雲助は、大手をひろげてけだもののように躍りこんでいった。

「馬鹿ッ」

ひらりと裾さばきもあざやかに飛びのきざま、お銀の右手から卵の殼《から》の目つぶしが白い尾をひくように飛んで、はっしと熊の真眉間《まみけん》に当たってくだける。つづいて、おくれてたまるものか、じゃんけんの約束じゃねえか、と血相かえてつかみかかろうとした鉄雲助の眉間へも一つ――。

「わあッ」

「あ痛っつツっ」

それは全く目へ焼火箸《やけひばし》を突っこまれたような激痛に雲助二人はがくんと両膝をつき、両手で目を押さえながら、たちまち草の上をころげまわり始める。

「さあ、どっちのけだものの土手《どて》っ腹《ぱら》から先へ抉《えぐ》ってやろうかな。早く楽になりたい奴はいってごらんよ」

「た、助けてくれ、姐御、見そこないやした。勘弁しておくんなさい」

「山賊の兄さんのくせに、気の弱いことをおいいでない」

「いいえ、もう決して悪いことはいたしやせん。おお痛てえ。畜生。こ、この目はなんとかなりませんかねえ姐御」

「痛みだけはすぐとまるから安心おし、その後、めくらになるかならないかはお前さんたちの心がけ次第さ」

「えっ、め、めくらになるんかね」

「だから、ちゃんと断っておいたじゃあないか。悪い了簡を起こすと目がつぶれるって」

「畜生、もう勘弁できねえ」

このままめくらになると聞いて、嚇《かつ》と逆上《ぎゃくじょう》したのだろう、熊雲助は声の方へいきなりつかみかかろうとしたが、あいてて、とまたしても見えない目を押さえ、

「助けてくれ。きっと了簡を入れかえやす。お願いだ、姐御」

と、悲鳴をあげる。

「本当にできませんねえ。まあお前さんたちはそこでゆっくりこれまでにどれだけ人を苦しめてきたか、一度よく考えてごらんよ」

お銀はそういい棄《す》てて、つかつかと甲州屋伝吉の倒れている方へ取ってかえした。悪い奴といえばこの方が知恵が働くだけに、雲助などより数倍世の中の人を苦しめて

きているに違いないのだ。

「甲州屋さん、狸《たぬき》はいいかげんにやめたらどうなの。お前さん、もうさっきから正気にかえっているんでしょう。勝負をつけてあげるから、男ならさっさとお立ちよ」

いつの間にかそれをちゃんと見抜いていたお銀なのである。甲州屋はぎくりとしたらしく、思わずそれが体に出てしまっては、さすがに狸もきめこんでいるわけにはいかなくなったのだろう。むくりと起き上がって、そこへ両手をつき、

「お見それしやした。姐御と勝負だなんて、とんでもない、どうか御勘弁願いやす。あっしもさっきお見かけした時から、こりゃ御同業《ごどうぎょう》だ、いい鴨《かも》をつかまえて一仕事やる途中だなと睨んでいやしたが、まさかこれほどの姐御とはつい気がつかねえもんだから、全く申し訳ありやせん。このとおりでござんす」

と、男の見得《みえ》もなく平身低頭して見せるのである。その頭の天辺《てっぺん》に大きな紫色の瘤《こぶ》ができて、血が流れている。それでもよく命があったのは、よっぽど悪運の強い奴と見える。

「甲州屋さん、間違わないでくださいねえ。あたしはそんな大それた女じゃあない。あの人は親が許してくれたあたしの大切な亭主、詰まらないことをいうと本当に怒りますよ」

「へえ。あの田舎者が、姐御の、――本当ですかえ、そりゃ」

伝吉はぽかんとした顔をあげる。

「田舎者で大きにすいませんでしたね。お前さんには間の抜けた田吾作に見えるかしれないが、あたしの目から見れば、惚れた欲目かはしれないけれど、光源氏《ひかるげんじ》よりもっと男らしくてたのもしい殿御、見そこなわないでいただきましょう」

「なるほどねえ、そういえばどこか鷹揚《おうよう》で、江戸前ってわけにはいかねえが、なかなか味のある男っぷりでござんすね。光源氏なんかより、あの恍《とぼ》けたところはどうして大仏さまだ」

「なんとでもおいいよ。勝負をしない気なら、あたしはこれで失礼しますからね」

尾を振る犬は打てないたとえで、いつまでこんな悪党を相手にしていたって仕様がない。というより、いくらか落ち着いてくると、口惜しまぎれについまた本性を出してしまったのが、我ながら浅猿《あさま》しくなって、お銀は早くこんな場所から逃げ出したくなったのだ。

「あっ、姐御、待っておくんなさい、甲州屋伝吉は姐御の度胸《どきょう》に惚れこみやした。どうか今日から乾分《こぶん》にしてやっておくんなさい。忠義をつくしやす」

「冗談じゃあない、堅気《かたぎ》のおかみさんに乾分なんてのがありますか。いいかげんにおしよ」

つんと怒った顔をして歩き出すと、

「すんません、言葉が違いやした。下男、へえ、下男の方でござんす。忠僕の伝吉、ずいぶん忠義をつくしやす」

伝吉はひょいと立ち上がったが、石で殴りつけられた頭の芯《しん》へずきんとこたえたのだろう、思わず顔をしかめて、それでも執念《しゅうねん》ぶかくお銀の後を追う。

わかるもんか、お前さんたちの忠義なんてのは、あたしの胴巻《どうまき》がほしいか、体に未練があるかどうせ油断のならない忠義にきまっているのさ、とよっぽど皮肉ってやりたかったが、いや、こんな奴にいつまでかまっていられない、早く夢さんに追いつかなくては、と今はその方へしきりに気がせいてくるお銀だった。

目じるしの笠

夢介が、日野大納言の御落胤《ごらくいん》だと名乗る雪麿《ゆきまろ》主従といっしょに三島へ下ったのは、もう黄昏《たそがれ》に近い夕方だった。ここには宿の入り口に有名な三島大明神がある。こんどの旅は夫婦して諸国の神社仏閣をお参りして歩くのが目的だから、夢介はその前に足を止めた。もしお銀が先へ三島へついたとすればきっとここで待っているような気がするし、後からくるにしても、必ずここへお参りしていくに違いないと考えたからだ。それに、根が正直な夢介だから、たとえ相手が日野大納言の御落胤主従でも、関所破りをするような人たちといっしょに歩くのは、なんだか気がすすまない。

「どうした夢介。そんなとこへ立ち止まって、なにを考えこんでいるんだ」

仲間の直造が変な顔をして聞く。

「おらちょっとここへおまいりして行きますだ。かまわず一歩先へお出でになってくだせえまし」

夢介はていねいにおじぎをした。

「ああ三島大明神か、わざわざお参りしなくても、ここからちょいとおじぎをしておきゃいいやな」

「それでは気がすまねえです。おらたち夫婦は巡礼の旅もおんなじなんだから」

「つまりお賽銭《さいせん》を一文あげて、家内安全、無病息災《むびょうそくさい》、極楽往生、と虫のいいことを注文してこなくちゃ気がすまねえのかね」

「違うです、おらたちはいい赤ん坊を授《さず》かりてえと思ってね」

「そんなことはわけはねえやな、なにもいちいちよその神さまにお賽銭をあげて歩かなくたって、お前にゃもう雪磨さまという生仏《いきぼとけ》がついているんだ。あの生仏さまさえ信心していればきっといい赤ん坊を授けてくれらあな、さあ行こう、生仏さまをお待たせしちゃよくねえ」

なるほど少し離れたところに、大膳をしたがえた観音さまの若さまが、なにをぐずぐずしているのだというように、立ち止まってこっちを待っている。すばらしい神通力《じんつうりき》を持っていて、背《そむ》く者は罰が当たると聞かされているので、なんだか気味が悪くはあったが、

「おらやっぱりお参りさせてもらうべ」

と、夢介はきっぱりいって、深い杉木立の境内《けいだい》の方へ歩き出した。

「おい、待たねえか、夢介、お前も案外強情《ごうじょう》な男だな」

後ろから直造が呼んでいたが、夢介はもうふりかえっても見ない。別にこっちからぜひ生仏さまのお供がしたいとたのんだわけではないし、正直にいってそんな窮屈《きゅうくつ》なお供よりなんとかして早くお銀を探してやらなければならないのである。

御手洗《みたらし》のところまできてみたが、ことによると一足先へきて待っているんではなかろうかと虫のいいことを考えていたのは、やっぱり空だのみだった。お銀の姿はどこにも見えない。

──一人で山を下りてしまうなんて、おら薄情《はくじょう》だったかな。

夢介は今さら後悔しながら、手を洗い、口をそそいで、社前へ進み、この上は、どうかお銀が無事で助かりますようにと、ただ神の力にすがるほかはなかった。

「おい、夢介、いつまで拝んでいるんだ。待たせるのもいいかげんにしろよ」

直造はここまで追ってきたとみえ、うしろから怒ったような声をかける。

「放っておいてくださいまし、おらお銀がここへくるまで、大明神さまの前は動かねえつもりでごぜえます」

夢介は見向きもしないで答える。

「冗談いっちゃいけねえ。いつくるかわからねえものを、こんなところで待っていたって仕様がねえじゃねえか」

「だから、どうか先へ行ってくだせえまし。お仲間さんは他人だからそんな薄情なことをいうけど、おらには掛けがえのねえ可愛い女房でごぜえます。明日までも、明々日までも、お銀がここへくるまで待っていてやりますだ」

「夢介──」

別のやさしい声が呼んだ。観音さまの若さまらしいので、さすがに身分に対しても素っ気なくはできない。

「へえ」

夢介はそっちを向いて、ていねいにおじぎをした。

「その方の気持ちはもっともであるが、物には時というものがある。冬に花を咲かせてくれと、神仏に祈っても、それは無理というものだ。さきほども申すとおり、その方の家内は無事に悪人の手をのがれ、明日の午《うま》の刻までには必ずめぐり会えるに相違ない。ここでいたずらに夜露に濡《ぬ》れているよりは、かよういたせ。その方の笠《かさ》を目じるしにあの御手洗《みたらし》の柱に結んでおき、お銀とやらがここへまいったら今夜われらが泊まる綿屋伝兵衛《わたやでんべえ》方へたずねてくるようにしてはどうだな」

言葉やさしくさとされてみると、なるほどそれは思いつきである。気持ちとしては、できればもう一度山へ引きかえしてみたい気もする夢介だが、夜になってはそれも無駄だ、お銀は気丈《きじょう》な女だから、きっと悪人の手をうまくのがれてくれるだろうし、無事に三島へ下りてくれれば、必ずまずここへおまいりする気になるだろう、御手洗の柱へ目じるしの笠を結んでおけば、すぐ目をつけるに違いない。

「よくわかりましたでごぜえます。そんなら若さまのおおせにしたがいますでごぜえます」

夢介はやっと納得して、腰から矢立《やたて》を取り出し、笠の表へ、

——お銀どの、おらは当宿の旅籠《はたご》綿屋伝兵衛方に行っている。夢介。

と、書きつけたが、なんだかそれだけでは物足らない。追《お》って書《がき》に、おらはひどく心配いたし居り候《そうろう》、と書き足し、お銀どのの上へ、可愛いおらの女房のと書き入れようと思ったが、みんなが見ているのでそれだけは思い止まって、その笠を柱へしっかりと結びつけた。

「いいか、お銀、これを見たらすぐにたずねてくるだぞ」

思わずひとり言が出る。

「ふん、お前はよっぽどかかあに惚れているんだな」

直造が冷かすようにせせら笑う。

「へえ、よっぽどなんていう生やさしいもんではねえです」

「そういうのをお前、江戸じゃあ二本棒といってね、お奉行さまから盥《たらい》の御褒美《ごほうび》が出るんだぜ」

「なぜでごぜえましょう」

「わかってるじゃねえか、二本棒はかかあの腰まきまで洗濯したがると、相場がきまってるんだ」

「慎《つつし》まぬか、直造」

観音さまの若さまがたしなめて、ぷいと歩き出した。用人の唐崎大膳がむっつりと後につづき、夢介は仕方なく直造と肩をならべて供をしたが、なんとなくこの主従には底気味の悪い影がつきまとっているように思えてならない。

だからその夜、旅籠についても夢介は風邪気味だからといって、風呂には入らなかった。

「夢介、お前は我々を疑っているようだな」

これも気分がすぐれぬからといって、座に残った若さまが、二人きりになると、いたずらっぽい目に微笑をふくみながら、ずばりと図星をさしてきた。

「そんなことはごぜえません」

「わしを疑うと罰《ばち》があたるぞ」

「若さまの体には清水の権現《ごんげん》さまがのりうつっているって、本当でごぜえますか」

夢介は念のために聞いてみた。

「本当だ」

「おらの守り本尊も観音さまでごぜえます。死んだおふくろさまがたいそう観音さまを信心していたとかで、おらはその申し子だと聞いているです」

「そうか。道理《どうり》でさっきお前に出会った時、お前のうしろに慈母《じぼ》観音《かんのん》がお立ちになっていた」

若さまはおごそかな顔をしていうのである。

「そうでごぜえましょうか。ありがたいことでごぜえます」

「お前たちは夫婦旅のようだが、どこへ行くのだ」

「巡礼旅《じゅんれいたび》でごぜえます。御身分の高い若さまがお聞きになったら、さぞお笑いになるかもしれねえですが、おらの女房のお銀は気の荒い女子《おなご》で、そのお銀とおらは縁があって、親父《おやじ》さまの許しもうけねえうちにいっしょになりました。ちょうどおらが千両持って、江戸へ道楽修業に行っている間のことでごぜえましてね。あっちでしばらく世帯を持っていましたが、いつまで親父さまに黙ってもいられねえ、そこでこんどお銀をつれて故郷へ帰りましたが、おらがまだ三百両使いのこしてきた。それが親父さまの気にいらねえです。というのは表向きで、家が旧家《きゅうか》なもんで、氏素性《うじすじょう》のわからねえ女は嫁にできねえ、生仏さまに嘘ついても仕様がねえで、本当のことをいいますだが、お銀は可哀そうな親なしっ子で、そのためにちっとばかしぐれて、まあ姐御さんとかいわれるような荒っぽい前身がありますだ。だから、おらつかい残した三百両で、夫婦して巡礼して歩き、その内に赤ん坊でもできたら、孫に免《めん》じて家の嫁にしてやろうという親父さまの肚《はら》でごぜえましょう。そんなわけで、おらはあれをつれてこれから京大坂の方まで、巡礼に出かける途中なんでごぜえます」

「さようか。お銀と申す女は仕合わせ者であるな」

「へえ。感心な女子でごぜえまして、いまはどうかしておらのいいかみさんになろうとして、一生懸命観音さまを信心していてくれるです。それが山の中でとんだ災難に遭いまして、どうかまあ無事でいてくれればいいがと、おらこうしていても心配でならねえです」

「お銀は金を持っているのか」

「はい、たんとではねえが、百両ぐらいは持っていますだ」

「その金を狙われたのだな」

「金なんかみんな奪《と》られてもかまわねえですが、利かねえ気でごぜえますから、怪我《けが》をしてくれなければいいがと、それが心配でごぜえます」

「いや、その心配はない。観音さまのおみちびきで、必ず明日までに無事にここへ帰ってくるだろう。安心いたすがよい」

こうして向き合って話しこんでみると、若さまには少しも妙なところはなく、上品で、しっとりと落ち着いていて、本当に生仏さまのようにも見えてくる。それがどうしてさっきはあんなに無気味《ぶきみ》に見えたのであろうと、夢介は不思議な気さえしてきた。

女の罰

間もなく大膳と直造が風呂から戻ってくると、若さまを正面にして膳が出た。その膳の上に一本ずつ銚子《ちょうし》がついている。

「夢介、今夜は山祝《やまいわ》いだ。遠慮なくすごすがよい」

若さまが声をかけてくれた。箱根を無事に越えた日は、小田原でも三島でも、武家の旅には祝儀酒《しゅうぎざけ》が出るとは、夢介もかねて知っているから、

「おめでとうごぜえます」

と、祝儀をのべて一猪口《ひとちょこ》だけのんだ。が、お銀のことを考えると、酒どころではない夢介である。

「なんだ、お前またかみさんのことを思い出しているのか」

末席の直造が、今夜は無礼講《ぶれいこう》だというので、大あぐらでうまそうに自分の銚子をあけながら、酒の肴《さかな》にまたしても夢介をからかい出した。

「お仲間さんは夫婦の情合ってものを知らねえとみえるね」

「大きく出たぜ。こう見えたって、夫婦の情合ぐらいは知ってらあな。好きな時にはうんと可愛がってやってよ、あきたら女郎に叩き売る。立派なもんじゃねえか」

「女をおもちゃにしちゃいけねえです」

「冗談いってらあ。おれくらいの男になると、女の方からおもちゃにしてもらいたがるんだから仕様がねえだろう」

「そういうのは、いまに女の罰《ばち》があたるです」

「へえ、女の罰ってどんな罰だね」

「犬にされるです」

「このおれがかえ。あのわんわんと吠《ほ》えて、片脚持ちあげておしっこをする犬にねえ。そいつはちょいと色消しだな」

「いいや、そんなただの犬じゃねえです。好きな女のために夢中にされて、まるで犬のようにあしらわれても諺《ことわざ》にいう煩悩《ぼんのう》の犬追えども去らずで、くんくん鼻を鳴らしながらその女から離れられない、そういうのも女の罰の一つ、もっとひどくなると、女のために人を殺したり、盗みをしたり、その揚句《あげく》の果てにはわが身をほろぼす、みんな女を粗末《そまつ》にした報《むく》いです」

「厭なことをいいやがる。じゃあ、お前のように女を大切にして、腰まきまで洗ってやると、どういうことになるんだね」

「女からも大切にされて、家も身も栄えるです。たとえば、どんな貧乏をしてでも、仲のいい夫婦というものは、その日その日に生甲斐《いきがい》があって、誰が見ても腹が立つもんではごぜえますまい」

「直造の負けのようだな。仲直りにこの銚子をつかわすからいさぎよく兜《かぶと》をぬげ」

雪麿が笑いながら、これも一猪口しかあけない自分の膳の上の銚子を指さした。

「へえ、ありがとうござんす。なあに、お銚子さえ頂戴《ちょうだい》できますれば、すぐに仲直りをいたしますでござんす」

直造はぴしゃりと額を叩いて見せながら、若さまのそばへ寄って銚子を押しいただき、帰りがけに夢介の前へやってきた。

「さあ、若さまのお声がかりだ。実はおれもわん公になるのは、あんまりありがたくねえ。これからはうんと情合を出して女を可愛がることにするから、まあ一つうけてくんねえ」

「結構なことでごぜえます」

うけないというのも角が立つから、夢介は一つだけ酌《しゃく》をうけてのみほし、その盃を杯洗《はいせん》で洗って、直造にさした。

「すまねえが、お前の銚子もまだ一杯あるようだな。そいつで酌をしてくんな」

直造は貰《もら》った銚子を放そうとしない。

「よかったら、この銚子も仲直りのしるしにあげますだ」

「そうか、そいつはありがてえ、案外お前話せるんだな。じゃ、もう一つ行こう」

「いいえ、おら今夜は折角《せっかく》だけど、これでやめておきます」

「やっぱり、かみさんのことが心配になるんか」

「へえ。お銀の様子が知れねえうちは、酒など飲んでいてはすまねえです」

「情合が深けえんだな。どうしてもお前はお奉行から大きな盥《たらい》がもらえる組だ」

直造は両手に銚子を持って、席へ帰って行った。

――はてな、
夢介は思わず若さまの顔を見、それから大膳、直造へと目を移す。三人ともじっとこっちを見つめている顔がなんとなく霞《かす》むようにぼやけて、ひどく頭がふらふらする。握って見た手の指がしびれたようになって、全く感覚がない。

――しびれ薬。

はっと気づいた時には、大きな図体がくずれるように横倒しになって、

「お銀――」

夢介は恋女房の名を呼び、そのおもかげをありありと瞼《まぶた》に描《えが》きながら、次第に意識が遠くなっていく。

「ふん、まだかかあの名を呼んでやがる、甘い野郎だな」

直造がぺろりと赤い舌を出して見せた。

「しっ、声が高いよ」

若さまが小声で叱って、

「けど、うまいことをいわれたねえ、お直」

と、膝を楽にくずした恰好《かっこう》はすっかり女だ。

「なんでござんす、姐御」

「お恍《とぼ》けでない。お前はさんざん女をいじめたから、その罰であたしのそばから離れられないのとは違うかえ」

「ちぇッ、どうせあっしたちは犬でござんすよ。ねえ、大膳さん」

その大膳はむっつりと盃をおいて、

「詰まらねえことをいっておらんで、仕事は早い方がいいぞ。寸善尺魔《すんぜんしゃくま》のたとえだからな」

と、苦い顔をする。

「そのとおりだ。考えて見りゃ、野郎うまいことをいいやがる、おれたちは主殺《しゅうごろ》しまでやって、お雪《ゆき》姐御の機嫌をとっているんだからな、つまり煩悩《ぼんのう》の犬ってやつよ。どうでえ大膳さん、物は相談だが、もうこの辺でお互いに犬はやめにして、どっちかがお雪姐御の亭主ということにしてもらおうじゃねえか。そのかわり亭主にならねえ方が、野郎の持っている三百両をもらうことにする」

「よろしかろう、三百両はお前にやろう」

にこりともしないで答える大膳だ。

「ちぇッ、お前さんもよっぽど女の罰があたっている方なんだな。それじゃ話にならねえや」

「ふ、ふ、犬同士でそんなことをきめたって、あたしはまだどっちも亭主にする気はないね。あたしの亭主になりたかったら、あたしがびっくりするような悪党になってごらんよ。それまでは二人とも、まあ私の体はおあずけだね」

せせら笑ったお雪の顔は、どこにそんな毒っ気を持っているかと思われるほど、上品で、雪女郎のように美しい。

「しっ――」

大膳が二人に目くばせして坐りなおした。廊下を小走りに渡ってくる足音がして、

「ごめんくださいまし。あのただ今宿改《やどあらた》めがございますが、御飯の方はそのままでよろしゅうございますそうですから、ちょっとお知らせにあがりました」

と、障子の外で女中が告げて、

「御苦労であった」

大膳がそう返事をすると、すぐに引きかえして行った。

「どうする。姐御」

さっと直造の顔色が変わる。三人とも関所手形を持っていないのだから、それを見せろといわれると、ちょいと申し開きが面倒なことになる。まさか役人が相手では、日野大納言の御落胤《ごらくいん》も持ち出せないのだ。

「かまわないから、お前たちは一足先へお逃げよ。裏口はちゃんと見ておいたんだろう」

「そこに如才《じょさい》はねえが、姐御はどうするね」

「あたしは仕事をしていくさ。みすみす三百両置いて行くのは勿体《もったい》ない」

「そんな悠長《ゆうちょう》にかまえこんでいて、大丈夫かな」

どうやら大膳も尻が落ち着かないらしい。

「あたしの心配はいらないよ。それよりお前さんたち、ことによると裏口もふさがれているかもしれないから、気をつけた方がいいね。落ち合うところは三島様の境内ということにしておこう」

「うまくやってくんな、姐御」

「お前さんたちとは腕が違います。ああそうだ、ひょっとしたら境内でお銀という女に会うかもしれない、百両は持っているという話だから、見のがさないようにおし」

まだ行儀よく坐ったまま、そんな指図《さしず》まで忘れないお雪だ。

「やっぱりかなわねえ」

直造は思わず大膳と顔を見合わせながら、するりと廊下へ出て行った。

――男のくせに、なんてだらしのないあわて方なんだろう。あんな度胸であたしの亭主になろうなんて、よく恥ずかしくないねえ。

お雪は冷笑しながら、すらりと立ち上がる。

宿中がなんとなくしいんとしてきたのは、もう宿改めが始まったせいだろう。

偽お銀

幸い、夢介がのんだ怪しい酒は、ほんの一猪口《ひとちょこ》だけだったので、全く意識を失っていたのはわずかな時間だったらしい。

むかむかっと吐気《はきけ》をもよおしながら、ひどく悪酔をした時のように、激しい頭痛をおぼえて、

「苦しい。お銀、水をくれ」

自分でははっきりいったつもりだったが、舌がもつれて言葉にならない。ぐったりと俯伏《うつぶ》せになった体は、身もがきしようとしても、まだ手足がいうことをきかないようだ。

「お銀、――お銀」

夢介はただ夢中でお銀の名を呼んだ。お銀がきてくれさえすれば、この苦しさをなんとかしてくれる。お銀はどうしたんだろう、なにをしているんだろう。早く背中がさすってもらいたい、水がほしい、と夢介はまだうつつなのだ。視力さえぼうと霞んでいて、夜だか昼だかわからない。

「水をくれ、お銀。おら苦しいだ」

「あっ、夢さん、どうしたのよう。――誰か、早くきてください。夢さん、夢さん」

やっとお銀がきてくれたようだ。背中へしがみつくようにして、耳もとで金切り声をあげている。

「やれ助かっただ。水、水をくれ、お銀」

その声がただ、あああッというようにしか聞こえない。どうしてしまったんだろうと、我ながらもどかしい夢介だ。

どのくらい時間がたったのか、どかどかと人の足音がして、すぐそこで立ち止まったようだ。

「おい、どうしたんだ。お前は一体誰だ」

野太い声がきびしく聞いている。

「はい。うちの人が、うちの人がこんなになってしまって、お願いです。早くお医者さまを呼んでくださいまし」

おろおろとお銀が気をもんでいるようである。

医者なんかより、早く水が一口ほしいだ、と思っているうちに、誰かが髻《たぶさ》をつかんで、ぐいと首を引き起こし、しばらく顔を見ていたようである。夢介はただぼうっと両眼に灯《ほ》かげを感じただけだが、急に髻を放された首が、がくりと畳へ落ちたとたん、げっと水を吐いて、胸の切なさがいく分軽くなったような気がした。

「いいえ、ここへお泊まりになりましたのは、京のお公卿さまの若さまとか申す十七、八の公達《きんだち》と、その御家来が三人、一人は四十年輩の御用人風《ごようにんふう》、一人は仲間、もう一人が今そこに倒れている人で主従四人、男ばかりでございました」

「ふうむ。――おい、女、お前は誰だ。どこからここへ入ってきたんだ」

「はい、あたしは銀と申しまして、これはあたしの連れ合い、夢介と申します。実はこれからお伊勢さまへおまいりに行く旅なんですが、今日箱根のお関所を越すと間もなく、お役人さまの前でお恥ずかしい話でございますけれど、あの、つい痴話喧嘩《ちわげんか》をいたしました。あたしが悪かったんでございます。誰も見ていないから、少しおぶってやるべというのを、人に見られると恥ずかしいからって、あたしが断ると、この人怒りっぽいもんですから、そんなことというのはおらのような男といっしょに歩くのが厭だからなんだろうと、またいつもの厭味が出たんです。悪いことには、この二、三日、あたし体にさわりがありまして――」

はあてな、どうも様子が違うぞと、夢介は耳を疑った。そして、はっと気がついたのである。おらはたしかに生観音さまの若さまにしびれ薬をのまされたはずだった。そのつづきだとすると、お銀とは箱根の小しぐれ峠で別れたっきりだし、第一、お銀は相当あばずれたところはあるが、閨房《けいぼう》のこととなると生娘《きむすめ》のように恥ずかしがって、決して人前でこんな生洒々《いけしやあしやあ》としたことはいえない。そういえば声もお銀とはまるっきり違う。一体この女は何者なんだろうと、まだ体の自由はきかないようだが、意識だけは薄紙を剝《は》ぐようにだんだんはっきりしてきた。

「――痴話喧嘩《ちわげんか》のことなんか、なにもそんなにくわしく話すにゃ及ばねえ。旦那は御用が多いんだ。その先を早く話しねえ」

「申し訳ございません。お役人さまには本当のことをいわないと、わからないと思ったもんですから、つい、お恥ずかしいことまで、ごめんなさいまし。そんなわけで、この人は怒《おこ》って、あたし一人おいてどんどん山を下ってしまったんです。でも、三島の入口まで行けば、きっと待っていてくれるに違いない。この人、とてもやきもちやきで、ふだんはあたしが男の人と口をきいてさえ、顔色が変わる人なんだからと、安心して、わざとゆっくり三島さまのところまできたんですが、どこにも姿が見えないんです。こんどは本当に心配になっちまって、あすこの茶店で聞いてみたら、そんな人ならさっきどこかの若い若さまのお供をして四人づれでここを通った、一番体が大きくて、お供とは見えないお百姓さんのようだったからよくおぼえている、なんでも今夜は綿屋へ泊まるようなことを話していたから、行ってみろと教えてくれたんです。どうしてまたそんな道連れができたのかしら、胴巻の中に大金は持っているしと、いそいでここまでくると、ここの角の路地から、ふいに前髪立ちの若さま風の人と、今聞いてきたばかりのお供が二人ついて、なんですかあたりを見まわしながら出てきて、沼津の方へどんどん行くんです。怪しいと思ったからあたし、すぐにその路地へ入って見ると、ここの裏木戸があいてるんです。虫が知らすというんでしょうか、もう夢中で庭へ飛びこんで目についたこのお座敷をのぞいて見ると、案の定この人が倒れていたんで、思わず大きな声を出してしまったんです。早くお医者を呼んでくださいまし。なにか悪い毒をのまされたに違いないんです。もしこのまま死んじまったらどうしよう」

女は取りすがるようにして、しきりに肩をゆすっている。

「死にゃしねえ。その涎《よだれ》の流しようじゃ、しびれ薬をのまされたんだろう。死ぬまでのことはねえが、しかしお前、今の話は嘘じゃなかろうな」

「嘘って、なにがです親分」

「だからよう、お前たちは本当に夫婦なんだろうな」

「あら、いくらあたしが物好きな女だって、亭主でもない男を、こんなに泣いて騒ぎゃしません。ああそうそう、この人がお関所手形《てがた》を持っているはずですから、それを見ればわかります」

俯伏《うつぶ》せになっている大きな体を、横から引き起こすようにして、ふところへ手をさしこむ女の顔を夢介はなんとも解せないから、ちらっと薄目をあいて見て、あっとびつくりしてしまった。手拭《てぬぐい》を姐さまかむりにして、天鵞絨《びろうど》の襟《えり》のかかった道行、浅黄の手胛《てっこう》までかけて、姿はすっかり旅支度の女に変わっているが、その横顔はたしか自分にしびれ薬をのませた日野大納言の落とし胤《だね》雪麿と名のる生観音の若さまに違いない。

——さあ、わからねえぞ。

あわてて目をつむりながら呆《あき》れているうちに、女はさっさとふところから夢介の革の財布を引き出して、手早く関所手形を取り出したらしく、

「親分、ありました。これを見てくださいまし。ちゃんと所も名前も書いてありますから」

と、目明しに渡したらしい。

「ふうむ。相州《そうしゅう》足柄郡《あしがらごおり》入生田村《いりゅうだむら》の、百姓足柄《あしがら》覚右衛門伜《せがれ》夢介二十六歳、女房銀二十三歳とあるな。入生田村といえば、つい箱根の山向うじゃねえか。——旦那、ごらんになってくだせえまし」

手形は目明しから、役人の手へ渡ったようだ。

「ええ、あたしはお銀で二十三、この人は二十六なんです」

えらいことになったぞ、と夢介はどうやら様子がのみこめてきた。あの美少年の若

さまは、実は女だったのである。そういえば、今夜も風邪気味だからといって、風呂へ入らなかった。女が男に変装して、しかも人にしびれ薬をのませるくらいだから、どうせただの女ではあるまい、それが仕事なかばに、ふいに宿改めをくって、恐らく手下の男二人は裏口から逃がし、自分は大胆にももとの女に早替《はやがわ》りして、お銀になりすましているに違いない。

一体このおさまりはどういうことになるんだろうと、そこは人の好《よ》い夢介のことだから、偽《にせ》お銀のためにはらはらしていると、

「旦那、どういうことにいたしましょう」

と、改めて目明しが役人に聞いた。

「すぐ三人の後を追ってみろ。関所破りはその主従ときまったんだ、まだそう遠くへは行くまい。まいれ」

役人はもうせかせかと廊下を引きかえして行ったようである。

「おかみさん、手形をかえすよ、とんだ邪魔をしてすまなかったな」

「あっ、親分、お医者を、お医者を呼ばなくてもうちの人大丈夫でしょうか」

偽お銀はわざとあわてたように、そんな白々《しらじら》しい芝居をやっている。

「そう心配することはねえ。静かに寝かしておけば、その中に薬がさめて、厭でも正

気にかえらあね」

面倒くさそうにいいすてて、目明しもどかどかと役人の後を追って行ったようだ。

　変な番頭

「ふん、とうとう行っちまいやがった」

偽お銀のお雪は後ろの障子をしめてにやりと笑い、いそいで元の夢介のそばへ帰ってきた。

「とんだ邪魔が入って、ひやひやさせるじゃないか。さあ薬がさめないうちに早くいただくものをいただいて、あたしもどろんと消えてなくなろう。――この田吾作《たごさく》ったら、またなんて重い図体なんだろう」

口小言をいいながら、女は邪険《じゃけん》に俯伏《うつぶ》せの夢介を仰向《あおむ》けにひっくりかえす。白い手がもうふところを割って、器用に胴巻の中へすべりこみながら、さすがに気になるのか、ちらっと男の顔を見た。

ぱっちりと鳩のような目をあいていた夢介が、

「お銀――」

と、静かに呼びながら、にっこり笑って見せる。

ぎくりと一瞬女の眼が剃刀《かみそり》のように光ったが、たちまち平気なというより図太い顔にかえって、

「あれえ、お前さん、もう薬がさめちまったのかえ」

と、様子をさぐるように、じっと見すえてくる。男のときもすばらしい美少年だったが、こうして見ると、お銀にも負けない水もしたたるような女ぶりで、難《なん》をいえばお銀よりどこか顔に険があるようだ。

「おかげで、お医者を呼ばなくてもよかったようでごぜえます」

「さあ、どうだかねえ。おとなしくしないと、お前さんお医者を呼んでも間にあわない体になるよ」

「おら、おとなしくするです」

「その方が利口《りこう》さ。あたしは剃刀お雪といってね、あたしを怒らせると無事にすまないんだからね」

「じゃ、お雪姐御は、生まれは床屋の娘さんかね」

「ふん、そんなおとなしい剃刀と剃刀が違うのさ。あたしのはきっと喉《のど》を狙《ねら》う。なんならやって見せてあげようか」

「そ、それには及ばねえです。おら、まだ喉に髭《ひげ》は生えたことはねえです」

そんな冗談口さえききながら、さっきからこの田吾作は少しも自分を怖がっていないようである。女だと思って、馬鹿にしているのだろうかと、お雪は油断なく男の顔から目を放さない。

「いいから、無駄口《むだぐち》を叩かないで、黙ってふところの三百両、ここへお出しよ」

「おらまだいくらか手がしびれているようで、思うようにならねえだ、面倒でも姐御さん、出していってくだせえまし」

「ふん、あたしに油断させといて、隙を見て捻《ね》じ伏せようっていうのかえ。そんな甘手になんか乗るもんか。これをごらん」

この女豹《めひよう》はお銀以上に荒っぽい気性らしく、いつの間にか右手に剃刀をつかんで立《たて》膝《ひざ》になり、夢介の喉元《のどもと》へ突きつけながら、左手が早くもぐいと胴巻の金にかかっている。

そのままの恰好《かっこう》で、ふっと聞き耳を立てたかと思うと、

「誰かくる。——おとなしくおし」

急にもとのように横坐《よこずわ》りになって、右手を袖口の中へかくしたとたんに、するりと廊下の障子があいて、

「ごめんくださいまし。お床を取らせてもらいにきました」

と、さっき役人を案内してきた中年の番頭が入ってきた。

「御苦労さん」

「旦那の御様子はどんなあんばいでござんす」

番頭は後ろの障子をしめて、そこに坐りながら、夢介の方をのぞくようにする。

「苦しそうなんで、今胸をさすってやっているんですけど、まだなんですか少しも正体がなくて、困っちゃいます」

お雪が神妙に胸をさすり出すので、夢介はあわてて目をつぶるより仕様がない。

「そいつあ困りましたねえ、どれ――」

番頭はすっと膝を乗り出して、お雪と並んだようだ。

「おかみさん、お前のさすっているのは胸じゃなくて、胴巻の金の方じゃないかね」

がらりと調子が変わった低い声だ。

「まあ。あたしが亭主のお金なんか奪《と》ったたって仕様がないじゃありませんか」

「そうれ見ねえ。問うに落ちず、語るに落ちるってやつだ。本当にお前がこの男の女房なら、のっけから金を奪ったってなんて言葉が出るもんか」

にやりと冷笑しながら、この男もどうやらただの鼠《ねずみ》ではなさそうである。

「厭ですねえ、番頭さんだってさっき、あたしたちのお関所手形を見ていたじゃありませんか。どうしてそんな変なことをいうんでしょうねえ」

「じゃ、お前、どうしても白を切ろうっていうんだな」

ぎろりと無気味《ぶきみ》な目を光らせるのへ、

「厭な番頭さんだねえ。お前さんこそお客に向かって、その言い草はなにさ、女だと思って、あんまり馬鹿にすると承知しないから」

こっちもそろそろ剃刀お雪の本性が出かかって、そっと袖口の中の剃刀を握りしめたようである。

にわかめくら

「おい、おれをそんなに甘く見ると、後でお前引っこみがつかなくなるぜ」

宿屋の番頭は精々凄《せいぜいすご》んで、にやりとうすら笑いをうかべた。

「誰が甘くなんか見るもんか。とんだいがらっぽい奴だと、あきれていますのさ」

偽《にせ》お銀のお雪は、つんと澄まして、とても素人《しろうと》のおかみさんにはきけそうもない口を、平気でききだす。

「おれの名を聞いてびっくりするなよ」

「たぶん、びっくりなんかしないでしょ。人の名を聞いて、いちいちびっくりしていた日にゃ、うっかり外へも出られませんからね」

「口の減《へ》らねえあまだ」

「おかげでおまんまがおいしくたべられます」

「やいやい、掛合噺《かけあいばなし》をしているんじゃねえや。おれを誰だと思ってやがるんだ。今こそこんなけちな宿屋の番頭に化けこんで世を忍《しの》んでいるが、一皮むけば三ケ津を股《また》にかけて荒して歩いた鎌《かま》いたちの仙助《せんすけ》だぞ。手前なんかに小馬鹿にされてたまるもんか」

はあてな、と目をつむって、まだしびれ薬のさめないふりをしている夢介はびっくりした。

鎌いたちの仙助は散々《さんざん》お銀をつけ狙った冷酷無残《れいこくむざん》な兇賊《きょうぞく》だったが、鍋焼うどんの六兵衛の娘お米のことから、すっかり前非《ぜんぴ》を悔い、今は頭をまるめて廻国をしているはずである。無論《むろん》こんな男ではない。と、薄目《うすめ》をあけて見ていると知るや知らずや、

「へえ、そのいたちの仙助さんが、あたしにどんな御用なんです」

と、偽お銀はけろりとした顔だ。

「いたちじゃねえ、鎌《かま》いたちだ」

「鎌いたちってのは、普通のいたちより大きいんですかねえ」

「大きいんじゃねえ。どんな時でも人に姿形《すがたかたち》を見せねえで、通り魔のように生血を吸っていくのが鎌いたちよ」

「お前さんは姿を見せているじゃないか」

「だからよう、どうせお前も色若衆《いろわかしゅう》に化けたり、しびれ薬を使ったり、ただの女じゃねえと見た。どうだ、その丸太《まるた》ん棒《ぼう》のふところを、おれと半分わけにしねえか。なんなら、鬼の女房に鬼神《きじん》のたとえ、これを縁におれの女房になって、末長《すえなが》くいっしょに仕事をしようじゃねえか。お前にその気さえありゃ、ずいぶん可愛がってやろうと思って、滅多《めった》にぬいだことのねえ頭巾《ずきん》をとって見せたのよ」

ぬけぬけとした面をして、そんな虫のいいことをいい出す。

「あらまあ、鎌きりみたいな顔をしていて、この人、いうことだけは人間並みだよ」

「なんだと――」

「あたしにはここに、たとえ薄のろでも間抜《まぬ》けでも、こんなに大きな御亭主がいるの、お前さんの目には入らないのかしら。鬼の女房に鬼神だなんて、お前さんは鬼だか鎌きりだか知らないけれど、こんなあたしのような貞女を、鬼神にたとえるなんて、失礼だと思わないのかしら」

「ようし、手前《てめえ》があくまで生洒《いけしやあしやあ》々とそんな白を切るんなら、大きな声を出してお役人を呼びかえし、その前で化けの皮《かわ》を剥《は》いでやるが承知か。おれはちゃんと証拠をつかんでいるんだぞ」

「おどろきませんねえ、どんな証拠か知らないけれど、あたしはたしかに夢介の女房のお銀に違いないんだもの」

偽お銀のお雪は、すっかり鎌きり番頭を甘く見てしまったらしい。もっとも、夢介が聞いていても、この男のいうことはどこか間のびがしていて、大した悪党とは思えない。

「まだあんなことをいってやがる、もう承知できねえ、大きな声を出すぞ」

「鎌いたちさん、待ってもらうべ」

大声を立てれば、お雪がなにをやり出すかわからない。変なかかりあいになって、またごたごたするのは面倒だから、夢介が静かに声をかけた。

「おや、丸太ん棒め、正気にかえりやがったな」

びくっと振り向いて、鎌きり番頭はいそいでふところの匕首《あいくち》に手をかける、が、すぐに気がついたのだろう。

「ややい、この女は手前の女房のお銀だといっているが、そうじゃねえな。お前はこの女にしびれ薬をのまされたんだな」

「あれえ、お銀がきているんかね。おらまだ目がぼうっとしていてよく見えねえだが、お銀、どこにいるだ」

夢介は大儀《たいぎ》そうに起きあがって、にわかめくらのように畳の上を手さぐりして見せる。

「あんた、どうしたんですよう。本当に目が見えないんですか」

そんな芝居はお手のものらしく、お雪はびっくりしたように夢介の手を取ってくれる。

「やれ、助かった、おらな、お銀、ここで殺されて、もうお前に会えねえかと思うと、とても悲しかっただ」

「まあ、そんなに怖い目に遭ったんですか」

「怖いのなんのって、おらお公卿《くげ》さんの御落胤だっていう剃刀のえらく好きな若さまに、もう少しで喉をやられるところだった。そのお公卿さんてのは、きっと床屋の娘に手をつけて、御落胤をこさえたに違いねえだ」

「あぶなかったんだねえ、お前さん」

口ではやさしくいいながら、お雪はさすっている手で、夢介の背中を厭というほどつねりあげる。

「あ痛ッ」

「どこが痛いのさ」

「なあに、喉を切られたら、さぞ痛かったろうと思ってね。おら、もうこん恐ろしい宿屋に一刻《こく》も長居はしたくねえだ。お銀、その番頭さんに十両さしあげてな、早く裏口からそっと逃がしてもらうべ。番頭さん、どうかお願いいたしますだ」

夢介はもそもそと胴巻の中から小判を十枚出して、わざとそれを番頭の見ている前で紙につつみ、畳の上へ押しやった。たぶんこのくらいの小悪党なら、十両も出せば納得するだろうと、値ぶみをしていたのだ。

「十両――」

果たして鎌きり番頭はひったくるようにそれをつかみあげたが、

「しかしお前、その女はたしかにお前のかみさんなのか。もう一度よく目をあいて、――といったところで目が霞《かす》んでいたんじゃ見えねえだろうが、そうだ、声を聞きゃわかるだろう、ようく耳を澄まして、もう一度声を聞いてみねえ」

と、どうも腑《ふ》におちない顔である。

「いいえ、これはたしかにおらの恋女房のお銀のようでごぜえます。さあお銀、早く支度《したく》をして、番頭さんに庭から落としてもらうべ」

「じゃ、そうしましょう。番頭さん、どうぞよろしくお願いいたします」

お雪もなろうことなら、こんな危《あぶな》いところに長居《ながい》はしたくない。自分はもう旅支度《たびじたく》をしているのだから、手早く夢介に支度をしてやり、目が見えないというのだから、壺坂《つぼさか》のお里のように手を取ってやって、ずんずん廊下へ出た。

厄介《やっかい》なお荷物

「やいやい、お前たち本当に夫婦なんだろうな」

鎌きり番頭はまだそんなことをいって、未練《みれん》たっぷりにお雪の方ばかり見ながら、二人の後からついてくる。

「ほ、ほ、こんなに仲のいい御夫婦だのに、疑い深いんですね、番頭さんは」

偽お銀のお雪は、わざと大きな夢介の肩《かた》を抱くようにいたわって見せながら、足袋《たび》跣《はだし》のまま庭へおりた。

「裏木戸はわかっているのか」

あいにく下駄《げた》がないから、鎌きり番頭は廊下《ろうか》で立ち止まるより仕様がない。

「そこから入ってきたんですから、よくわかっています。では、お世話さまになりました」

暗い物かげまでくると、ぺろりと赤い舌を出して見せるお雪だ。

裏木戸から街道筋《かいどうすじ》へ出て、沼津《ぬまづ》の方へ一、二丁、もう大丈夫と見たから夢介はふと立ち止まった。

「どうしたんだえ、夢公」

お雪はまだ夢介の手を放そうとしない。

「おら、やっと目が見えてきたです」

「だから、どうだっていうのさ」

「おら、お銀を迎えに行ってやんなければならねえだ」

「お銀はちゃんとここにいるじゃないか」

「それはそうなんだけんど、姐御《あねご》さんはいくら差しあげたら、おらを勘弁してくれるね」

「馬鹿におしでない。金がほしいんなら、そら、これを取っておきよ」

帯の間から紙包《かみづつみ》を出してわたすのだ。ずしりと重い。

「あれえ、これはいま、あの鎌きりにやってきた金ではねえかね」

「あんな奴に十両はもったいないから、ちょいと、取りかえしておいてやったのさ、しまっておおき」

なんとも小手先の早い姐御である。

「恐れ入ったでごぜえます。それは姐御さんのものにしておいてくだせえまし」

「生《なま》おいいでない。お前が持っている胴巻の三百両ごと、みんなあたしのものじゃないか。重いからお前に預けておくんだよ」

「あれえ、そんなものでごぜえますかね。困ったな」

この三百両がないと、これからお銀をつれて長い旅はできない。が、考えて見ると、一度毒婦が執念《しゅうねん》にかけた金、これはいさぎよくお雪にやってしまった方がいいのではあるまいか。それで毒婦の心がいく分でもやわらいでくれれば、廻国巡礼《かいこくじゅんれい》にも増した功徳《くどく》というものだし、お銀のふところにはまだいくらか残っているはず、それで旅ができないこともないのだ。二人とも無一文になったら、どこででも働きながら旅をつづければいい。またそんなことで文句《もんく》や愚痴《ぐち》をこぼすお銀ではあるまい。

そう考えつくと、元来が欲のない夢介だ。ずるずると三百両入った重い胴巻を引きずり出し、

「姐御さん、そんならこれをお前さまにかえすべ」

と、お雪の前へ差し出した。

「これをあたしにかえして、どうするというのさ」

さすがにお雪は目を丸くしたようだ。

「おら、おいとまして、やっぱりお銀を探してやるです。お銀もきっと、今ごろはさぞ心配しているだろうと思うだ」

「お前さん、そんなにおかみさんに惚れてるのかえ」

「天にも地にも、たった一人しかねえ可愛い女房でごぜえます」

手放しでのろけて、きっと自分の方がいい女に違いないのに、この男は全く自分など眼中にないようだ。お雪はとても面白くない。

「お前のおかみさん、そんなに器量がいい女なのかえ」

「おかげで、とってもいい女でごぜえます」

「あたしとどっちがいいの。遠慮なくいってごらんよ」

「姐御さんの方が、三つ四つ若いようだし、遠慮なくいえば、姐御さんの方が美人のようでごぜえます、けれど、お銀も負けねえほどの女ぶりだと、おらの目には見えるだ」

「変ないい方をおしでない。おかみさんの方が美人だっていうのかえ」

「それはもう、姐御さんの方がこの上もない美人には違いねえです。ただお銀もそれに負けないだろうと、これはおらの欲目《よくめ》かもしれねえだ」

「煮《に》えきらない木偶《でく》の坊《ぼう》だねえ。はっきりいってごらんよ、どっちが美人なんだか」

お雪は躍気《やっき》になってしまったようだ。よっぽど自惚《うぬぼ》れが強いのだろう、こんなところはやっぱり普通の女だ。

「正直にいえば、若いだけ、姐御さんの方がいい女でごぜえます」

夢介は譲歩した。が、心の中では、おらはお銀、本当はお前の方がいい女だと思っているだから、怒っちゃいけねえぞ、といそいでいいなおしている。

「ふうんだ、正直にいえばおかみさんの方が美人だっていいたいくせに、――いいから、その胴巻をしょって、いっしょについておいでよ」

「あれえ、それでは困るだ。お銀が可哀そうだからね」

「お黙り。お前はおかみさんのことばかり考えて、こんな淋しい夜道を、あたし一人にさせようっていうのかえ。他人の女なんかどうなったってかまわないと、そんな薄情な男なのかえ」

「なるほど」

「沼津まで送っておくれよ。沼津へ着いたら暇《ひま》をあげるから、それならいいだろう」

「困ったなあ」

「送ってくれないというんなら、あたしにも覚悟《かくご》があるからいい、そんな薄情者なら、大声を出して人を呼んで、この男は剃刀お雪の亭主だといって、いっしょに牢屋《ろうや》へくわえこんでやる」

こんな自棄《やけ》な女は、一つつむじを曲げると、本当になにをやり出すかわからない。

「よくわかったです。なら薄情者になりたくねえから、そんなら沼津まで送って行くべ」

夢介はお銀のことが気になりながらも、とうとう厄介《やっかい》なお荷物をしょいこむことになってしまった。

惚気詣《のろけ》り

お銀が執念男の甲州屋伝吉を供《とも》につれて、やっと三島の宿へかかったのは、もう宵の口すぎであった。

「おかみさん、足もとにお気をつけなすって」

途中で提灯《ちょうちん》を買って先に立つ甲州屋は、内心はともかく、表面はすっかりお供の下男になりすましている。

——おかしな奴《やつ》、あたしをどうしようって気なんだろう。

どうせ目的があるから、へいこらしながらついてくる犬だが、それとわかっていて油断さえしなければ、男などちっとも怖くないお銀だ。少しでも変な素振《そぶり》をしたら、こいつもついでに当分めくらにしてやるまでだと、二人っきりの夜道を平気で案内させてきたのだ。

三島の宿へ入って、まず目につくのは三島大明神だ。もしもここに夢さんが待っていてくれはしないか、と考えるのはお銀も同じことで、

「甲州屋さん、あたしはちょいとここへお参りをして行きますからね」

と、さっさと暗い境内の森へ足を向けた。

「へえ、お参りをねえ。おかみさんは信心深いんでござんすね」

「そうですよ。あたしはうちの人と、いい子をさずかるために巡礼に出たんだっていったでしょ」

そういいながら、たまらなく夢介が恋しくなって、じいんと胸がうずいてくるお銀だ。

「そんなに子供がほしいもんかなあ」

「ええ、とてもほしいんです。あの人といっしょになって丸一年、もうできてもいいころなんだけれど」

「へ、へ、へ、あんまり仲がよすぎるんじゃないんですか」

「そりゃ好いた同士でいっしょになったんだもの、喧嘩なんかしたことは一度もありません」

「そうですかねえ。けど、あっしの見たところじゃ、おかみさんの方があんまり美人すぎる、あの御亭主さん、やきもちをやきませんかえ」

「あべこべよ。どういうもんかあの人、あんな田吾作みたいにもっそりしているくせに、とても女に好かれるんです。つまり実があるんですねえ。とても気がもめて、いつも胸倉をとってやるのはあたしの方なんです。ほ、ほ、おかしいでしょ」

そんなのろけをいっていると、声までとろんとしてくるのだから、我ながらお銀は正直なものだと思う。

「そうかなあ。妬《や》くほど亭主持てもせずってことがありますぜ」

甲州屋はなんとなく口惜《くや》しそうだ。

「それが、あの人ばかりは違うんです。こんなことといっちゃうぬぼれてるようでおかしいけれど、男なんかに惚れたことのないあたしが、こんなに夢中にさせられているんだもの。あたしばかりじゃない、あの人深川の芸者に思いこまれたり、春駒太夫という日本一の娘手品師にくどかれたり、あたしはずいぶん気をもまされたもんです」

「へえ、春駒太夫ってのはあっしも知っていますよ。この間大坂へのぼった女でしょう、芸も達者だが、女っぷりも大したもんだ。へえ、あの太夫がねえ」

「ですから、あたしもそれじゃどんなに苦労したか——」

「人は見かけによらないもんだな。あの田吾作《たごさく》、いいえ、おかみさんの御亭主さんは、そんなに浮気っぽいのかねえ」

「間違わないでくださいよ。うちの人が浮気っぽいんじゃなくて、いつも女の方からやいやいいわれるんです。ところがうちの人ときたら、ちゃんとあたしというものがあるもんだから、どんな女に惚れられたって見向きもしないんです。そうなると女なんてものは余計のぼせあがるんですね。あたしはずいぶん怨《うら》まれているようだけれど、うちの人にはあたしだけが女なんだから仕様がない」

のろければのろけるほど、夢介が恋しくなってくるお銀だ。

「さてはあの田吾作、いいえ、おかみさんはいもりの黒焼《くろやき》をのまされたんじゃないかな。あれはよく利くっていうからね」

「そうかもしれませんねえ」

お銀は散々のろけて、胸が豊かだから少しもさからわず、

「あ、ちょっと待ってくださいね」

つかつかと目についた御手洗の方へ近づいて行った。

見ると、夜目にもそこの柱に菅笠《すげがさ》が一つ、意味あり気に結《ゆわ》えてある。

「甲州屋さん、提灯を見せて」

「どうしたんです、おかみさん」

伝吉がさし出す提灯の灯《あかり》に、笠の文字が、

――お銀どの、おらは当宿の旅籠綿屋伝兵衛方に行っている。夢介。

おらはひどく心配いたし居り候。

と、たしかに夢介の手で、追って書までそえてある。

「うれしい、夢さん」

お銀は笠の紐《ひも》をといて、思わず胸へ抱きしめてしまった。あんまりうれしくて、涙がぼろぼろ流れ出す。

「甲州屋さん、わかったでしょう。うちの人がどんなに実《じつ》のある男か。おらはひどく心配いたし居り候だなんて、うれしいわ、夢さん。あたしだって、どんなに心配して

いたか、いますぐ行きますからね、待っててくださいよ。――ああそうそう、いくらなんだって、お参りを忘れちゃ罰があたるわ」

男の笠を抱いたまま、拝殿《はいでん》の前へ駈け出して行って、一生懸命両手を合わせて、――伝吉が見ていると、そのよろこびようが全く正気の沙汰《さた》とは思えない。

――あのあま、どうしてもいもりの黒焼をのまされたに違いねえ。いもりの黒焼より利く惚れ薬はなんだろうな、一つためしに蝮《まむし》でものませてみるかな。

甲州屋はなんとなくおもしろくない。

「お待ち遠さま。さあ、いそぎましょう」

いそいそと戻ってきたお銀は、もう先に立って、気もそぞろに歩き出す。

「姐さん、ちょいと待ちな」

その前へつと立ちふさがったのは、仲間態《ちゆうげんてい》の男と、うしろに年輩の侍が一人、――お雪と別れてきた直造と唐崎大膳だ。

人殺しいッ

「なんの御用かね、仲間さん」

甲州屋伝吉は提灯を直造の方へ差しつけるようにして、一足前《あしまえ》へ出ながら、お銀を背へかばうようにした。

「そのお前さんのうしろに、笠を抱いているひとは、夢介さんという人のおかみさんで、お銀さんといいやしないかね」

直造は無遠慮《ぶえんりよ》にじろじろとお銀の顔を見ながら聞いた。

「そうでござんすよ。そういうお前さんは」

「そいつはこっちから聞きたいね。お銀さんならたしか御亭主にはぐれて一人のはずだが、お前さんは途中《とちゆう》で道づれにでもなったのかね」

ひどく横柄《おうへい》な口の利き方なので、甲州屋はむっとした。そこはこっちもただの鼠《ねずみ》ではないから、

「変な物のいい方をしなさるね、お前さんは誰だか知らないが、それじゃまるであっしが、おかみさんの一人旅を狙《ねら》って、つきまとっているように聞こえる。失礼じゃござんせんかね」

と、一本きめつけてやった。

「気にさわったらごめんよ。お察《さつ》しのとおり、おかみさんは、いい女だし、大金は持っていなさるっていうし、正直にいうと、ことによると狙われたかなと思ったんで、

違いましたかね」

　全く人を喰った直造だ。というより、こんな男がついていちゃ仕事がしにくい。早く怒らせて、追っ払ってやろうという肚《はら》なのだ。

「大きなお世話でござんすよ。おかみさんの御亭主の夢介さんは、この宿の綿屋という旅籠に泊まっていなさる。あっしはそこまでおかみさんを送って行くんだから、怪しいと思ったらいっしょについてきなせえ」

「と知れたのは、おかみさんが抱いている笠が、そこの御手洗《みたらし》の柱に結《ゆわ》えてあって、それにそう書いてあったからわかったんだろう。どうだね」

「なるほど」

　それに違いないのだから、どうやらこれは一本甲州屋が負けた形だ。

「よくお前さん、知っていなさるねえ」

「知らなくってどうするもんか」

　直造は鼻の先で笑って、

「おれたちはさっき、その夢介さんと道づれになって、この宿へ入ったんだ。そしてここを通りかかると、ああいうおかみさん思いの男だもんだから、もしやおかみさんがここまできた時迷わねえようにと、その笠を御手洗の柱へ結えつけて、いっしょに綿屋へ泊まったんだ。ところがそこで、妙《みょう》な騒動が持ちあがってしまったんだ」
と、そこまではちょいと得意だったが、後をなんとつづけていいものか、うまい出《で》
鱈目《たらめ》が出てこない。
「妙な騒動って、どんなことだね」
「そいつが、ちょいと困ったことなんだ。そのためにおれたちはわざわざここまで、
おかみさんを迎えにきてやったようなもんだが——大膳さん、どうしたもんでしょう
ね、ここで話しちまってもかまいませんかね」
へたなことはいえないから、直造はもっともらしい顔をして、相棒の唐崎大膳に救
いを求める。
「そうだのう、他人に聞かれてあまり名誉《めいよ》な話ではない。妻女にだけ、そっと教えて
やるがよかろう」
大膳はなに喰わぬ顔をして答えた。
はははあ、大膳の奴うまいことをいいやがる、お銀を暗いところへつれて行って、押
さえちまえというんだな。早くも直造はそう悟《さと》って、相手は思ったよりすばらしい美
人だ、この役は悪くねえと、ぞくぞくしながら、
「そうでござんすねえ。こいつはうっかり他人の耳へなんか入ると、とんだ間違いの

もとになりそうだ。おかみさん、お前さんにだけそっと教えてあげるから、こっちへお出でなせえ」

と、我にもなく猫撫《ねこな》で声になっている。

「どうするね、おかみさん」

甲州屋はお銀を振りかえって、騙《だま》されちゃいけませんぜ、といいた気な目をして見せたが、口に出してそれをいうだけの権利はない。教えてもらうもらわないはお銀の意志次第だ。

「教えてくださいまし。綿屋でどんなことがあったんでしょう」

そのお銀は、恋しい夢介の一大事だと聞いて、もう気もそぞろのようだ。

「じゃ、こっちへきなせえ。なにしろとんだことになったもんだ」

しめた、と思いながら、直造は先に立って七、八間ばかり、二人のそばから離れる。あたりは三島神社の参道の深い杉並木で、そこまではもう甲州屋の提灯の灯《ひ》の光もとどかなかった。

「この辺でいいや」

立ち止まった直造は、じろりと暗い提灯を振りかえりながら、笠を抱いて何気なくついてきたお銀の右の二の腕をふいに引《ひ》っ摑《つか》んで、

「おかみさん、声を立てると命がねえぜ」

と、素早く腹巻の匕首《あいくち》を抜いていた。

「あっ、な、なにをするんです。兄さんはあたしを騙したんですね」

「騙しゃしねえ、夢介はたしかに綿屋にいるんだ。本当のことを話してやるから、おとなしくこっちへこい」

匕首を胸もとへ突きつけながら、直造はお銀を杉木立《すぎこだち》の中へ引っぱって行こうとする。

「あの人は、あの人はどうしているんです」

引きこまれまいと足を踏張《ふんば》ってみても、力ずくではとても男にはかなわない。

「おとなしくしろというのに。お前の亭主は綿屋で剃刀お雪という札つきの姐御にしびれ薬をのまされて、涎《よだれ》をたらしてぐっすり眠っているんだ。いまごろはもう胴巻を抜かれてしまったろう」

「兄さんたちは、その姐御さんの乾分《こぶん》なんですか」

「別に乾分てわけじゃねえが、仲間に若い女がいた方が仕事がしいいから、いっしょにやっているのよ。間もなくお雪もここへくるだろう。そこでどうだおかみさん、お前亭主のところへ帰りたかったら、あり金をみんなおれに渡して、一度だけ黙っておれのいうことをききねえ。そうすりゃおれが、仲間には内緒でここからお前を逃がしてやる。もし厭《いや》なら仕方がねえ、あの大膳と二人でお前をおもちゃにした上、裸にして、三島女郎衆に叩き売ることになるんだ。どっちにするね」

「ちょっと待ってください。お金はみんなあげます」

もう杉木立の中だ。お銀は必死にいいながら、ふところへ手を入れようとする。

「そうか、じゃお前、おれのいうことを聞くんだな」

「しょうがありません。その代わりきっとここから逃がしてくれますね」

「いいとも」

にやりと笑って直造が思わず利腕《ききうで》を離したとたん、お銀がふところから取りだしたのは、金ではなくて例《れい》の目つぶしの卵だった。

「人殺しいッ」

金切声をあげて飛びのくなり、直造の眉間《みけん》目がけて、発止《はっし》と叩きつける。

「わあッ、あ、あま」

両手を広げて躍《おど》りかかろうとしたが、もうおそい、両眼へ火が飛びこんだような激痛を感じて、直造はがくんとそこへ膝をつく。

「どうした、直造」

声を聞きつけた大膳が、ぱっと駈け出す。

やったな、と甲州屋にはすぐ思い当たるから、あの野郎もいまに痛い目に遭うぞと、せせら笑いながら、ゆっくり歩いて行くと、果たして、

「わあッ、おのれ」

声のあたりへ駈けつけた大膳が、両手で目を押さえながら、他愛もなく前へ突んのめっていった。

「おかみさん、甲州屋でござんす。間違えないでおくんなさいよ。――おかみさん」

全く間違えられて目つぶしなんか喰わされてはたまらないから、伝吉はわざと少し間をおいて、そのあたりへ行って呼んでみたが、一向にお銀の姿はなく、杉木立の中と、その前の道ばたから、

「ううむ、痛えッ。助けてくれ」

「おのれ、ううむ、やりおったな」

と、直造と大膳の苦し気な呻《うめ》き声が耳につくばかりだった。

鎌《かま》きり番頭

時刻からいえば、まだ五ツ（八時）を少しすぎたばかりだった。

綿屋では、遅い泊り客もおおかたお膳がすんで、女中たちは後片付《あとかたづけ》にいそがしい。店の大火鉢の前へ坐って、ただ一人、にがい顔をしながら、煙草《たばこ》をふかしているのは、鎌きり番頭の七助《しちすけ》だ。

——畜生め、うまく一杯《いっぱい》喰わしやがった。

あの田吾作から受け取って、たしかにふところへ入れたはずの十両の紙包が、いつの間にか消えているのである。

十両からの金だから、落とせば必ず音がするだろうし、第一あれから一足も外へは出ていない七助だ。どう考えても、別れぎわにあのお銀という女が掏《す》っていったに違いない。

——せっかく久しぶりで大金をつかんだのになあ。

いや、考えてみると、金よりあの女の方がもっと惜しい。もう少しあの田吾作が正気にかえりさえしなければ、捻《ね》じ伏《ふ》せてでもきっと物にしていたのに。

そうなればあの田吾作が持っていた金の半分は、口止め料として厭でもこっちのものだったんだ。

——それにしても、あんないい女が、あんな田吾作の女房になるはずはねえんだ。あの田吾作め、しびれ薬までのまされていながら、あんまり女がいいもんだから、おれの前をかばってやって、後で恩にきせようって肚なんだ。そううまくいってたまるもんか。

「——どうせ手前なんか、もう一度しびれ薬をのまされて、ふところの三百両を奪《と》られてしまうのが落《おち》なんだ」

七助はなんとしてもおもしろくない。

といって、今から追いかけてみたところで、もうどこへ消えてしまったかわからないし、たとえ二人をつかまえてみたところで、さっきの十両をかえせなどと、そんなけちなことをいえば、男の器量が下がるばかりだ。

「全くくそいまいましい田吾作だったなあ」

どうにも女があきらめ切れず、ただ憎いのは夢介の方なのだから、我ながらあさましい。

「今晩は——」

表の油障子があいて、店の土間へ入ってきた女客がある。

「お早いお着きさまで——」

面倒くさいから坐ったままじろりと見て、あっと目を見はった。年ごろ二十三、四、大丸髷に結ってはいるが、眉も落としていないし、歯も白いから伊達《だて》の丸髷だろう。さっきのお銀より一枚上と思われるようなすばらしい女が笠を持ってすらりと立っていたので、ははあ、こいつ江戸の芸者か女芸人か、こんな美人にお目にかかるのは初めてだぞと、身ぶるいが出たとたん、七助はもう正直に立ち上がって、いそいで上り框《がまち》の方《ほう》へ飛んで行っていた。

女盛りの肌《はだ》の匂いとでもいうか、男心をそそり立てるような甘い匂いが、魂をとろかすようにほんのりとただよってくる。

「毎度御ひいきにしていただきまして、ありがとうございます」

「お宅は綿屋さんでござんすね」

歯切れのいい江戸弁だ。

「へえ、お一人旅でございますか」

「いいえ、たしかお宅に小田原在の百姓で、夢介という者が泊まっているはずなんですけれど」

七助はおやと思った。

「あの体の大きな田吾作、いいえ、お百姓さんですか」

「そうなんです。あたしはその夢介の家内、銀といいます」

「なんですって――」

こんどこそ本当に目を見はってしまった。

「そのお銀さんなら、もうさっき着いているんですがねえ」

「いいえ、それは偽者《にせもの》なんです。これを見てください。あたしはこれを道しるべにしていそいできたんです」

手にしていた笠を、目の前へさし出して見せる。その笠に、

――お銀どの、おらは当宿の旅籠綿屋伝兵衛方に行っている。　夢介。

おらはひどく心配いたし居り候。

と書いてあるところを見ると、どうやらこれが本当のお銀らしい。

「なるほど――」

あの田吾作め、なんて女運がいいんだろうと、お銀の顔をまじまじと見あげた七助は、根が小悪党《こあくとう》だから、たちまち悪心がわいてきた。

「おかみさん、一足おそかったねえ」

「それはわかっているんです。少し気になることがあるんですから、早くあの人の部屋へ案内してください」

お銀にしてみれば、もう剃刀お雪という女に胴巻を抜かれてしまった後だろうが、一目《ひとめ》生きている夢介の顔をこの目で見なければ、どうにも安心ができないのだ。

「それが一足おそかったんだ。お前さんの御亭主は、前にきたお銀に手をひかれて、これもおかみさんに負けないいい女でしたがね、今し方《いまがた》裏口からここを立って行ったところなんだ」

「なんですって、じゃ、うちの人はしびれ薬をのまされたんじゃないんですか」

「そんな大きな声を出しちゃいけません。ここは店先だ。ちょいと表へ出ましょう。これには妙ないきさつがあるんだ」

七助はあたりを見まわしながら、そこにありあわせの下駄《げた》を突っかけた。

「こっちへおいでなさい。お役人の耳へでも入るとおもしろくない話なんでね」

先に立って表へ出て、お銀をつれこんだのは、家の横手の裏木戸へ通じる暗い路地口だった。

「早く話してください。うちの人がどうしたんです」

「まあ落ち着きなせえ、ここなら滅多《めった》に人は通らない。実はね、今夜日が暮れると間もなく、京都の公卿《くげ》の御落胤《ごらくいん》だという色若衆が、三人のお供をつれて、家へ泊まったんでさ」

奥で酒盛りが始まっているところへ、突然宿改《やどあらた》めが踏みこんできた。というのは、今日関所破りがあって、三島の宿へ入ったという知らせがあったからで、出張の役人がその御落胤の座敷へ改めに行ってみると、若衆とお供の三人のうち、用人侍《ようにんざむらい》と仲間の二人が消え、下男とも見える大きな男だけが倒れていて、それを旅の若い女がおろおろと介抱《かいほう》している。

役人が調べてみると、女は箱根で亭主の夢介とはぐれた女房のお銀で、いまここの裏口から怪しい三人の男が逃げ出して行った。その行きずりの話の中に、夢介という言葉が耳に入ったので、この路地へ飛びこんでみると、裏木戸があいている。夢中で庭へ走りこみ、目についた座敷をのぞいてみたら、亭主の夢介がこんなになっていたのだと告げた。

「そして、そのお銀は、男のふところから関所手形を出して、役人に見せたもんだから、役人たちは、では逃げた三人が関所破りだろうというんで、すぐに追いかけて行ったんでさ。ところが、どうもおれの見たところでは、そのお銀というのが、さっきの若衆に似ているような気がしてしようがない。念のために役人たちを送り出しておいてから、もう一度奥座敷へ引きかえしてみると、ちょうどお前さんの亭主の夢介さんが、正気にかえりかけたところだ。目が見えないといって、しきりに手さぐりをしている。目は見えなくても、声はわかるだろう。お前さんが介抱されているのは、間違いなくおかみさんのお銀さんかねと聞くと、たしかにおらの家内の可愛いお銀でごぜえますと、いいなさるんだ。ちゃんと体中を撫《な》でまわしたり、さすったり、匂いをかいでみたりして、それでも自分の女房と、他人の女とわからねえもんなんですかねえ」

七助はわざと呆《あき》れたようにいいながら、じっとお銀の顔色を読もうとする。

「まだきっと、本当にしびれ薬がさめ切らなかったんでしょうよ」

口ではそう答えたが、お銀の胸の中はおだやかでない。旅に出てからは、すっかり忘れかけていたやきもちの火の玉が、今にも爆発しそうだ。

「まあ、そう考えておくよりしようがないでしょうねえ。しかし、あれが本当のお銀さんでないとすると、どうもおかしい。まるで頰《ほお》ずりしないばかりに甘ったれて、――お前さんの御亭主は、いつもお前さまに甘ったれるくせがあるんですかえ。人前もなくべたべたと胸へ手を突っこみたがったり」

「ええ、うちの人はまるで子供みたいなんですから」

「そうですかねえ。どうも大《たい》した子供だ。こんなことをいっちゃ、おかみさん気を悪くするかしれねえけど、どんないい女房を持っていても、男って奴はちょいと浮気がしてみたくなる。しかも目の前に、おかみさんほどじゃないが、まだ十八、九で、ぽったりとしたとてもすばらしい娘が、自分からおかみさんだと名乗って、なにをされても黙ってなすに任《まか》せているとしたら、こいつは誰だって目が見えないふりをしたくなるんじゃ——」

「余計な気はまわさないで、その先をうかがいましょうかね」

厭に切り口上になって、いつかお銀の目が吊《つ》りあがっている。

「へ、へ、へ、申し訳ありません。なあにおれは正直だもんだから、ついありのまま申し上げちまったんで、それから先は、つまりべたべたつづきはですね、お銀、おらもうこんなおっかねえ宿屋には泊まりたくねえだ。早く勘定《かんじょう》すませて、どこか静かな旅籠へ移るべとね、お前さんの御亭主がいうと、そんならそうしましょう。明日はゆっくり足休めということにして、——ねえ番頭さん、一日中床を敷きっ放しでいいような、どこか静かな宿屋さんはないかしら、と若いくせにそのお銀て女もなかなか度胸の据《すわ》った奴でさ。かしこまりました、では手前が懇意《こんい》な茶屋旅籠へ御案内いたしましょうと、こっちはまあ、それが商売でござんすからね」

「どこへ案内してくれたんです。番頭さん」

「よろしかったら、これからおかみさんをそこへおつれしやしょうか。なあに、すぐ近いところなんですから」

「だから、なんという家なんです。そこは」

「深川屋《ふかがわや》というんですがね、本当のおかみさんが、二人で枕をならべて寝ているところへ、いきなり踏みこんで行ったら、あの偽《にせ》お銀の奴、どんな顔をしやがるか、――ようござんす、あっしにもかかわりあいがあることだ。そっとおかみさんを裏口から案内してさしあげやしょう」

「どうしようかしら」

お銀はつい口に出してしまった。剃刀お雪は憎い、殺してやってもあきたらないが、そんな真似《まね》をすれば、夢さんがどんなにあわてまごまごするか、いくらなんでも自分の亭主なんだから、あんまりみっともない姿は人に見せたくないし、と思わず気に迷いが出て、ぼんやり立っている隙《すき》、ぱっとうしろから誰かがふいに躍《おど》りかかって、

「あれえ」

悲鳴をあげた時には、もう男の太い腕がうしろから蛇のように喉《のど》へからみついて、

ぐいぐい締めつけている。

棒立《ぼうだ》ちになった鎌きり番頭の七助が、びっくりしながら、ぽかんとそれを眺めているのだ。

悪党と悪党

「七、早く手足を縛《しば》ってくれ」

喉をしめつけている奴がいった。

「なんだ、甲州屋の兄貴じゃねえか」

鎌きり番頭の七助は、二度びっくりという顔つきである。

口惜しいが、お銀は足をばたばたさせただけで、伝吉だ、畜生と思いながら、だん
だん気が遠くなってきて、はっと我にかえった時には、もう悪党二人に手足を縛ら
れ、猿轡《さるぐつわ》までされて、暗い裏路地へぐったりところがされていた。

「驚いたなあ。この玉は兄貴が狙っていたんかね」

二人の悪党がそこへしゃがんで、もそもそと話しこんでいる。

「どうだ、七、凄い上玉《じょうだま》だろう。箱根から命がけで喰い下ってきたんだが、ひどく骨

を折らせやがった」

甲州屋はひとりでほくほくしているようだ。

「じゃ兄貴は、このお銀の亭主の夢介って野郎を知っているんかね」

「知ってるとも。おれはそいつのふところの三百両を狙ったんだが、こいつが馬鹿力のある奴で、箱根の雲助を二、三人手玉にとりやがった。そういえばお前は、野郎を偽お銀とかいう女といっしょに、どこかへ送りこんだっていっていたが、本当か」

「なあに、そいつは計略さ。兄貴の前だが、こんな上玉を見のがしちゃ、おたがいに悪党冥利《みようり》がつきるからね」

「じゃ、お前がこの女をその深川屋とかいうあいまい屋へ引っぱりこんで、物にしようとしたんだな」

「惜《お》しいことに、もう一足違いってところだったのさ」

七助は縛られているお銀の、闇にもほの白くこぼれている肌を横目にかけながら、そんな図太いことをいう。

「そいつあ七、お前とんだめくらにされるところだった。おれに礼をいいねえ」

「へえ、めくらにねえ」

「この女はお前、ただの女じゃねえんだ。前身は軽業師《かるわざし》か、手品の太夫か知らねえが、おっそろしく小手先の利くあまで、箱根じゃ雲助が二人、今もついそこの三島さまの境内で、侍と仲間《ちゅうげん》の悪党が二人、この女を手ごめにしようとして、にわかめくらにされちまったんだ、嘘だと思ったら、お前ちょいと行ってみな、二人ともまだ唸りながらのたうちまわっているから」

「ふうむ。かんざしでも突っこまれたんかね」

「そうじゃねえ、卵の目つぶしなんだ。なんでも卵のからの中へ、唐辛子《とうがらし》なんかよりずっと強い薬が仕込んであるんだな。おまけにその投げっぷりのあざやかなこと、ぱっ、ぱっと、全く目にもとまらねえ早業《はやわざ》なんだ」

「ふうむ」

一応感心したような顔はしたが、事実を見ていない七助は、内心大袈裟《おおげさ》にいってらあと思うだけだ。

「で、兄貴、そんなおっかねえ女を、お前これからどうしようっていうんだ」

「なあに、いくら強くたって、こうなりゃもうこっちのものさ。ぎゅっと一つ弁天《べんてん》さまの泣きどころを押さえこんで、後は女房にするだけよ。癇《かん》の強い奴にかぎって、ころりとまいると手の裏をかえしたようになるもんさ」

甲州屋は思わず舌なめずりをしてしまったが、

「七、そのかわり、この女はふところに百両は持っている。骨折《ほねお》り賃《ちん》に半分はお前にやるから、どうだ、空いた座敷を一つ都合してくんねえか」

と、気がついたように掛合《かけあ》い出す。

「半分で我慢しろっていうのか、兄貴」

なにをぬかしやがると、七助は不満《ふまん》だ。金と女を天秤《てんびん》にかけて、金はみんなお前のものにしろとでもいうんなら、まだ話はわかるが、半分じゃ承知できない。どっちかといえば、ついさっき惜しい偽お銀を取り逃がして、それより一段と脂ののりきったお銀なのだから、金よりこの方へよっぽど未練が残るのだ。

「お前、不服なのか、七」

甲州屋は甲州屋で、色と欲とに血迷っているから、つい兄貴風を吹かせてぎろりと目を光らす。

「まあ、仕様がねえや。兄貴の方が先口なんだからな。ちょうどさっき夢介が偽お銀といた座敷があいている。そこへ案内しよう」

「そうか。そうわかってくれりゃありがてえ。で、なにか、その偽お銀と夢介はどこかへ行っちまったのか」

「うむ、おれが少しばかり脅《おどか》したもんだからね、勘定をすませて、どこかへ出て行ったのは本当なんだ」

「ふうむ。偽者《にせもの》とわかっている癖《くせ》に、夢介って奴もよっぽど浮気っぽい野郎と見えるな。おっと、話は後でゆっくりできらあ。じゃ、たのむぜ」

甲州屋はあたりを見まわして、人の気配《けはい》のないのをたしかめ、まだぐったりしているお銀を、どっこいしょと一人で抱きあげた。こうなったら、七助にはさわらせたくもないのだろう。

「さあ、ついてきなせえ」

七助は先に立って、夢介と偽お銀が出て行ったまま鍵をおろしてない裏木戸をあけ、庭を突っ切って、人目のないのを幸い、さっきの奥座敷へ甲州屋を案内した。

ひとまずお銀を押し入れへころがしておいて、再び裏口からそっと外へ出る。

「兄貴、おれは一足先へ店へ帰っているから、兄貴は後から客になってきてくんな」

「うむ、たのまあ」

なに喰《く》わぬ顔をして、七助が店へ帰り、まだ帳場へ坐るか坐らないうちに、もう油障子ががらがらとあいて、

「ごめんなさいよ」

と、甲州屋が入ってくるのである。

厭な野郎だなあ、これじゃ細工の仕様がないじゃねえかと、七助はうんざりしてしまった。がまさか知らんふりもできない。

「入らっしゃいまし。お早いお着きさまで」

「あんまり早く着きすぎて、すまないみたいだが、一晩厄介になりますよ」

甲州屋はにやりと笑って、そんな皮肉をいう。お前なんかに小細工をされてたまるもんかと、敵は敵でそういう肚があるんだろう。

「どういたしまして、あいにく今晩は一番奥の上座敷しかあいておりませんので、少しお高くなりますが、いかがでしょう」

こっちも負けてはいない。

「かまわないよ。いくら高いったって、まさか五十両もかかるまいからね」

「御冗談ばかし——」

いまいましいが、女中がすすぎ盥《たらい》を持ってきたので、今は下手な口もきけない。おまけに、客を座敷へ案内するのは女中の役だ。

「おくめどん、松の間があいていたな」

「はい」

「お客さま、御ゆるりとおやすみなさいまし」

「はいはい、ゆっくりとやすませていただきましょう」

またしてもにやりとしながら、女中の後から奥へついて行く甲州屋を見送って、もう承知できねえと思った。まさかいくら助平野郎だって、飯がすまなければ押し入れの品物には手がつけられまい。どうせ野郎は前祝《まえいわい》に一本つけるに違いない。

畜生、しびれ薬だと、最後の度胸をすえたところへ、女中が引っ返してきた。

「番頭さん、お客さんはお風呂はいらない、すぐにお膳なんです」

「お銚子《ちょうし》は」

「お酒は嫌いなんですって」

嘘をつきやがれ、さては用心しやがったなと、七助はいよいよじっとしていられない。

「どれ、そんなにお床いそぎをするんなら、今のうちに宿帳《やどちょう》をいただいてきておこうか」

筆と帳面を持って、そそくさとその廊下の角までくると、松の間から激しく手を叩くのが聞こえた。

「へえい」

あわてるねえ、いくら宿屋だって、そう早く膳の支度ができるもんかと、せせら笑

いながら松の間の障子をあけると、

「おお七か、これを見ろ」

開けっ放しにしたさっきの押し入れの前に突っ立って、甲州屋が今にも嚙《か》みつきそうな顔をする。

「あれえ」

七助もびっくりした、たしかに縛って入れたはずのお銀の姿が煙《けむり》のように消えているのだ。

「野郎、白状しろ、どこへお銀をかくしやがったんだ」

目を血走らせながら、甲州屋はいきなり胸倉をとってきた。

「冗談いいなさんな、おれはずっと兄貴といっしょで、そんな暇《ひま》があるもんか」

七助は落ち着いて答えながら、ざまあ見やがれと、なんだかうれしくなってきた。

それにしても、お銀をここへ運びこんで、裏から表へまわるまでのほんの短い間に、一体何者がお銀をさらっていったのだろう。

お惚気《のろけ》ごっこ

三島から沼津へ一里半、黄瀬川《きせがわ》をわたると間もなく、松並木の右手に辻堂《つじどう》が目についた。

「くたびれちゃった。あそこで一休みして行こうよ」

夜道を別にいそごうともせず、ぶらぶら歩いていたお雪が急にそんなことをいい出した。時刻からいえば、もう四ツ（十時）近く、沼津まではどういそいでもまだ小一時間はかかるのだ。この分だと、向こうへ着くと十二時近くなってしまいそうだ。早くお雪を沼津まで送りとどけて、もう一度三島へ引きかえす気でいる夢介は、

「休んでいくんかね」

と、思わずため息が出てしまった。

「おや、どうしてため息なんかつくのさ」

目の早いお雪だから見のがさない。

「そんなこと、いちいち気にしなくてもいいだ」

「気になるわ、あんたのため息ときたら、図体が大きいから、まるで馬の鼻息みたいなんだもの」

「馬みたいですまねえです。おら生まれつき頓馬《とんま》にできているんでね」

「ふうんだ。自分でいってりゃ世話はないわ。頓馬なら黙ってついてくりゃいいんで

す」

お雪は夢介の手を引っぱって、無理に辻堂の濡縁《ぬれえん》へならんで腰かけさせる。

「ああわかった。姐御さんは乾分衆《こぶんしゅう》の追いつくのを待っているんだね」

「そうそう、あいつらは三島さまの境内で待っているはずだったけど、どうしたかしら」

「あれえ、忘れちまったんじゃひどいな」

夢介は呆《あき》れてしまった。

「かまやしないのさ。あんな奴らでも用の足しになるから、乾分にしておいてやったんだけど、それよりいくらかましな乾分ができたんだから、もうどこへでも勝手に行くがいいんだ」

「ちょいとうかがいてえだが、いくらかましの乾分というのは、まさかおらのことではねえでごぜえましょうね」

「お前さんのことだったら、どうするの」

「せっかくだが、おらは駄目でごぜえます。おらはいつもしびれ薬をのまされる方で、とても人にのませるなんて、そんな器用な真似《まね》はできねえです。それだけは勘弁《かんべん》してもらいますべ」

「じゃ、乾分でなくて、亭主にしてあげるといったら」

お雪はいきなり夢介の左手を両手で胸へ抱きながら、じんわりとやわらかい肩を肩へ投げかけてきた。とろんとした春の夜の空気がこの奔放な女のそんなたわむれ心をそそるのかもしれない。

「おらが亭主なら、姐御さんはおらのおかみさんてことになるんかね」

「あたりまえじゃありませんか」

「それは困りますだ。おらにはお銀という女房があるで、鶏《にわとり》ではねえから、二人も三人もおかみさんはいらねえです」

「だから、そんなお銀なんか、離縁しちまえばいいでしょ。あたしだっておかみさんになるからには、お前をあたし一人の亭主にしなければ承知できないわ」

「承知してもらわねえ方が結構でごぜえます」

「おや、お前さんはあたしを振る気なんだね」

しゃっきりと向きなおって、お雪は血相を変えた。いい器量だが、目が剃刀のように冷たく光っている。

「振るだなんて、姐御さんに対して、とんでもねえことでごぜえますだ。姐御さんの方から、こんな頓馬は振っておしめえなせえましと、申し上げていますんで、へえ」

夢介は小さくなって、おじぎをするばかりだ。

「じゃ、お前はどうしてもお銀をあきらめないっていうんだね」

「おらより、お銀の方がもっとあきらめねえだろうと思いますだ。こんな頓馬のどこがいいんか、おらはお銀にくどかれて、いっしょになってくれなければ死ぬといいますんで、夫婦になった仲でごぜえます。どうかそっとしておいておもらい申してえです」

「気の毒だけど、もう間にあわないだろうよ」

「なにがです。姐御さん」

「どこまで寝呆介にできているんだろうねえ、お前さんは」

「どうもありがとうごぜえます」

「まだわからないのかえ、あたしの二人の乾分は、三島さまの境内で待っているんだよ。そこへお銀が行き合わせたら、どんなことになるだろうね、あの二人はああ見えても、いい女は大好きなたちなんだから」

「さあ、大変だ」

夢介は思わずすっと立ち上がった。

「馬鹿だねえ。お坐りってば。今から駈け出して行ったって、もう間に合うもんか」

その袖が千切《ちぎ》れるほど、ぐいと邪慳《じゃけん》に引っぱり戻すお雪だ。

「こうしてはいられねえだ、どうか放してくだせえまし」

「泣《なき》っ面《つら》をおしでない、見っともない」

「おらあきらめ切れねえです」

「あきらめ切れないったって、お銀はもう二人のものになってしまったんだから、仕《し》様《よう》がないじゃないか」

「そんなことはねえです。お銀はそんな女ではねえです」

「ふうんだ。いくらお前のおかみさんが貞女《ていじょ》だって、大の男が二人がかりなんだもの守り切れるもんかね」

「可哀《かわい》そうになあ」

「あきらめるんだね」

「あれはどうか素直な女になって、おらのいい赤ん坊が生みてえって、一生懸命になって慎《つつし》んでいたのにな」

「それじゃ殺されたかもしれないねえ」

「おらもそれを心配しているです」

「いいじゃないか、その代わりあたしがお銀なんかより、もっともっと可愛いがってやるから」

「違いますだ。おらお銀が怒って、姐御さんの乾分《こぶん》衆に乱暴して怪我《けが》でもさせなけりやいがと、それが心配になりますだ」

「笑わせっこなしさ。こっちは悪党と名のつく大の男が二人がかりなんですよ」

「二人が三人でも駄目でごぜえます。なんの因果かあれはとても荒っぽい気性で、江戸にいた時分にはならず者や用心棒が十何人もいるところへ、平気で喧嘩をしに出かけて、おらが止めに行った時には、一足違いで間に合わず、三人ばかり怪我人ができて、相手はみんな逃げて行くところでごぜえました。それを追いかけながら、女にうしろを見せるのかえ、卑怯《ひきよう》だねえって、啖呵《たんか》を切ったほどの女でごぜえます。去年の夏のことでごぜえました」

「ああ、女役者なの、お前のおかみさんは」

「へえ――？」

「去年の夏芝居《なつしばい》で、そんなちゃんばら芝居をやったっていうんだろう。女役者がそれだけ暴れて見せたら、大うけだったろうねえ、きっと」

「いいえ、芝居ではねえです」

「嘘をおつきよ。女が一人で大の男を十人も相手にするなんて、お女郎《じよろう》なら知らぬこと、そんなことができるもんか、図体が大きいだけあって、ほらもずいぶん大きいんだね。お前さんは」

お雪はせせら笑いながら、頭から本当にしようとしない。

「とにかく姐御さん、おらここでお暇《いとま》させてもらいますべ」

「厭だったら、あたしも女だもの。一度亭主にするといい出したら、もう放すもんか。おとなしくいうことをきかないと、剃刀が飛ぶよ」

いうが早いか、まだぼんやり突っ立っている夢介に飛びつき、いきなり首っ玉へしがみついてきた。

「いけねえだ。姐御さん。こんなとこお銀に見られたら、それこそおら首が二つあっても足りねえだ」

「お銀なんかあたしが蹴飛《けと》ばしてやる」

「そんなことといわねえで、どうか放してくだせえまし」

「放すもんか、雷さまが鳴ったって放さないからね」

「どうして姐御さん、そんなにおらに惚れてしまったんだろうな」

「お前さんのこの馬鹿気たとこが、なんだか好きになっちまったんだもの仕様がありゃしない」

「困ったなあ。おらどうして、こう風《ふう》がわりな女にばかり惚れられるんかなあ」

「誰がもうほかの女になんか惚れさせるもんか。こうしてやる」

ふいに力一杯耳たぼへ噛《か》みつかれて、

「痛ッ」

思わず夢介が悲鳴をあげた時、

「うるさいッ、馬鹿者ども」

辻堂の中から大きな声でどなりつけて、ぎいっと狐格子《きつねごうし》をあけ、のっそり濡縁《ぬれえん》へ突っ立った男があった。大袈裟《おおげさ》にいえば、よくこんな小さな辻堂なんかに寝ていられたと思うほど、雲をつくような大男で、どうやら相撲取《すもうと》りらしい。

人の情

「お晩《ばん》でごぜえます」

さすがのお雪がびっくりして、首っ玉から放れたので、人の好《よ》い夢介はいそいで挨拶した。

「お世辞を使うな。日が暮れればお晩にきまっている」

相撲取りの大男は仁王立ちになって、じろじろ二人を睨みつけながら、すこぶる不機嫌のようである。相撲取りとはいっても、こんなただの辻堂で寝ているくらいだから、まだ取的《とりてき》に違いない。身なりも古袷《ふるあわせ》一枚というみすぼらしさで、年も若そうだ。

「気にさわったら勘弁してくだせえまし」

夢介は決してさからわない。

「気にさわるとも、人がせっかく、いい気持ちで寝ている枕元へきて、惚れたの、あきらめろの、放さねえのと、べたべた、べちゃくちゃ、うるさくって眠れやしない」

「申し訳ごぜえません」

「厭なこった。こら、その女――」

「なんでえ。取的」

お雪は後ろから夢介の肩へ、おぶさるようにつかまりながら、もうそんな人を喰った返事をする。

「おや、取的といったな」

「いったわ。どう見たって関取《せきとり》っていう恰好《かっこう》じゃないもの」

「まだ関取にはなれないが、これでも天下の力士だぞ。取的というのは、力士を馬鹿にした言葉だ」

「そうかしら。じゃ、天下の力士のふんどしかつぎさんと呼べばいいの」

「姐御さん、出世前の若い人をからかってはいけねえだ」

聞きかねて、夢介がたしなめた。

「からかってるんじゃないわ。こら、その女だなんて、取的のくせにひとを馬鹿にするから、あたしも本気で馬鹿にしてやるのよ」

「お前は馬鹿な女だから、おれは馬鹿にするんだ」

「なんですって——。どうしてあたしが馬鹿な女なのさ」

「馬鹿な女だとも。この男が、かみさんがあるから惚れてもらっては困るとたのんでいるのに、そんなかみさん蹴飛ばしても惚れるんだって、男の首っ玉へかじりついて、お前はあんまり利口《りこう》ではない」

「生いってらあ、取的なんかにおいろごとがわかってたまるもんか。お前のような血のめぐりの悪いふんどしは、八日の相撲《すもう》を九日も負けて、せっせと炭団《たどん》を稼《かせ》いでいればいいんだようだ」

「さあ、承知できないぞ。お前こそ算盤《そろばん》がわからないんだろう。八日の相撲がどうして九日負けられるんだ」

「負けた相撲《すもう》に物いいをつけて、また負ければ八日で九日分炭団をもらったことになるんだよ。わかったかえ、取的」

「さあ、承知できない。おれは怒ったぞ」

「人に断ってから怒る間抜《まぬ》けがあるもんか。承知できなければ、どうするのさ」

「首を引っこ抜いてやる」

「田圃《たんぼ》の案山子《かかし》とは違うんだよ」

「こいつめ」

取的は邪魔な夢介を押しのけて、いきなりお雪につかみかかろうとした。

「あぶねえだ、関取」

その間にぱっと街道へ身をひるがえした素早いお雪は、

「炭団《たどん》の黒助《くろすけ》、早くころがっておいで、こっちだよ」

と、笑いながら手を叩いている。相手は重い図体だから、駈《か》けっこなら絶対に負けない自信があるのだろう。

「うぬッ」

取的は体中をゆすりながら駈け出した。

「炭団のお化けだあ」

お雪はからかいからかい、だんだん沼津の方へ走って行く。気まぐれ女だから、夢中になって追いかける大男の恰好《かっこう》が、おもしろくてたまらなくなったらしい。

――人の好い取的さんだ。

辻堂の前へ一人残された夢介は、別に心配はしなかった。あの分では、お雪は決してつかまらない。

また、たとえつかまったところで、大したことにはなるまい。金がないから辻堂に寝ていた取的は女づれのこっちを脅して、いくらかにしようという肚で出てきた。が、人が好くて、うまく因縁がつけられない。なんとかして自分が怒り、それからこっちを怒らせ、喧嘩にしようと骨を折っているのが、夢介にはちゃんとわかっていたのだ。

――それにしても、このまま三島へ引っかえしてしまっていいもんかな。

しきりにお銀のことは気になるが、夢介もまた人が好いので、ちょいと迷わざるをえない。沼津まで送ってやると、かりにも一度お雪と約束がしてあるからである。

そこへぼんやりとさっきの取的がかえってきた。さもがっかりしたという足取りで、ちらっと夢介の方は見たが、声もかけずに、辻堂へ入りこもうとする。もうたかりなどという悪《あく》どい真似はあきらめたのだろう。

「関取、どうしたんだね」

夢介は笑いながら呼び止めてやった。

「おれ、もう寝るんだ」

「あの女は、つかまらなかったんかね」

「駄目だった。力ずくなら負けないが、駈けっこは苦手だ」

「関取はどこへ行くんだね」

「江戸へ行くんだ。おれ本当はまだふんどしかつぎでね、おふくろさまが病気だっていうもんだから、親方にたのんで浜松《はままつ》へ帰ってきた。いいあんばいにおふくろさま、持ちなおしてくれたんで、こんどこそおふくろさまの目の黒いうちに大関になろうと思って、柏戸《かしわど》親方のところへ帰る途中さ」

「そうかね、おふくろさまが病気で、金をつかってしまったから路銀《ろぎん》が乏《とぼ》しい。それで関取はそんな辻堂に泊まっていたんだね」

「旦那《だんな》、どうもすみませんでした。このとおりあやまります」

なんと思ったか、取的はもそりと夢介の前へ戻《もど》ってきて、ていねいに頭を下げた。

「急にどうしなすっただ」

「おれ悪心《あくしん》おこしたです。お前さんたちおどかして路銀にしようと思った。そんな料簡じゃ大関になれません。おふくろさまが聞いたら、きっと泣きます。おれもう二度と悪心は起こさない。どうか勘弁してください」

「えらいなあ、関取は、そこへ気がつけば、いまにきっと大関になれるだ。よし、おらも男だ。これから関取のひいきになってやるべ。はてな、ひいきになるからには、御祝儀《ごしゅうぎ》を奮発《ふんぱつ》しなくちゃならねえな」

夢介はわざとおどけながら、ふところから紙入を取り出し、手早く小判を五枚紙にくるんで、

「そら、関取、手を出しなさい。これがおらのひいきのしるしだ」

と、大きな掌《てのひら》へのせてやった。

「すみませんです。あれえ、これ重いようだね」

取的は紙包を広げてみて、小判が出てきたのでびっくりしたらしい。

「これ、なんかの間違いでないかね」

「間違いではねえだ。関取が気味が悪いといけねえから名乗るだが、おらはこの箱根峠を一つ越した小田原在入生田《いりゅうだ》村の百姓の伜《せがれ》で、夢介という者だ。親父さまの覚右衛門は、ちっとばかり田地田畑《でんちでんぱた》を持っているのです。どうせ通り道だから、村を通る時土地の衆に聞いてもらえばすぐ知れるだ。これから大関になる大切な体を、こんな辻堂なんかで寝て、病気にでもなっちゃなんにもなんねえ。更《ふ》けたといってもまだ九ツ

（十二時）には間があるで、早く三島まで行って宿をとるがいい、これはお前さんにやる祝儀だが、おらの半分の気持ちは、関取が早く大関になるようにと、故郷《くに》で心配しているおふくろさまの母心におあげ申すだ。どうか親孝行を忘れねえでもらいてえだ」

はい、はい、とうなずいて、ぽろぽろ涙を流しながら、それをしきりに握拳《にぎりこぶし》で払っていた取的は、

「いただきます。旦那。おれきっと大関になって、親孝行します。ありがとうございます」

と、何度も小判を押しいただくのだ。

「さあ、そう話がわかったら、早く出かけるがいいだ」

「はい」

「金を落としなさるなよ」

「はい、大丈夫です。そんなら、ごめんなさい」

ていねいにおじぎをして、行きかけて、

「ああ旦那、どうかさっきの女に騙《だま》されないでください。おれ心配です」

と、いそいであたりを見まわしている。

「ありがとう。おらにはお銀という立派な女房があるで、心配しなくてもいいだ」

「そんなら旦那、おれ本当に行きます」

にっこり笑って、もう一度大きなおじぎをして、取的はいそいそと街道の方へ出て行った。そんなによろこんでいながら、自分の名を告《つ》げていくのさえうっかりしているのだから、無邪気なものである。

運ばれたお銀

お雪はどこまで行ってしまったのか、まだ帰ってこない。

——困ったなあ。

もう少し待ったものか、どうせああいう女だから、一人で放っておいても心配はない。いっそ自分もあの取的の後を追って、三島へ引っかえしたものかと、一人になって、しばらくぽかんと立っていると、ふと三島の方からえんほい、えんほいという駕《か》籠《ご》屋《や》の掛け声が聞こえてきた。

——夜旅《よたび》を駈ける人があると見える。

どんな急用でいそぐ人かと、見ている中には駕籠は前へかかってきた。

「駕籠屋、ちょっと待ってくれ」

駕籠についてきたらしい男の野太い声が呼ぶ。

「へえ、御用《ごよう》ですか」

「うむ、駕籠をあの辻堂の前へ入れてくれ」

「どうするんです、旦那」

「沼津までまいろうと思ったが、ここでいい。用を思い出したんだ」

「さいで、――相棒《あいぼう》、ここでいいんだとよ」

「よしきた」

どうやら駕籠をこっちへ運び入れそうなので、夢介はいそいで辻堂の後ろへかくれた。

「その中の代物を、そっと辻堂の縁へおろしてくれ」

駕籠を辻堂の前へおろさせて、横柄《おうへい》に指図しているのは、年輩三十五、六、浪人者風の旅の武士で、提灯の黄ばんだ灯《あかり》にうかびあがった顔は、たしかにどこかで見おぼえがある。

と見ているうちに、雲助は二人がかりで駕籠の中から、手足を縛られた女を抱え出して、静かに堂の濡縁《ぬれえん》へころがした。

──ああ、お銀。

着物の柄ですぐわかる。がっくりと髷《まげ》の根がおちて、衣紋《えもん》も裾前《すそまえ》もひどく乱れたままに縛られているのは、決しておとなしく縛られた形ではない。物かげの夢介は茫然《ぼうぜん》と立ちつくしてしまった。

「それ、約束だから、沼津までの駄賃《だちん》はつかわす」

「そうですか、すみませんねえ」

雲助は遠慮なく駄賃をうけとりながら、

「旦那、この代物は本当に気ちがいなんですかえ」

と、狡《ずる》そうな顔をする。

「うむ。気ちがいだから、手足を縛っておくんだ」

「けど、いい女ですねえ」

浪人者は返事をしない。

「なあ、相棒、馬鹿に勿体《もったい》ねえ気ちがいだな」

「そうだってことよ」

「旦那、この気ちがい女を、おれたちに売ってくれませんかねえ」

「たわけたことをいうな。こんな気ちがいなどを買ってどうする」

「へ、へ、へ、旦那はこんな人気《ひとけ》のない辻堂なんかへ、この気ちがいをおろさせて、どうしようってんです」

「少しは気が落ち着くように、この堂へおこもりをさせてやろうと思ってな」

「親切ですねえ、旦那は。ようがす、もう十両ずつ酒手《さかて》をやっておくんなさい。それで手を打とうじゃありませんか」

「なんだと――」

「そんな怖い顔をしなくたっていいや。どうせ旦那のふところが痛むわけじゃねえ。この女はふところに百両からの金を持っているんだ。気ちがいだか、正気だか知らねえが、旦那はここでこの女をおもちゃにして、その百両をそっくり自分のものにしようっていうんでしょう。そいつを黙って見のがそうっていうんだ。一人頭十両ずつぐらい、安いもんじゃありやせんか」

「ならんといったら、なんとする」

「そうですねえ。こっちに魚心《うおごころ》があっても、そっちに水心がねえんなら仕様がねえ。これから三島へ引っかえして、恐れながらたった今宿外《いましゆくはず》れで、手足を縛った女をかついできた怪しい浪人者に呼びとめられ、この辻堂まで駕籠で運んで、これこれしかじかですと、問屋場《とんやば》へ届け出るだけでさ。なあ、相棒」

「そうだともよ。気ちがい女だなんて、うまいことをいいやがって、どこからさらってきた女だかわかるもんか」

二人がいい気になって凄《すご》み出すのを黙って聞いていた浪人者は、

「えい」

全く出しぬけだった。さっと抜討《ぬきうち》に一人の肩先へ斬りつけたから、

「やられた」

どすんとそいつが尻餅《しりもち》をつく。と見て、あまりの乱暴さに度肝を抜かれたのだろう。

「わあっ」

相棒は一たまりもなく街道の方へ素飛《すっと》んで行く。

「あっ、一人で逃げちゃいけねえ。待ってくれよう兄貴」

一度尻餅をついた奴が、蝗《いなご》のように飛びあがって後を追い出したところを見ると、さては脅しのための峰打《みねう》ちだったのだろう。

「馬鹿な奴らだ」

しばらく逃げ去った雲助どもを睨んでいた浪人者は、ぴたりと刀を鞘《さや》へおさめ、置きっ放しの駕籠の棒端《ぼうはな》へぶらさがっている提灯を、ふっと吹き消した。あたりが急に

しいんと闇にかえる。

「お銀、久しぶりだなあ」

浪人者は、つと濡縁の前へ立って、声をかけた。すると、お銀を知っている男と見える。

「そうか、口をふさがれていては、返事ができんな」

手早く猿《さる》ぐつわを取ってやったらしい。

「どうだ、おれの顔に見おぼえがあるか」

「縄を解いてくれないんですか」

意地の強いお銀の声が聞こえる。

「それはこれからの相談次第だ。うっかり手足を自由にさせると、お前はすぐ豹《ひょう》になる女だ」

「相談て、どんなことなんです」

「まあ、そう急《せ》くな。まだ夜は長い。どうだ、おれを知っているか」

「お名前は存じあげませんけれど、たしか大垣伝九郎さんの用心棒で、去年の夏、茅《かや》町《ちょう》の大黒屋であたしの目つぶしをもらってくれた浪人さんでしょう」

ああそうだった、たしかに一ツ目の御前の取巻き浪人だったと、夢介もやっと思い当たる。

「さすがにお銀姐御だ。よくおぼえていてくれた。おれは北堂角五郎《ほくどうかくごろう》という男だ」

「それで、あたしに相談てのは――」

「そんなに気になるか。おれはあの時お前にひどい目に遭って、一度は敵《かたき》をとってやろうかと思っていたんだ。しかし、窮鳥《きゆうちよう》ふところに入ればというたとえもある。あそこの番頭たちが二人がかりで、お前を縛って、押し入れへかくしたのを、実はおれは甲州屋という悪党の後をつけて、すっかり見ていたんだ。あのまま放っておけば、お前は厭でも甲州屋におもちゃにされる女だ。恨《うら》みはあるが、あんなけちな悪党にお前がいいようにされるのは見るに忍びない。だから、こうやって助け出してきてやったんだ」

「御親切にどうもありがとうございます」

「どうだ、その恩と情に感激して、今日からおれの女房になる気持ちはないか」

「ございませんねえ。あたしには夢さんという好いて好かれたうれしい良人《いいひと》があるんですもの」

「相かわらず気の強い女だ」

「いいえ、このごろはもうすっかり気が弱くなっちまって、あの人に叱られてばかりいるんです」

「お銀、いくらお前が強がっても、こう縛られていちゃ、子供を捻《ね》じふせるより他愛のない仕事だぜ。どうせおれに自由にされる体なら、無駄にもがいてみるより、いっそ納得ずくでおれの女房になってはどうだ。ずいぶん可愛がってやるぞ」

「それには及ばないんです。あの人がいつももっと可愛がってくれますから」

「どうしても観念しねえというんだな。それじゃ仕様がねえ。縄つきのまま散々《さんざん》おもちゃにして、さっきの雲助のいい草じゃねえが、ふところの在り金をそっくり貰《もら》って立ちのくとしよう。それでもいいんだな」

「どうぞ御随意《ごずいい》に――」

どんな自信があるのか、お銀は一向《いっこう》に騒ぎ立てる様子もなく、手足の自由を失ってころがされたまま、じいっと冷たい目を北堂に向けているのである。

御用提灯

「強情な女だなあ」

北堂角五郎はあくまで意地の強いお銀の顔を見てにやりと笑った。

たとえ女がどう強がってみたところで、手足の自由が利かないのだから、もう、こっちの思いのままだ。このすばらしい美貌《びぼう》と肌とを持っているお銀を、散々なぶりものにして、しかも百両からの金が入る、いや、金などはどっちでもいい、一度いうことを聞かせてしまったら、そこは弱い女だから観念して、案外素直に女房になるというい出すかもしれない。そうくればしめたものだと、舌なめずりをせんばかり、つとお銀の胸へ手をのばそうとして、はっと街道の方を見た。

「ここだ、旦那」

「そうか、よし」

そんな声といっしょに、どかどかとこっちへ押しこんできたのは、さっきの雲助二人をしたがえた甲州屋伝吉だ。

――畜生、さすがは悪党、よく見当をつけたものだ。

舌うちはしたが、そう恐れるには及ばない奴らだから、北堂はお銀を背にして、ぬっと立ち上がる。

「もし、お武家さんへ、御冗談なすっちゃいけやせん。人がせっかく苦労をして手に入れたものを、黙って横奪《よこど》りとは、ちっとばかし阿漕《あこぎ》でござんす。どうかその女をあっしに返してやっておくんなさい」

揉み手をしながら、そろそろと用心して近づいてくる甲州屋だ。

「なんだ、甲州屋。貴様はおれの顔を見忘れたか」

「えっ、なんですって」

「あんまり自慢になる話ではないが、一昨年甲州路で、まんまと胴巻を抜かれたことのある北堂角五郎だ」

「あっ」

びっくりして、伝吉は北堂の顔をすかして見る。

「世間は広いようで、狭いもんだな。さっき貴様の顔を三島の明神前でちらっと見かけたので、それからずっと後をつけ、貴様たちの悪党ぶりをすっかり見ていたんだ。どうだ、これでも貴様はまだわしがこの女を横奪りしたといえるか」

「恐れ入りやした。そうでござんすか。あの時の旦那なんで」

「恐れ入ったら、この女のことはあきらめて、さっさと帰れ」

「ちょ、ちょっと待っておくんなさい、旦那」

伝吉はあわてて、手で押さえて、

「あの時旦那の胴巻の中にあった金は十両足らず、それを十倍にして小判で百両、そっくりおかえししますから、その女はあっしに返してやってくれませんか」

と、ぬけぬけと相談を持ちかける。

「馬鹿なことをいえ。その百両はこの女のふところから出そうっていうんだろう。狡《ずる》い奴だ」

「そういっちまっちゃ身も蓋《ふた》もねえが、旦那だって、たった十両の代わりに、人がせっかく骨を折った女を、百両ごと横奪りするなあ、あんまりひどすぎまさあ」

「そうか。それでは骨折り賃《ちん》に五十両だけ貴様につかわそう。それなら文句《もんく》はあるまい」

「でもござんしょうが、本当のことをいうと、あっしは金よりその女がほしいんでさ。旦那はお武家さんだから、女なんかどっちだっていいでしょう」

「そうはいかん。第一、貴様はこの女を知っているのか」

「知っていますよ。小田原在の百姓夢介って奴の女房お銀でしょう」

「今はそうだが、元を洗えばおらんだお銀という凄い女道中師《おんなどうちゅうし》だ」

「えっ。じゃ、あの鎌いたちの仙助親分を手玉にとった、あのおらんだお銀」

これは甲州屋伝吉も初耳だったらしい。

「そのとおりだ。わしは江戸でこの女に目つぶしをくらった恨《うら》みもある」

「なるほどねえ。どうもただの女じゃないと睨んじゃいやした」

「まあ、五十両分けてつかわすから、この女はあきらめろ。命あっての物種《ものだね》だぞ」

「へ、へ、へ、そうと聞いちゃ、なおあきらめられねえ。鬼の女房に鬼神のたとえ、あっしも甲州屋伝吉ですからね」

「しからば、どうしようというのだ」

「こうなったら女も百両も、刀にかけて取りかえすだけさ」

ずばりといってのけて、脇差の柄に手をかける伝吉だ。

「うぬ、小癪《こしやく》な。――来い」

北堂も一度執念をかけた女のことだから、後へはひかない。いきなりぎらりと抜刀した。

「抜きやがったな」

ぱっと身軽に飛びしさって抜き合わせ、

「駕籠屋、一人頭五十両ずつだ。このさんぴんを叩き伏せろ」

と、雲助どもに声をかける。

「合点《がってん》だ。それ、相棒」

「いいとも。こん畜生、さっきの仕返しだ」

雲助どもは手に手に息杖《いきづえ》をふりかぶる。

「馬鹿者ども、北堂角五郎、こんどは遠慮はせんぞ」

「なにをぬかしやがる」

「やっちまえ、叩き伏せろ」

三方から口だけは達者だが、雲助どもも伝吉も、遠くから吠えるだけで、決してかかっていかない。

手間取って、また邪魔が入っては面倒だ。伝吉さえ叩っ斬ってしまえば、雲助どもはまた逃げ出すだろう。とっさにそう考えた北堂は、

「うぬッ」

だっと甲州屋目がけて、激しく斬りこんだ。

「どっこい」

うっかり刀を合わせては、それが本職の侍にかなうはずないから、伝吉はさっと飛びのく。

「おのれ」

苛《いらだ》って踏みこむと、また飛びのく。

「野郎」

その横合いから雲助の棒が合の手に入るので、右を払えば、左から、こん畜生とく

る。北堂はうるさい三人を相手に、とうとう街道まで誘い出されてきた。

そして、はっと気がついた。伝吉はなるべく敵を雲助にまかせるようにして、隙《すき》があったら辻堂の方へ走ろうと狙っているらしい。

「おのれ」

どうしても甲州屋を斬らなくてはと、北堂は伝吉だけを追い出す。

たまらなくなった甲州屋は、ばたばたと三島の方へ逃げ出した。

「待てッ。――こらッ」

のがさじと北堂は後を追ったが、その間にも雲助どもがうるさくからんでくるので、思うように走れない。

――しめた。

一丁ばかり走った伝吉は、隙を見てひょいと左の畑の中へ飛びこみ、遠まわりをして一散《いっさん》に辻堂の方へ取ってかえした。

「ざまあ見やがれ」

堂の裏へ出て、もうお銀はこっちのものだと、いそいで表へまわってみると、その濡縁に縛られたままころがっていたはずのお銀が、ちゃんと縄を抜けて腰かけている。

い女だ。

——はてな。

びっくりして顔を見ると、お銀ではない。これもすばらしい美人だが、お銀より若い女だ。

「誰だ。お前は」

「いきなり御挨拶《ごあいさつ》だこと。ああ小父《おじ》さん、あんたうちの人を知らないかしら。あたしは小田原在の百姓夢介って者の女房で、お銀ていう者なんだけど、この辺で、もっそりした大きな男を見かけなかったかしら」

「なんだと——」

甲州屋はまじまじと女の顔を眺めてしまった。

「困っちまったな。ここで待っているはずだったんだけど、うちの人、あたしをおいてどこへ行っちまったのかしら」

女はしきりにあたりを見まわしている。

「やいやい、空《そら》っ恍《とぼ》けると承知しねえぞ。お前、お銀をどこへ逃がしたんだ」

「なにいってんのさ。あたしがお銀だって、いまいったじゃないか」

「嘘《うそ》をつけ。お銀はたった今、手足を縛られて、ここにころがされていたんだ」

「本当かえ」

「本当よう。ちゃんとそこにお銀をのせてきた駕籠があらあ」

「じゃ、あの人――」

女は血相《けつそう》を変えて立ち上がる。

「いったい、お前は誰だ」

「お銀だっていってるじゃないか。口惜しいなあ。あたしはとうとうあの人をとられちまったのかしら。どうしようねえ」

「あの人って、誰のことなんだ」

「ぽんつく、夢さんのことだよ。夢さんはここで、あたしを待っていてくれるはずだったんだもの、そこへ本当のお銀をかつぎこめば、よろこんでいっしょにつれて逃げちまうにきまってるじゃないか」

「あっ、それじゃあの夢介がここに――」

そうか、なんのことはない、それじゃ猫のそばへ鰹節《かつおぶし》を放り出しておいて、北堂をわざわざ街道へおびき出してやったことになる。

そして甲州屋は、綿屋の番頭七助から聞いた偽《にせ》お銀の話を、やっと思い出した。

「わかったぞ。お前だな、剃刀お雪っていう凄《すご》い女は」

「ふうんだ。なんだってお前、こんなとこへ本当のお銀なんか担ぎこんだのさ。あんぽんたんてありゃしない」

「手前はまたなんだって、あの田吾作をこんなところへ一人で放り出しておいたんだ」

「取的と鬼ごっこをしたのが悪かったのさ。そしたら、あいにく途中で本当の鬼が出てきやがって、ごまかして逃げるのに骨が折れちまった。――そうだ、こんなことはしちゃいられない。早く追いかけなくちゃ」

お雪は目をぎらぎらさせながら、さてどっちへ行ったものかと、考えているようである。

「追いかけて行って、どうしようってんだね」

「あたりまえじゃないか。本当のお銀と掛け合って、あの男をあたしのものにしてやるのさ」

「へえ、あんな土百姓、どこがそんなにいいんだろうな」

甲州屋はちょいと呆《あき》れて目を見はったが、畜生、この女も悪くねえなと、目の前にいる鴨《かも》だから、変な野心がむくりと頭を持ちあげる。

「姐さん、おれが一ついい知恵を借してやろうか」

猫なで声を出して、そろりと一歩前へ出たとたん、

「あっ、鬼がきた。あんぽんたんの小父《おじ》さん、つかまらないようにするんだね」

小意地のわるい顎《あご》をちょいと街道の方へ突き出して見せるので、ぎょっとして振りかえると、なるほど御用提灯が二つ三つ、いまこっちへ入ってくるところだ。

――いけねえ。

はっと逃げ腰になりながらお雪はと見ると、素早い女だ、もう風のようにどこかへ姿を消している。

夫婦仲

そのころ――。

悪党同士の仲間喧嘩のどさくさまぎれに、まんまと無事に恋女房を取り戻した夢介は、縄をといて、だいじそうにお銀をおぶって、どんどん沼津の方へ夜道をいそいでいた。

「よかったなあ。お銀、おら、どんなに胸をいためていたかしれねえ」

夢介は女房のあたたかい体温を背中に感じながら、わけもなくうれしくて、胸も足も軽い。

「ああうれしい」

お銀はお銀で、逞《たくま》しい男の肩を両手で抱いて、ぴったり後ろから頬へ頬をよせ、甘く体中がとけてしまいそうである。

「けど、全くうまく出会えたもんだ。おらあの濡縁へ、お前が縛られたままころがされたときは、ほんとにどきっとしてしまった。どうしてあんなことになっただね」

「そんな話、いま思い出したくないんだもの。後でゆっくりするわ」

「そうか、そうか。無理もねえだ。くたびれているだろうからな。話なんか、後でいくらでもできるだ。もう安心して、おらの背中で、少し眠るがいいだ」

「重くない、夢さん」

「なにが重いもんか。軽くってしようがねえだ」

「あら、そんなにあたし疲れたかしら」

「なあに、心配するほどはねえさ。ちょうどいいあんばいの肉付《にくづき》ってとこだね」

「あ、そうそう。その偽お銀ての、とても若くて、美人なんですってね。ずいぶんあんたにでれでれしていたっていうけれど、本当なの夢さん」

「そんなことはねえです。そりゃ、お役人さまの目をごまかすために、向こうさまじゃ一生けんめい一人で芝居していただが、おらはちゃんと、わしにはお銀ていう恋女房があるで、手を出してもらっては困りますと、後《あと》ではなんべんも断りいってあるだ」

「あら、その女、あんたに手を出そうとしたの」

お銀がむくりと顔を上げる。

「心配しなくてもいいだ。手を出そうとする前に、断ったです。何度も何度も、はっきりといっておいただ」

「厭だわ。何度も何度も、はっきり断らなくちゃならないほど、そんなにあんたに手を出したがったんですか」

夢介はちょいと返事に困って、まずいことをいってしまったなと後悔する。

「夢さん、あたしをおいてけ堀《ぼり》にして、どうしてそんな女とここまできちまったんです」

うしろに目がないからわからないが、お銀の目はだんだん吊り上がってくるようである。

「決しておいてけ堀にしたわけではねえだ。おらはたとえどんな女でも、目の前で縛られたり、いじめられたりはさせたくねえ。どうか沼津まで送ってくれっていうから、早く送りとどけて、すぐ綿屋へ引っかえす気でいただ」

「だって、だって、あんたにしびれ薬なんかのませるような憎らしい女、なんでもなければ、そんなに親切にしてやる気になれるもんですか。厭だあ、あたし」

「そう背中で、あばれては重いだ」

「重いようにあばれているんだわ」

「いいから、少し眠って、気をしずめるこった」

「厭だったら。あんたは、あんたは、その女もこうやって、おぶって、歩いてやったんでしょ。口惜《くや》しい」

お銀はいきなり夢介のくいつきいい耳たぶに厭というほど嚙みつく。

「痛えッ」

全く久しぶりのやきもちであり、久しぶりの狂態である。

「困ったなあ」

「勝手にお困んなさいよ」

「おらはどんなに困っても、好きで女房にしただからかまわねえけど、迷惑するのはお腹ん中の赤ん坊だからな」

これが一番きくこのごろの殺し文句だ。さすがにお銀はぎくりとしたようすだが、

「おあいにくさま。あたしはまだ子供なんかできちゃいません。そんなに可愛がって

くれもしないくせに」

と、変なくってかかり方をする。

「いいとも。おら沼津へ着いたら、きっとたくさん可愛がってやるべ」

「厭だったら、そんなことをいっちゃ」

「わかっているだ。そんなら黙って、たくさん可愛がって——」

みなまではいわさず、お銀の白い手が素早《すばや》く口を押さえつけて、

「黙ってさっさとお歩きなさいよ。おしゃべりねえ」

と、どうやら気がしずまってきたらしく、夜道で人目《ひとめ》がないからいいようなものの、もしお雪でも一目見たら、とても剃刀を磨《みが》かずにはいられない夢介とお銀の夫婦仲なのである。


（了）

解説

細谷正充

山手樹一郎と宝塚。誰も考えたことがないであろうコラボレーションが実現した。なんと山手の代表作のひとつ『夢介千両みやげ』が、二〇二二年三月から六月にかけて、宝塚雪組の舞台になるのである。脚本・演出は石田昌也。主演の夢介とお銀は、それぞれ彩風咲奈と朝月希和が演じる予定だ。時代小説を原作にした宝塚の舞台は、過去に幾つかある。最近では、山田風太郎原作の『柳生忍法帖』を、星組が演じていた。けして『夢介千両みやげ』が、初めてではないのだ。それなのに驚いたのは、山手作品の持つ庶民的なイメージが、華麗でゴージャスな宝塚と結びつかなかったからである。

だが、よく考えたら、両者は深いところで通じ合っている。山手と宝塚のどちらも、大衆に明るい夢を与えることを目的としているではないか。また、宝塚のモットーである「清く 正しく 美しく」は、そのまま山手作品に当てはまる。なるほど、山手作品を原作に選んだのは炯眼《けいがん》といっていい。だから、どんな舞台になるか、今から楽しみなのである。

その『夢介千両みやげ』が、宝塚の公演に先立ち、講談社文庫で刊行されることになった。しかも『夢介千両みやげ』と、その続篇となる『夢介めおと旅』を収録した完全版だ。『夢介千両みやげ』は、一九四八年から翌四九年にかけて「読物と講談」に連載。以後、さまざまな出版社より刊行されている。『夢介めおと旅』は初出不明。国立国会図書館サーチで検索すると、一九五二年から六二年にかけて、何度か刊行されている。しかし以後、長らく絶版状態だった。さらに、山手作品を網羅した春陽文庫の「山手樹一郎長編時代小説全集」から、なぜか漏れてしまい、存在が忘れ去られていた。一九九〇年に大陸文庫から刊行され、ようやく広く読まれるようになったのである。その後、講談社の大衆文学館から刊行された『夢介千両みやげ』上下巻にも併録されている。

さて、作品の来歴はこれくらいにして、物語を見ることにしよう。主人公の夢介は、小田原は入生田《いりゅうだ》村の豪農の倅《せがれ》だ。年は二十四、五。江戸で道楽修業をするために、父親から千両を貰《もら》って、今は東海道を歩いている。その夢介に目をつけたのが、おらんだお銀と呼ばれる道中師だ。夢介の懐《ふところ》に百両があることを知ってのことである。パッとしない風貌で、田舎者《いなかもの》丸出しの喋《しゃべ》り方をする夢介を舐《な》めていたお銀。だが、それほど甘い男ではなかった。お銀の企みを見抜いた上で、手玉に取ったのである。これで意地になったお銀は、江戸で夢介と一緒に暮らし、いつしか惚《ほ》れ込んでしまうのだった。

一方の夢介。江戸でもなにかと騒動にかかわる。武士の大金を掏《す》った三太。深川《ふかがわ》芸者の浜次《はまじ》。女芸人の春駒太夫《はるこまだゆう》。伊勢屋《いせや》のドラ息子の総太郎《そうたろう》。ナベ焼きうどん屋の六兵衛《ろくべえ》と、孫娘のお米《よね》……。多数の人物が夢介と絡む。最初は夢介を馬鹿にしている者がいる。不幸な境遇の者もいる。だが夢介に助けられて幸せになり、心を入れ替えるようになるのだ。夢介が周囲の人々を幸せにする様子を、明朗なタッチで描いたところが、本書の読みどころといえるだろう。

これに関連して注目したいのが、山手のエッセイ集『あのことこのこと』の中にある、

〝私は時代小説を書いて一本立ちになろうと腹をきめた時、時代小説の盲点はどこに

あるだろうと考えてみた。

そのころ（昭和八年前後）時代小説では股旅物《またたびもの》や捕物帖、現代小説ではユーモア小説が流行していたが、時代ユーモア小説というようなものはほとんど見あたらなかった。

私はこれが穴だなと思ったので、時代小説にあたたかい微笑を取り入れてみようと心がけることにした。しかし、いざやってみるとこれは案外難しい仕事で、精々《せいぜい》「うぐいす侍」「一年余日」の程度にしか書けなかった。

そして、それがやっと自分流に板についてきたなと思えるようになったのは、「夢介千両みやげ」を書きはじめたころからで、その間いつのまにか十年あまりの歳月が流れていた。「又四郎行状記」や「十六文からす堂」などもそのころ書いたものである〟

という発言だ。一八九九年、栃木県に生まれた山手は、編集者を経て作家に転身。出世作は戦前に新聞連載をした『桃太郎侍』である。伝奇小説だが、やはり明朗なタッチが特色になっていた。また、戦中に生真面目な歴史小説『崋山と長英』も執筆。一九四四年に、第四回野間文芸奨励賞を受賞した。しかし歴史小説はこれ一冊だけであり、戦後は庶民のための娯楽時代小説に徹したのである。なかでも本書を連載していた頃は、戦後の混乱の中で疲れている庶民に、一時の夢を与えようという、強い想いがあったようだ。時代ユーモアによって、大勢の人を癒《いや》そうとしていたのである。それは本書の内容を知れば、深く納得できる。たとえば夢介は怪力の持ち主で、柔《やわら》も使える。しかし自ら力をふるうことはない。相手が向かってきたとき、やむなく身を守ったりするのだ。〝一つ目のごぜん〟と呼ばれる旗本くずれの大垣伝九郎《おおがきでんくろう》を筆頭に、夢介の敵といえる者も、何人か出てくる。お銀が窮地に陥《おちい》ることもある。それでもほとんど、作中で血が流れることはない。戦争はもう御免と思っている多くの人の心情にマッチした、明るく楽しいユートピアを見せてくれたのだ。

ここでユニークなのは、夢介が騒動を解決するために、躊躇《ちゅうちょ》なく金を使うことだ。なにかあれば、すぐに五十両、百両を差し出し、事を穏便に収めようとする。これもまた、当時の庶民にとっての夢であった。戦後まだ間もない時代である。本作の連載が始まる数ヵ月前には、判事の山口良忠が闇米を食べることを拒否して餓死するという事件が起きている。大勢の人が、食べるだけでも大変だったのだ。また、インフレも激しく、物価の上昇にも苦しめられた。

そんな時代に山手は、袖《そで》触り合った人のために、景気よく金を使う人物を創造した。もちろん、単に金をばらまくだけでは嫌な奴だ。だが夢介には、困っている人を助けたいという素朴な感情がある。だから、いくら金を使っても嫌味にならない。庶民の夢を託せる、きわめてユニークなヒーローになっているのである。

ユニークといえば、夢介とお銀の関係も見逃せない。あっというまにお銀が夢介に惚《ほ》れて、なかなか一線は越えないものの、夫婦同然の生活をおくる。しかも、なにかとイチャイチャするのだ。このように、カップル（もしくは夫婦）が、イチャイチャしながら活躍するストーリーは、時代小説では珍しい。近年になって、神楽坂淳の「うちの旦那が甘ちゃんで」シリーズなど、主人公夫婦がイチャイチャしながら活躍する話が出てきた。しかし長らく、このタイプの作品は山手の独壇場だったのだ。本書の他にも、『江戸名物からす堂』『青空剣法』などにより、カップル主人公のイチャイチャを楽しんだものである。ここも山手作品の独自の魅力になっているのだ。

ついでに付け加えると、お銀のキャラクターはツンデレである。最初は夢介に対してツンツンしていたお銀だが、すぐにデレデレになってしまう。嫉妬心が強く、夢介が女性とかかわると、すぐに死ぬの殺すのというところは、ヤンデレといっていいかもしれない。ツンデレやヤンデレという言葉が、ネットを中心に広まったのは、二〇〇〇年代以後のこと。そんなキャラクターを戦後すぐに創作していた山手の先見性には恐れ入る。愉快なカップルの痛快な活躍が堪能《たんのう》できる、とことん面白い作品なのだ。

次に『夢介めおと旅』である。恋女房のお銀を連れて、故郷に戻った夢介。だが千両を使い切らなかったことから父親に、諸国の神社仏閣を拝む巡礼の旅に出るようにいわれる。まあ、夢介とお銀を想っての親心だ。さっそく諸国巡礼の旅に出かけたふたりだが、お銀が攫《さら》われ、離れ離れになってしまう。

公家の御落胤《ごらくいん》だという一行や、一つ目のごぜん関係の浪人などが登場し、夢介とお銀の旅は波乱万丈。とはいえ中篇程度の長さしかなく、いささか唐突に物語は終わる。なにか事情があったのかもしれないが、詳細は不明である。『夢介千両みやげ』の冒頭で、実在人物の斎藤新太郎《さいとうしんたろう》（練兵館《れんぺいかん》の斎藤弥九郎《やくろう》の息子）を登場させながら、ほとんど活用することなく、終盤でちらりと再登場させるだけなど、ストーリー展開については大らかなところのある山手のことだ。本当にこれで終わりという可能性もある。だから、あれこれ考えたりせず、『夢介千両みやげ』のボーナストラックとして、楽しめばいいだろう。

山手作品に『幸福を売る侍』というタイトルの作品がある。これを捩《ねじ》っていうならば、山手樹一郎は〝幸福を売る作家〟であった。今、本書が刊行されたのは、宝塚の公演があってのことである。だが、時代が求めたといえないだろうか。この解説を書いている二〇二二年一月現在、新型コロナウィルスの感染者が、再び激増している。まだ、世の中がどうなるのか分からず、不安を感じている人も多いだろう。こんなときだからこそ、本書が必要だ。戦後の混乱期の日本人に幸せな夢を与えてくれたように、コロナ禍の最中を生きる私たちにも、幸せな夢を与えてくれるのである。

おことわり

本作品中には、今日では差別表現として好ましくない用語が使用されています。

しかし、作品が書かれた時代背景、および著者（故人）が差別助長の意図で使用していないことなどを考慮し、あえて発表時のままといたしました。この点をご理解下さるよう、お願いいたします。

（出版部）

本書は一九九五年十二月に「講談社大衆文学館」として刊行されたものです。

|著者|山手樹一郎　1899年栃木県生まれ。明治中学卒業。博文館の編集者だった1933年「サンデー毎日」の大衆文芸賞で佳作となり、これ以来山手樹一郎を名乗る。'39年、博文館を退社、長谷川伸の門下に。翌年にかけ新聞に連載した『桃太郎侍』が成功を収める。以後、大衆の求める健全な娯楽作品を次々書き、貸本屋で第1位の人気を得た。『夢介千両みやげ』は戦後日本の心を潤した代表作である。'78年逝去。他作品に『遠山の金さん』『崋山と長英』(野間文芸奨励賞)など多数。

夢介千両《ゆめすけせんりょう》みやげ　完全版《かんぜんばん》(下)

山手樹一郎《やまてきいちろう》

2022年2月15日第1刷発行

発行者——鈴木章一
発行所——株式会社　講談社
東京都文京区音羽2-12-21　〒112-8001
電話　出版　(03)　5395-3510
　　　販売　(03)　5395-5817
　　　業務　(03)　5395-3615

Printed in Japan

講談社文庫
定価はカバーに
表示してあります

KODANSHA

デザイン—菊地信義
本文データ制作—講談社デジタル製作
印刷———豊国印刷株式会社
製本———株式会社国宝社

ISBN978-4-06-527306-7

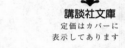

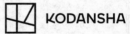

講談社文庫刊行の辞

二十一世紀の到来を目睫に望みながら、われわれはいま、人類史上かつて例を見ない巨大な転換期をむかえようとしている。

世界も、日本も、激動の予兆に対する期待とおののきを内に蔵して、未知の時代に歩み入ろうとしている。このときにあたり、創業の人野間清治の「ナショナル・エデュケイター」への志を現代に甦らせようと意図して、われわれはここに古今の文芸作品はいうまでもなく、ひろく人文・社会・自然の諸科学から東西の名著を網羅する、新しい綜合文庫の発刊を決意した。

激動の転換期はまた断絶の時代である。われわれは戦後二十五年間の出版文化のありかたへの深い反省をこめて、この断絶の時代にあえて人間的な持続を求めようとする。いたずらに浮薄な商業主義のあだ花を追い求めることなく、長期にわたって良書に生命をあたえようとつとめるところにしか、今後の出版文化の真の繁栄はあり得ないと信じるからである。

同時にわれわれはこの綜合文庫の刊行を通じて、人文・社会・自然の諸科学が、結局人間の学にほかならないことを立証しようと願っている。かつて知識とは、「汝自身を知る」ことにつきていた。現代社会の瑣末な情報の氾濫のなかから、力強い知識の源泉を掘り起し、技術文明のただなかに、生きた人間の姿を復活させること。それこそわれわれの切なる希求である。

われわれは権威に盲従せず、俗流に媚びることなく、渾然一体となって日本の「草の根」をかたちづくる若く新しい世代の人々に、心をこめてこの新しい綜合文庫をおくり届けたい。それは知識の泉であるとともに感受性のふるさとであり、もっとも有機的に組織され、社会に開かれた万人のための大学をめざしている。大方の支援と協力を衷心より切望してやまない。

一九七一年七月

野間省一

講談社文庫 最新刊

道尾秀介 **カエルの小指** 〈a murder of crows〉
「久々に派手なペテン仕掛けるぞ」『カラスの親指』のあいつらがついに帰ってきた!

今村翔吾 **イクサガミ 天**
生き残り、大金を得るのは誰だ。明治時代が舞台のデスゲーム、開幕!〈文庫オリジナル〉

矢野 隆 **関ヶ原の戦い** 〈戦《いくさ》百景〉
いま話題の書下ろし歴史小説シリーズ第三弾。日本史上最大の合戦が裏の裏までわかる!

佐々木裕一 **十万石の誘い** 〈公家武者信平《のぶひら》ことはじめ(七)〉
信平監禁さる!? 岡村藩十万石の跡取りに見込まれた信平に危機が訪れる。人気時代シリーズ!

安房直子 **春の窓** 〈安房直子ファンタジー〉
大人の孤独や寂しさを癒やす、極上の安房ファンタジー。心やすらぐ十二編を収録。

西尾維新 **人類最強のときめき**
火山島にやって来た人類最強の請負人・哀川潤。今度の敵は、植物!? 大人気シリーズ第三弾!

高田崇史ほか **読んで旅する鎌倉時代**
鎌倉幕府ゆかりの伊豆、湘南が舞台。大河ドラマを観ながら楽しむ歴史短編アンソロジー。

我孫子武丸　眠り姫とバンパイア
我孫子武丸　狼と兎のゲーム
我孫子武丸　新装版　殺戮にいたる病
有栖川有栖　ロシア紅茶の謎
有栖川有栖　スウェーデン館の謎
有栖川有栖　ブラジル蝶の謎
有栖川有栖　英国庭園の謎
有栖川有栖　ペルシャ猫の謎
有栖川有栖　幻想運河
有栖川有栖　幽霊刑事《デカ》
有栖川有栖　マレー鉄道の謎
有栖川有栖　スイス時計の謎
有栖川有栖　モロッコ水晶の謎
有栖川有栖　インド倶楽部の謎
有栖川有栖　カナダ金貨の謎
有栖川有栖　新装版　マジックミラー
有栖川有栖　新装版　46番目の密室
有栖川有栖　虹果て村の秘密
有栖川有栖　闇の喇叭《らっぱ》

有栖川有栖　真夜中の探偵
有栖川有栖　論理爆弾
有栖川有栖　名探偵傑作短篇集　火村英生篇
姉小路　祐　影のクロス〈監察特任刑事《デカ》〉
姉小路　祐　緘殺《かんさつ》のファイル〈監察特任刑事《デカ》〉
浅田次郎　勇気凜凜ルリの色
浅田次郎　勇気凜凜ルリの色　四十肩と恋愛
浅田次郎　霞町物語
浅田次郎　ひとは情熱がなければ生きていけない〈勇気凜凜ルリの色〉
浅田次郎　シェエラザード(上)(下)
浅田次郎　歩兵の本領
浅田次郎　蒼穹の昴　全四巻
浅田次郎　珍妃の井戸
浅田次郎　中原の虹　全四巻
浅田次郎　マンチュリアン・リポート
浅田次郎　天子《てんし》蒙《もう》塵《じん》　全四巻
浅田次郎　天国までの百マイル
浅田次郎　地下鉄《メトロ》に乗って〈新装版〉
浅田次郎　おもかげ

浅田次郎　日輪の遺産〈新装版〉
青木　玉　小石川の家
阿部和重　アメリカの夜
阿部和重　グランド・フィナーレ
阿部和重　A　B　C〈阿部和重初期作品集〉
阿部和重　ミステリアスセッティング
阿部和重　IP/NN　阿部和重傑作集
阿部和重　シンセミア(上)(下)
阿部和重　ピストルズ(上)(下)
甘糟りり子　産む、産まない、産めない
甘糟りり子　産まなくても、産めなくても
赤井三尋　翳《かげ》りゆく夏
あさのあつこ　NO.6（ナンバーシックス）#1
あさのあつこ　NO.6（ナンバーシックス）#2
あさのあつこ　NO.6（ナンバーシックス）#3
あさのあつこ　NO.6（ナンバーシックス）#4
あさのあつこ　NO.6（ナンバーシックス）#5
あさのあつこ　NO.6（ナンバーシックス）#6
あさのあつこ　NO.6（ナンバーシックス）#7

麻見和史　鷹《たか》の砦《とりで》〈警視庁殺人分析班〉
麻見和史　凪《なぎ》の残響〈警視庁殺人分析班〉
麻見和史　天空の鏡〈警視庁殺人分析班〉
麻見和史　深紅の断片〈警防課救命チーム〉
麻見和史　邪神の天秤〈警視庁公安分析班〉
有川　浩　三匹のおっさん
有川　浩　三匹のおっさん　ふたたび
有川　浩　ヒア・カムズ・ザ・サン
有川　浩　旅猫リポート
有川ひろ　アンマーとぼくら
有川ひろほか　ニャンニャンにゃんそろじー
荒崎一海　門前仲町〈九頭竜覚山 浮世綴㈠〉
荒崎一海　蓬萊橋雨景〈九頭竜覚山 浮世綴㈡〉
荒崎一海　寺町哀感〈九頭竜覚山 浮世綴㈢〉
荒崎一海　小《お》名《な》木《き》川《がわ》〈九頭竜覚山 浮世綴㈣〉
荒崎一海　一色町雪花〈九頭竜覚山 浮世綴㈤〉
朱野帰《かえる》子《こ》　駅物語
朱野帰子　対岸の家事
東　浩紀　一般意志2・0〈ルソー、フロイト、グーグル〉

朝倉宏景　白球アフロ
朝倉宏景　野球部ひとり
朝倉宏景　つよく結べ、ポニーテール
朝倉宏景　あめつちのうた
朝井リョウ　スペードの3
朝井リョウ　世にも奇妙な君物語
有沢ゆう希 末次由紀 原作　〈小説〉ちはやふる　上の句
有沢ゆう希 末次由紀 原作　〈小説〉ちはやふる　下の句
有沢ゆう希 末次由紀 原作　〈小説〉ちはやふる　結び
有沢ゆう希 ろびこ 原作　となりの怪物くん
有沢ゆう希　小説　パーフェクトワールド〈君といる奇跡〉
有沢ゆう希 原作：金田一蓮十郎 脚本：徳永友一　小説　ライアー×ライアー
蒼井凜花　女唇《ルージュ》の伝言
秋川滝美　幸《こう》腹《ふく》な百貨店
秋川滝美　幸腹な百貨店〈デパ地下おにぎり騒動〉
秋川滝美　幸腹な百貨店〈催事場で蕎麦屋呑み〉
秋川滝美　マチのお気楽料理教室
東芙美子 原作 雲田はるこ 脚本 羽原大介　小説　昭和元禄落語心中
赤神　諒　神遊の城

赤神　諒　大友二階崩れ
赤神　諒　大友落月記
赤神　諒　酔象の流儀　朝倉盛衰記
彩瀬まる　やがて海へと届く
浅生　鴨　伴走者
天野純希　有楽斎の戦
青木祐子　コーチ！〈はげまし屋・立花ことりのクライアントファイル〉
秋《あき》保《う》水《すい》菓《か》　コンビニなしでは生きられない
相沢沙呼　m《メ》e《デ》d《イ》i《ウ》u《ム》m　霊媒探偵城《じょう》塚《づか》翡《ひ》翠《すい》
新井見枝香　本屋の新井
碧野　圭　凜として弓を引く
五木寛之　ソフィアの秋
五木寛之　狼のブルース
五木寛之　海峡物語
五木寛之　風花のひと
五木寛之　鳥の歌(上)(下)
五木寛之　燃える秋
五木寛之　真夜中の望遠鏡〈流されゆく日々'78〉
五木寛之　ナホトカ青春航路〈流されゆく日々'79〉

2021年12月15日現在